Dark Fantasy Collection 3

タイムマシンの殺人

アントニー・バウチャー● 白須清美　訳

Elsewhen **Anthony Boucher**

論 創 社

Dark Fantasy Collection 3

Elsewhen ***Anthony Boucher***

目 次

先駆者 …… 3
嚙む …… 9
タイムマシンの殺人 …… 29
悪魔の陥穽 …… 75
わが家の秘密 …… 129
もうひとつの就任式 …… 141
火星の預言者 …… 165
書評家を殺せ …… 189
人間消失 …… 207
スナルバグ …… 237
星の花嫁 …… 263
たぐいなき人狼 …… 269

解 説 仁賀克雄 …… 354

これまで『幻想と怪奇』三巻（ハヤカワ文庫）や『海外シリーズ』三五巻（ソノラマ文庫）で、海外のホラー、ファンタジー、SF、ミステリの長短編の翻訳紹介に当たってきた。

今般、その系統を継ぎ、さらに発展させるものとして、英米のホラーを中心にファンタジー、SF、ミステリなどの異色中短編集やアンソロジーを〈ダーク・ファンタジー・コレクション〉の名称のもとに、一期一〇巻を選抜し、翻訳出版することにした。

具体的には、ウィアード・テールズ誌の掲載作やアーカム・ハウス派の作品集、英国ホラーのアンソロジー、ミステリやSFで活躍した有名作家の中短編集など、未訳で残されたままの傑作を次々と発掘していきたい。

また、日本には未紹介の作家やその作品集、雑誌に訳されたままで埋もれてしまった佳作も、今後新たに訳して刊行していくので、大いに期待して欲しい。

二〇〇六年八月　仁賀克雄

先駆者

The First

「初めて牡蠣《かき》を食べたのは、勇敢な人間だった」ジョナサン・スウィフト（『ガリヴァー旅行記』の作者）はこう書いた。わたしはそれにこうつけ加えたい。文明は彼に、多大な恩義を負っていると——すべての人類に先がけてその味を知る恍惚《こうこつ》とした瞬間と引き換えに、その恩義が帳消しになっていなければの話だが。

そして、ほかにもこうした功労者は数え切れないほどいる。これらの先駆者の功績は、火の発見にも匹敵するだろうし、車輪やアーチの発明を超えるといっていいだろう。

だが、こうした発見が（おそらく牡蠣を除いて）現代人にとって十分な価値を持っている例は、ほかにひとつしかない。それは人類の黎明期《れいめいき》において、牡蠣の発見より重大な瞬間であったことだろう。

これは、スコの物語である。

スコは洞窟の入口にしゃがみこみ、シチュー鍋をにらんでいた。一日じゅう狩りをして、やっとこの羊を仕留めたのだ。そして、翌日の大半をかけて、シチューを作った。その間、女は皮を干し、子供たちの世話を焼き、一番小さい子供には乳房から出てくる狩りの必要のない食べ物を与えた。そして今、家族全員が洞窟に座り、飢えと、食べ物への嫌悪と、食べなくては死んでしまうという恐怖で、喉と腹を鳴らしていた。それをよそに、彼だけが羊肉のシチューを食べていた。

すでに食べ飽きた肉は、臭く、まずかった。彼は食べることの意味を知っていたが、家族を責める気にはなれなかった。七カ月というもの、羊しか食べていないのだ。鳥は飛んでいってしまった。毎年、彼らは戻ってきたが、今年もやってくると誰にわかるだろう？　もう少しすれば、魚が川を上がってくるだろう。だが、今年はいつもの年と違うかもしれない。

そしてこのところ、イノシシやウサギを食べた者が次々に死んでいった。儀式のためにその身体を切ると、中から奇妙な虫が出てきた。〈太陽をまつる男〉は、イノシシやウサギを食べるのは、今や太陽への罪になったのだといった。たしかに、それは真実だった。罪人は死んだのだから。

羊か、飢えか。羊肉か、死か。スコは口の中の味気ない塊《かたまり》を嚙みながら考えた。自分はまだ、無理やり食べることができる。だが女は、子供は、そして一族の残りの者たちは……。今や、男たちのあばらは浮き出て、子供たちは目をぎょろぎょろさせ、すべすべした丸石のような頬や腹は失われていた。年寄りは前よりも寿命が短くなった。若者でさえ、人間や獣から襲われて傷を負ったわけでもないのに、太陽のもとへ召《め》されていった。狩りをしなくても手に入る食べ物は尽き、スコはこれまで力でかなわなかった男たちを、やすやすと組み伏せることができるようになった。

今、彼は一族の長《おさ》だった。それは彼が今も食べることができていたからだ。そして、一族の長である以上、彼は食べなくてはならなかった。まるで〈太陽〉が彼にこう命じているかのようだった。一族にものを食べさせる術《すべ》を発見し、それによって彼らを生き返らせるのだと。スコの腹はいっぱいになったが、口はまだ寂しかった。前に、腹は減っているのに口の中はいっぱいになったことがあった。あれはいつだったか。その感覚を思い出そうと唇を舐めたとき、彼は思い出した。

乾いた夏のことだった。川の水は減り、泉はどれもこれも枯れ、男たちは太陽が生まれるところから没するところまで、あらゆる場所へ新しい水源を探しに出かけた。彼も水を見つけたひとりだったが、あまりにも遠くへ来てしまった。持ってきたイノシシの干し肉（その頃は罪ではなかった）は食べ尽くし、矢も使い果たしたが、まだ家には着かず、ものを食べる必要があった。そこで動物のように、地面に生えているものを食べた。中にはうまいものもあった。だが、地面からある球根を抜いて、いくつもの部分に分かれている中のひとつを食べたとき、ほんの一片だけで、その刺激的な味に口の中がいっぱいになった。とうてい我慢できず、その証拠に、持ってきた水を全部飲み干してしまった。その味は、今も心に残っている。

彼は、洞窟の壁にある自分用の穴に手を突っ込んだ。遠くまで来た記念に持ち帰ってきた、球根の残りが見つかった。紫がかった茶色の固い皮をむき、黄白色の一片を出して匂いを嗅いだ。それだけで、口の中が少し満たされた。石炭を激しく吹いて火を強め、シチュー鍋がグツグツいいはじめたところで、そのかけらを羊肉と一緒に煮込んだ。片方は腹を満たしても口を満たさず、片方は口を満たしても腹を満たさないとしたら、その二つを一緒にすれば……。

スコは〈太陽〉に、自分の考えが正しいことを願った。一族のために。鍋がグツグツいっている間、しばらく何も考えなかった。それから、ついに立ち上がり、シチュー鍋から肉片をすくって食べてみた。口の中は少しいっぱいになった。すると、何かが彼の頭を揺さぶり、口を満たすためのもうひとつのものを思いついた。

彼はしっかりとした足取りで、〈舐め場〉へと駆けていった。そこは部族の人間が、羊やほかの動物を分ける場所だった。彼はそこから、白い結晶を持ってきた。シチュー鍋に放り込み、棒でかき混ぜて、結晶の形がなくなるまで待った。それから、もうひときれ肉を噛んだ。

今度は、口の中が本当に満たされた。口を開け、その満足感の中から、〝食べ物〟を意味する声を洞窟内に響かせた。最初に出てきたのは、彼の女だった。いつもの羊のシチューが入った鍋を見て、きびすを返そうとしたが、彼はそれをつかまえて無理やり口を開けさせ、新しいシチューを注ぎ込んだ。女は長いこと口をきかずに、じっと彼を見ていた。それから、顎を忙しく動かし、口の中のものがなくなるやいなや、〝食べ物〟を意味する声で子供たちを呼んだ。〈舐め場〉はまだある。家族が食べている間、スコは考えた。それに、足の速い連中を使えば、球根が生えているところからもっと採ってこられるだろう。一族に食べさせるには十分だ……。やがて、鍋が空っぽになると、スコ・フィエイと彼の家族は指をしゃぶった。

かくして、一千世代にわたる料理人の歴史を経て、空腹と塩とニンニクにより、人類初の料理人《シェフ》が誕生したのである。

噛む

They Bite

道はなく、あるのはほとんど垂直な勾配《こうばい》だけだった。石のかけらが数ヤード続き、セージが乾いた地面に痩せこけた根を下ろしている。ごつごつした、むき出しの岩には、ところどころに足場があったり、グリースウッドが危なっかしい枝を張り出していたりするが、よじ登る手がかりが何もなく、筋力と巧みなバランスに頼るしかないところもあった。

セージはくすんだ緑色で、岩も同じようにくすんだ茶色だった。色といえば、ときおりタマサボテンの薔薇色をした棘《とげ》が見えるばかりだ。

ヒュー・タラントは頂上まで最後のひと登りをした。周囲には、計画的な建造物の眺めが広がっている――リリパットの石の要塞、小人族の砦《とりで》だ。タラントは胸壁の上に登り、肩にかけていた双眼鏡を外した。

砂漠の谷が眼下に見える。小さな建物群は〈オアシス〉だ。わずかな椰子《やし》の木のおかげで、町はその名で呼ばれていた。そこには彼のテント、作りかけの小屋、どこにも通じていないまっすぐなハイウェイ、楽観的に分譲を待つ空き地を隔てている油っぽい道もある。

そのどれひとつとして、タラントは見ていなかった。双眼鏡はオアシスと、枯れた湖のそばにあるオアシスの町の向こうを見ていた。グライダーはくっきりと、鮮明に見えた。そして、そのそばで忙しく働いている制服の男たちは、ガラスの下の蟻の巣を見るように、細かいところまでよく見えた。訓練学校はごく普通に活動していた。タラントには不思議だったが、一台のグライダーが特に注目を集めているようだった。男たちがやってきて、仔細に観察し、古いモデルと見比べていた。

タラントの左目の端だけが、新しいグライダーを見ていなかった。そこを何かが動いていった。小さくて細く、地面と同じように茶色かった。ウサギにしては大きく、人間にしては小さすぎる。それが視界の隅を駆け抜けてゆくと、タラントは妙にグライダーに集中できなくなってしまった。

二焦点レンズの双眼鏡を下ろし、ゆっくりとあたりを見回した。彼のいる尖塔からは、狭く平らな山頂が見渡せる。動いているものは何もない。セージと石ころの間にあるのは、薔薇色のサボテンがひとつだけだ。彼はもう一度双眼鏡を取り上げ、観察を続けた。それが終わると、その結果を黒い手帳に几帳面に書きつけた。

彼の手はまだ白かった。砂漠は寒く、冬には往々にして日が射さない。だが、その手は力強く、目と同じくらい鍛えられていた。目で厳密に把握したデザインと寸法を、正確に写し取るのに長《た》けていた。

一度その手が滑り、線を消して書き直さなくてはならなくなった。汚れが残り、不愉快になる。痩せた茶色の物体が、ふたたび視界の端をよぎった。東へ向かったに違いない。そこにはいくつもの岩が、剣竜《けんりゅう》の背のように突き出ていた。

ノートを書き終えてから、ようやくそっちに興味を向けた。それでさえ、罪の意識を感じる。

毎日ここへよじ登ることと、作りかけの小屋のために土地を開墾したことで、いつにない体の疲れを感じていた。目の筋肉が妙ないたずらをしたのだろう。剣竜の背中の後ろには何もなかった。

何もない。生きて動いているものは何もなかった。あるのは引き裂かれ、半ば羽をむしられた鳥の死骸だけだ。それはまるで、小動物に食われでもしたかのようだった。

丘を半分ほど下りたところで――西部では丘と呼ぶが、ロッキー山脈の東なら、かなり大きな山といえるだろう――タラントはまたしても、動くものを見た。

だが、それは目の筋肉のいたずらではなかった。小さくも、細くもないし、茶色でもない。背が高く、肩幅が広く、派手な赤と黒のランバージャケットを着た男だ。彼は陽気な、はつらつとした声で「タラント！」と呼んだ。

タラントは彼のそばへ行った。「やあ」それから少し間を置いていった。「先を越されたようだな」

男はにやりと笑った。「おれが知らないとでも思ったか？　ああ、おれにいわせりゃ、十年ってのは長い年月さ。それに、カリフォルニアの砂漠は中国の田んぼとは違うんだ。どうしてる？　まだ〝秘密売ります〟って商売をやっているのか？」

タラントはその皮肉に応じまいとしたが、わずかに身を固くした。「残念ながら、投機家の野心にだまされてね。また会えて嬉しいよ、モーガン」

男は目を細めた。「ただの冗談だよ」彼は微笑んだ。「もちろん、グライダー学校のそばの山を登るのに、深刻な理由があるはずないよな？　それに、かわいい小鳥ちゃんを見るには双眼鏡が必要だ」

「健康のために外へ出てるんだ」その言葉は、自分の耳にも嘘っぽく聞こえた。

「そうとも。いつでも健康には気をつけていたもんな。そういえば、おれは最近、ちっとも身体の調子がよくないんだ。おれの小屋はこの地の果てにあって、ときどき自分で鉱脈を探しに出かけるのさ。それでだ、何だか今日は、でかい鉱脈を掘り当てたような気がするな」

「ばかばかしい。わかるだろう――」

「軍のやつらに、中国での出来事や、そこにいた人間たちのことを聞かせたくないものだ。きっとその話を気に入らないだろうな、軍のやつらは。だが、少し酒が過ぎて、口が軽くなったら――」

「そうだな」タラントはぶっきらぼうにいった。「もう日が暮れる。おれのテントは夕方には寒くなるんだ。だが、朝来てくれれば、昔話ができるだろう。今も、酒といったらラムなのか？」

「当然だ。知っての通り、近頃じゃ値が張るがな――」

「仕入れておこう。家はすぐにわかるはずだ――オアシスの近くだ。そこで……あんたのいう鉱脈についても、話ができるだろう」

立ち去るタラントは、薄い唇をきっと結んでいた。

バーテンはビールの栓を抜き、水滴が輪を作っているカウンターに置いた。「二十セントです」彼はそういうと、後から思いついたようにつけ加えた。「グラスはいりますか？　観光客には、たまにいわれますんでね」

タラントはカウンターに座っている顔ぶれを見た——目を赤くした無精ひげの老人、面白くなさそうにコーラを飲んでいる空軍曹長——ビールは勤務が終わってからなのだろう——長くて汚いトレンチコートを着て、パイプをふかし、新しく生やしたらしい茶色のひげの若者——そして、グラスはどこにも見当たらなかった。「おれは観光客じゃない」彼はいった。

それは、タラントが初めて〈砂漠遊技場〉を訪れた夜だった。町の中で姿を見られておくのはいいことだ。そうでなければ、人々は怪しんでうわさするだろう。「オアシスのそばに住んでいる男は何者なんだ？　なぜ、どこにも顔を出さない？」

その晩〈遊技場〉はひっそりしていた。カウンターの四人に、ビリヤードをしている二人の軍人、それから丸いポーカーのテーブルを囲む六人ほどの地元民。しらふで、口もきかずに、建設労働者から金を巻き上げようとしている。建設労働者は、自分の手よりもビールのほうに気を取られているようだった。

「通りすがりの方で？」バーテンが愛想よく訊《き》いた。

タラントは首を横に振った。「引っ越してきたんだ。肺を悪くして除隊になったので、何とかしようと思ってね。ここの気候がいいと聞いて、試してみる気になったのさ」

「そうですとも」バーテンはうなずいた。「あのグライダー学校ができるまでは、この砂漠の人間はみんな、健康のために来ていたんです。わたしも鼻が悪かったんですが、今はご覧の通りですよ。空気のせいです」

タラントは煙とビールの泡に満ちた空気を吸ったが、笑顔は見せなかった。「奇跡を願うよ」

「きっと起こりますよ。お住まいはどのへんで?」

「少し先へ行ったところだ。不動産屋は〈オールド・カーカーの家〉といっていた」

周囲が妙に静まり返り、聞き耳を立てているようなのを感じて、タラントは眉をひそめた。バーテンは何かいいかけてやめた。老人が、潤んだ赤い目にかすかに哀れむような表情を浮かべて彼を見た。一瞬、タラントは砂漠の夜気《やき》とは関係のない寒気を感じた。

老人はがぶりとビールを飲み、言葉をつむぎ出そうとするかのように顔をしかめた。ようやく、への字に曲げた唇から、ビールを拭っていった。「あの日干し煉瓦の家に住もうってんじゃないだろうな?」

「いいや。あそこは相当がたが来ているからね。煉瓦の家を住めるようにするよりは、掘っ立て小屋を建てたほうが早い。それまではテント暮らしをしているんだ」

「それがいい。だが、あそこの煉瓦の家の周りをうろつかないほうがいいぞ」

「そんなつもりはないさ。でも、なぜだい?　もう一杯ビールはどうだ?」

老人はものうげに首を振り、スツールを下りた。「結構だ。わしにはよくわからないが――」

「え?」

「何でもない。とにかく、礼をいうよ」彼は背を向け、ぎこちなくドアに向かった。

タラントは微笑んだ。「だけど、なぜ煉瓦の家に近づいちゃいけないんだ?」老人の背中に尋ねた。

老人は何やらつぶやいた。

「何だって?」

「噛むんだよ」老人はそういって、震えながら夜の闇の中に出ていった。


バーテンが持ち場へ戻ってきた。「あのじいさんが、ビールを断ってくれてよかったですよ。この時間になると、あの人に酒を飲ませるわけにいかないんです。今度ばかりは、やめるだけの分別があったようだ」

タラントは空になった自分の瓶を押しやった。「おれが怖がらせたのでなければいいが」

「怖がらせた? ああ、そうかもしれませんね。あなたのいう〈オールド・カーカーの家〉から来た人間から、ビールをおごられたくないんでしょう。昔から住んでいる人たちは、そのあたりがちょっと変わっていましてね」

タラントはにやりとした。「出るのかい?」

「そういうのじゃありません。幽霊が出た話は聞いたことがありませんよ」彼は一緒にその話題も拭い去ろうとするように、布巾《ふきん》でカウンターを拭いた。

空軍曹長がコーラの瓶を押しやり、ポケットから硬貨を取り出すと、ピンボール・マシンに向かった。ひげを生やした若い男が、空いているカウンターの席にするりと座った。「ジェイクじいさんが、あんたを怯えさせてなきゃいいがね」

タラントは笑った。「どこの町にだって、空き家にまつわるぞっとするような話があるものさ。だが、こいつはちょっと違うみたいだな。幽霊は出ずに、噛むってのは。何か知っているのかい？」

「少し」若者は真面目にいった。「ほんの少しだ。知っているのはただ――」

タラントは興味を引かれた。「おれのおごりで一杯やってくれ。それで、話してくれ」

空軍曹長が、スロットマシンに向かって悪態をついた。

ひげの間からビールを飲みながら、若者は話を始めた。「砂漠は広大で、とてもひとりじゃいられない。気づいたかい？　どこもかしこもがらんとして、見わたす限り何もない。だが、決まって何かが動いていて、しかもそれをはっきりと見ることはできないんだ。ひどく干からびて、細く、茶色で、見回したときには消えている。あんたは見たかい？」

「目の疲れだ――」タラントはいいかけた。

「ああ、そうだろうよ。誰にでも、自分の言い分があるだろうからな。先住民は皆、こいつを説明する手立てを持っている。ウォッチャーズの話を聞いたことあるだろう？　二十世紀の白人なら、疲れ目というだろう。だが十九世紀には、事情は少し違っていた。そこにはカーカーがいたんだ」

「特別な伝説があるというのか？」

「そういってもいい。あんたも目の端で何かを見ただろう。同じように細く、乾いたものを、目の隅でとらえたはずだ。そいつを確固たる説明で包み込むのも悪くない。それは伝説の始まりとか、民俗性の表れとか呼ばれるものだ。あんたはカーカーを見たんだ。そいつははっきりと見えず、何なのかわからない。そして、やつらは噛むんだ」

タラントは若者のひげが、いつからビールに浸っていたのだろうと考えていた。「それで、カーカーというのは何なんだ？」彼は礼儀正しく訊いた。

「ソウニー・ビーン（十五世紀スコットランドの食人鬼）の話を聞いたことがあるかい？ スコットランドの――ジェイムズ一世の時代のことだ。あるいは六世の頃だともいわれている。といっても、これぱっかりはラフヘッド（ウィリアム・ラフヘッド。スコットランドの犯罪学者）の勘違いだと思うがね。あるいは、もっと最近の話にしよう。一八七〇年代にカンザス州にいたベンダー一家（宿を経営し泊まった旅人を殺して金品を奪った）を知ってるか？ 知らない？ プロクルステス（ギリシア神話の巨人。ベッドの長さに合うように犠牲者の脚を切ったり伸ばしたりした）は？ ポリュペーモス（ギリシア神話の一つ目の巨人）は？ あるいはフィーファイフォーファン（『ジャックと豆の木』の巨人の脅し言葉で、「取って食うぞ」の意）は？

そう、人食い鬼だ。伝説じゃなく、実際にいたんだ。十人の旅人が泊まったのに、決まって九人しかいない宿屋。山小屋に冬の間じゅう旅人が閉じ込められ、春になって雪が解けると白骨だけが残っている話。旅人の大半が、途中で消えてしまう寂しい道――どこにでも転がっている話さ。ヨーロッパのどこでも、そしてこの国の大部分でも、交通手段がこれほど発達する前にはあったんだ。うまい商売さ。それだけじゃない。たしかに、ベンダー一家は金を奪った。だが、犠牲者をユダヤ教徒向けの肉屋のように注意深く殺したのは、そのためじゃない。ソウニー・ビーンは金には目もくれなかった。ただ、冬の間の保存食を増やしておきたかったのさ。それで、オアシスであったことを考えてみるといい」

「すると、カーカーというのは人食いのことなのか?」

「カーカー、人食い——ベンダー一家なのかもしれない。知っての通り、町の人々が奇妙なやり方で惨殺された死体を見てから、生きているベンダー一家が目撃されたことはない。この西部へ来たという話だ。それに時も経った。八十年代には、ここにはほとんど町はなかった。滅びかけた部族の家が、いくつかオアシスのそばにあるだけだった。カーカーが来てから、彼らはどこかへ行ってしまったんだ。そう驚くことじゃない。いずれにせよ、白人だってある意味、強大な人食い鬼だったんだからな。カーカーを恐れる者は誰もいなかった。旅人けれど、なぜこれほど多くの旅人が砂漠を横切れなかったのかについては気にしていた。旅人がカーカーの家に立ち寄ると、どういうわけかそこから先へは行けないんだ。彼らの馬車は、砂漠の五十マイルほど先で見つかった。ときには、干からびて白くなった骨も見つかった。まるでかじられたようだという者もいた」

「それで、誰もカーカーに何もしなかったのか?」

「したさ。ここにはジェイムズ六世はいなかった——今でもおれは一世だと思っているが——巨大な白馬にまたがって格好つけるやつはいないが、軍の分遣隊が二度ここに来て、やつらを一掃した」

「二度? 普通は一度でいいはずだろう」タラントはにやりとした。

「ああ。間違いじゃないんだ。やつらはカーカーを二度攻撃した。一度じゃだめだったのさ。一度は追い出したはずなのに、旅人は消え続け、かじられた骨が見つかった。とうとうあきらめて、人々はオアシスを迂回するようになった。長くてきつい道のりになるが、それでも――」

タラントは笑った。「そのカーカーってやつは、死なないとでもいうのか?」

「不死かどうかはわからない。だが、たやすく死なないのは確かだ。やつらがベンダー一家だったら――おれはそう思いたいが――この砂漠で何をすべきかをもう少し学んでいるだろう。たぶん先住民の知恵と自分たちの知恵を合わせて、うまくやっているかもしれない。どんな犠牲を払っても、カンザスよりはここにいたほうがずっといいんだろう」

「それで、やつらは何をするんだ――目の端に飛び込んでくるほかに?」

「カーカーの時代が終わってから、こうしてオアシスに新しく人が住みつくまで、四十年の月日が経っている。そして人々は、最初の一年やそこらは、自分たちの知ったことを話そうとしなかった。ただ、オールド・カーカーの煉瓦造りの家には近づかなかった。いくつかうわさがあった――ある暑い土曜の午後、司祭が告解場《こっかいじょう》にいると、懺悔者が入ってくる音がした。長いこと待って、とうとう、誰がいるのだろうかと金網を上げてみた。すると、そこにいた何かに嚙まれたんだ。今じゃ司祭の右手の指は三本しかなくて、それで祝福を捧げるさまはひどく滑稽なものだ」

タラントは二本の瓶をバーテンの前に出した。「こんな話を聞いたら、もう一本おごるべきだろうな。どう思う、バーテンさん？　彼はいつもこんなに面白いのかい、それともおれのために、即興で楽しませてくれたのかな？」

バーテンは真面目な顔で、新しい瓶を出した。「わたしなら、そんな話はしませんがね、この人もよそ者ですから、わたしらと同じ感覚ではないんでしょう。ただのお話なんですよ」

「そのほうが気が楽だ」ひげを生やした若者はそういって、自分の瓶をきつく握った。

「けれど、そこまで知ってるなら」バーテンはいった。「この話も聞いたことがあるでしょう――去年の冬、あの寒さ続きの冬のことです。あの冬、妙なうわさを聞いたんじゃありませんか。狼が暖を取るために、採鉱者の小屋に来たという話です。そう、あの冬はあまり景気がよくなかった。ここは強い酒を売る許可を持っていないし、あの寒さじゃ誰もビールを飲みたがりませんからね。それでも、大きな石油ストーブ目当てで、お客がよく来ていました。

あの晩も、何人か客がいました――さっき話していたジェイクじいさんと、飼い犬のジガーも――すると、誰かが入ってきたような音がしたんです。ドアがかすかにキーッといいました。けれど、誰もいなかったので、ポーカーは続行し、われわれもおしゃべりの続きをしていたんですが、突然、ストーブのそばのジュークボックスの後ろで、パキンという音がしたんです。何だろうと見てみると、そいつはよく見ないうちにどこかへ行ってしまいました。しかし、小さくて細くて、服は着ていませんでした。あの寒い冬にですよ」

「それで、パキンという音は何だったんだ？」タラントは義務的に訊いた。

「それですか？　骨だったんですよ。やつはジガーを音もなく絞め殺したに違いない。小さな犬でしたからね。肉はほとんど食い尽くされていました。髄液《ずいえき》をすすろうと骨を砕かなければ、最後まで食べられたことでしょう。今も、あそこにしみがあるのが見えるでしょう。どうやっても血が落ちないんですよ」

話の間、あたりはしんとしていた。それがだしぬけに、わっと賑やかになった。空軍曹長が歓声をあげ、ピンボール・マシンを興奮したように指さして、どれだけ勝ったかを高らかに叫んだ。建設労働者は大げさにポーカーのゲームを下り、その拍子に椅子を倒して、こいつらは勝手にルールを作っていやがると口惜しそうにいった。

カーカーが呼び起こしたぞっとするような雰囲気は、すっかり消えていた。タラントは口笛を吹きながらジュークボックスに近づき、硬貨を入れた。本当のところはわからないが、たしかにしみがある。

彼は機嫌よく笑った。むしろカーカーに感謝したい気分だ。おかげで、ゆすりの件はあっさり片づきそうだ。

タラントはその夜、権力の夢を見ていた。それはいつもの夢だった。彼は戦後新たに作られるアメリカ全体主義国家の元首で、人々は「来い！」といえばやってくるし、「去れ！」といえば去るし、「こうしろ！」といえばその通りにするのだった。

すると、ひげを生やした若者が前に立ちはだかった。汚いトレンチコートは、古代の預言者がまとうローブのようだった。若者はこういった。「あんたは成功した気でいるんだろう？

波の頂点にいる――未来という波のね。だが、見えないところに深い引き潮があるものさ。それは過去だ。現在と、未来すらそうだ。人間にはもっと邪悪で、はるかに古い悪意があるのさ」そして、若者の後ろには何かが潜んでいた。小さくて細く、茶色いものが。

翌朝、タラントはその夢に悩まされることはなかった。間近に迫ったモーガンとの会見にも平然としていた。彼はベーコンエッグを作り、上機嫌でがつがつと食べた。風はやみ、日ざしは暑かったので、小屋を作るために土地を開墾する間、彼は上半身裸だった。鉈《なた》がきらめきながら振り下ろされ、低木の根を切った。

やってきたモーガンは、丸い顔を真っ赤にして汗をかいていた。

「煉瓦造りの家の陰なら涼しい」タラントはいった。「そっちのほうが快適だろう」そして、快適な煉瓦造りの家の陰で、彼は鉈を振り下ろし、モーガンの汗をかいた赤い丸顔を真っ二つにした。

簡単なことだった。セージの茂みを引っこ抜くより簡単だ。それに安全だった。モーガンは地の果てにある小屋に住んでいて、しょっちゅう鉱脈探しの旅に出る。彼がいなくなったことに人々が気づくにしても、何カ月か先のことだろう。それをタラントと結びつけるやつはいまい。それにオアシスの連中が、カーカーの日干し煉瓦の家を探しに来ることは決してない。

死体は重く、血がタラントのむき出しの肌にしたたった。ほっとした気持ちで、煉瓦造りの家の床にモーガンの死体を下ろした。床板はなかった。ただの地べただった。固かったが墓が掘れないほどではない。それに誰ひとり、タブーに触れるこの場所をうろついて、墓に気づくことはないだろう。一年かそこらすれば、墓と、その中の骨は、カーカーのしわざということになる。

タラントの目の端が、また何かをとらえた。彼は慎重に、家の中を見回した。

わずかな家具は粗末でどっしりとしていて、斧《おの》の跡を削ってなめらかにした様子もなかった。それらは木の釘や、腐りかけた紐で留めてあった。暖炉には何年も昔の燃えかすが残り、その間に料理用の壺のかけらが、薄汚れて転がっていた。

さらに、深くくりぬかれた石があり、錆《さび》のような汚れがついていた。もっとも、石が錆びればの話だが。その後ろには、泥と棒きれで作った、不格好で小さな人形がある。それは人間のようでも、トカゲのようでもあり、目の端を駆け抜けていったものにも似ていた。

好奇心をかき立てられて、タラントはさらにあたりを見回した。ガラスのはまっていない薄暗い窓を透かし見る。彼ははっと息をのんだ。一瞬、恐怖に身がすくんだ。それからにやりとし、次に大声で笑った。

何もかもわかった。好奇心の強い人間がこれを見て、そこから話が大きくなったのだろう。たしかにカーカーは先住民から何かを学んだのだ。だが、それは防腐処理の技術だった。

それは完璧なミイラだった。先住民の技術で身体を縮めたものか、あるいは十歳くらいの男の子のものだろう。肉は少しも残っていなかった。皮と骨と、その間に張りつめている腱だけだ。まぶたは閉じ、その下の眼窩《がんか》は落ち窪んでいる。鼻は陥没し、ほとんど残っていない。薄い唇は後ろにめくれ、そこから長い、真っ白な歯がのぞいていた。こげ茶色になった皮膚と比べると、歯はいっそうまぶしく見えた。

このミイラは、なかなか珍しい代物だ。タラントは早くも、興味を引かれた人類学者からかなりの金が取れるだろうと踏んでいた――殺人に、思わぬ嬉しいおまけがついた――そのとき、ミイラの胸がごくわずかに上下しているのに気づいた。

カーカーは死んでいない。眠っているだけだ。

この期におよんでも、タラントは考えるのをやめられなかった。秩序正しい世界でこんなことが起きれば、考えている暇などないはずだ。モーガンの死体を埋めようなんて考えは捨てろ。鉈をつかんで、逃げなくては。

だが、彼は戸口で立ち止まった。砂漠を越えて、何かがこっちへやってくる。今度ははっきりと見えた――女だ。

彼はつい躊躇《ちゅうちょ》した。鉈の刃が、煉瓦の壁に当たって音を立てる。背後で寝ていたものが、カサッと音を立てて起き上がった。

今度はまともに振り向き、鉈を振り上げた。近くにいるほうをまずやっつけて、それから女をやる。怖がっている余裕はない。行動あるのみだ。

痩せた茶色の身体が、勢いよく突進してきた。彼は軽やかに身をかわし、次の攻撃のために体勢を整えた。そいつはまた飛びかかってきた。タラントは一歩下がって鉈を振り上げたが、モーガンの死体につまずいて転んだ。起き上がる前に、そいつがまた襲ってきた。鋭い歯が、左の手のひらに食い込んだ。

鉈がすばやく動いた。痩せて干からびた身体が、首をなくして床に落ちた。血は流れなかった。

歯は嚙みついたままだった。痛みがタラントの左手を這い上がってきた――嚙まれたにしては鋭く、激しい痛みだった。まるで毒にやられたようだ――。

鉈を落とし、力強い白い手を、乾いた茶色い唇に差し込んでひねった。歯は今も、しっかりと嚙みついている。壁に背中をもたせかけ、両膝で頭を挟んで引っぱった。皮膚が裂け、汚れた床に血が点々と落ちた。だが、歯はきつく嚙んでいた。

今やすべての世界が、この手と頭に収斂《しゅうれん》していた。ほかのことはどうでもいい。とにかく自由にならなければ。痛む腕を顔まで持ち上げ、自分の歯で、容赦ない相手に嚙みついた。乾いた肉体は、粉々になって砂漠のちりにまぎれたが、歯はしっかりと食いついて離れない。その真っ白な鋭い歯で唇が切れ、甘い血の味と、何か別の味がした。

彼はふたたび、よろよろと立ち上がった。自分が何をすべきかはわかっていた。後から医者へ行って、止血してもらえばいい。ドクトカゲに嚙まれたことにすれば――やつらの顎の力だって、大したものじゃないか？――だが今は、やるべきことはわかっていた。

彼は鉈を振り上げ、もう一度振り下ろした。

白い手が、白い歯を立てた茶色い顔をくっつけたまま、茶色い床に落ちた。彼はしばらく動くことができず、日干し煉瓦の壁にもたれた。切られた手首は、深くうがたれた石の上にあった。彼の血と体力と生命が、泥と棒きれでできた小さな人形の前にしたたり落ちた。

女は戸口まで来ていた。日の光が、痩せた茶色い身体をまぶしく照らしていた。女は動かなかった。くりぬいた石が満たされるのを待っているのだ。彼にはそれがわかった。

タイムマシンの殺人

Elsewhen

「ねえ、アガサ」朝食の席で、パートリッジ氏はいった。「世界初のタイムマシンを完成させたんだが」

姉は感心したそぶりも見せなかった。「そうなったら、これまで以上に電気代がかさむんじゃないの」

そこから決まって始まる講釈を、パートリッジ氏はおとなしく聞いた。それが終わると、彼は反論した。「そうはいっても、今、姉さんが耳にしたのは、世界中のどんな女性も聞いたことのない話なんだよ。人類史上、実際に動くタイムマシンを作った者はいないんだから」

「へえ」アガサ・パートリッジはいった。「それで、何か得することでもあるの？」

「その可能性は計り知れない」パートリッジ氏は、淡い色をした小さな目を輝かせた。「過去を見ることだってできるし、その誤りを正すことさえできるかもしれない。古代の謎を解くこともできる。まだ見ぬ未来の筋書きを書くことだって――時間という地図のない新大陸の、新たな征服者になれるというわけさ。それに――」

「それにお金を払おうって人がいる？」

「われもわれもと払いたがるさ」パートリッジ氏は得意満面にいった。

姉は興味を引かれたようだった。「それで、そのタイムマシンはどこまで行けるの？」

パートリッジ氏はトーストにバターを塗るのに没頭して聞こえなかったふりをしたが、無駄だった。姉は質問を繰り返した。「どこまで行けるの？」

「そう遠くまでは行けないんだ」パートリッジ氏はしぶしぶ認めた。それから、さらに細かく突っ込まれる前に急いでつけ加えた。「実は、ほとんど移動できない。しかも一方向だけだ。でも、いいかい」彼は気を取り直して続けた。「ライト兄弟だって、最初の飛行機で大西洋を横断したわけじゃない。マルコーニの無線だって——」

アガサはあっという間に興味を失ったようだ。「だと思った」彼女はいった。「やっぱり、電気代のことを考えたほうがよさそうね」

そんなものだろうとパートリッジ氏は思った。誰のところへ行って、誰に話そうとも、「どこまで行けるのですか？」「ほとんど行けません」「そうですか、ではまた」で終わりだろう。ほんの数分の一秒でも、自由意志によって時間を移動することができれば、西暦五九〇〇年という遠い未来へ行くにも匹敵するのだということを、他人に納得させるのは無理な話だ。自分でも、最初はがっかりしたものだ——。

それは偶然の発見だった。実験中のこと——かつては錬金術と呼ばれていたものを現代の科学技術をもって再現するという、長く実りのない実験のひとつで、強力な磁場が必要となったのだ。そして、その磁場の中には、部品の一部としてクロノメーター（高精度時計）があった。

パートリッジ氏は、実験を始めた時間を頭にとどめた。正確には九時三十分十四秒だった。そして、ちょうどそのとき、地震が起こったのだ。大きな揺れではなかった。パートリッジ氏のように、南カリフォルニアに二十年も暮らした者なら、ほとんど気づかない程度のものだ。だが、クロノメーターに目を戻したとき、ダイヤルは十時十三分を指していた。

何かに没頭しているときは時間の経つのは早いものだが、これほど早くはないだろう。パートリッジ氏は懐中時計を出して見た。九時三十一分。一瞬のうちに、高性能のクロノメーターがいきなり四十二分も進んだのだ。

パートリッジ氏が考えれば考えるほど、論理の鎖は抗《あらが》いがたいある事実を示していた。クロノメーターは正確だった。したがって、その四十二分は正しく計測されたものだ。それは今、この場で計測されたものではない。つまり振動によって、それだけの時間を計測できる場所へ移動したのだ。三次元の空間を移動してきたわけではない。つまり――。

クロノメーターは四十二分の時をさかのぼり、現在までその時間を刻んできたことになる。それとも、分単位だけの話だろうか？　クロノメーターは八日巻きのものだ。十二時間と四十二分だったら？　四十八時間と？　九十六時間と？　あるいは百九十二時間と？

それに、どうすれば――というのが、パートリッジ氏の心を占める大きな問題だった――この装置に生き物を乗せられるだろうか？

パートリッジ氏がその発見を検証し、確認するために熱心に行った数多くの実験について、くどくどと語っても意味はないだろう。それは、純粋に経験主義的なものだったからだ。パートリッジ氏は理論には疎《うと》かったが、機械いじりには秀でているタイプの発明家だった。彼が立てた仮説は、ひどく大雑把なものだった――突然の衝撃を与えれば、磁場が時間の次元へと変化し、ある種の――彼は言葉を探した――負のエントロピーが生まれて、そこにあるものが時間をさかのぼるというものだ。だが、高度な議論を呼ぶのは必至であろう仮説は、アカデミー会員に任せておけばよい。やらなくてはならないのは、機械を完成させ、一般に使用できるものにして、それから初のタイムトラベラー、ハリソン・パートリッジとして、驚きに目を見張る世界の前に登場することだ。乾ききった自尊心がその期待にくすぐられ、膨らんだ。

地震と同じ効果を作り出すような、人工の衝撃を与える実験が行われた。また、ハツカネズミの実験で、時間旅行が生物に害を与えないことが証明された。さらに、クロノメーターを使った実験で、移動できる時間は消費される電磁石のエネルギーと一致して変化することが証明された。

だが、実験ではまた、経過した時間が十二時間でもなければ、その倍数でもなく、たったの四十二分間だったことが証明された。そして、パートリッジ氏に使える設備では、どう頑張ってもその時間を二分以上延ばすことはできなかった。

ばかばかしい、とパートリッジ氏は思った。こんなに短く、しかも過去にしか行けない時間旅行では、何の役にも立たないだろう。あるいは、本当につまらない役には立つかもしれない――前に、ネズミの実験で自分自身も安全に時間旅行ができるとわかってから、夕食前に長い計算を仕上げておかなければいけないことがあった。一時間ではとうてい足りない。そこで、六時になるともう一度五時に戻り、五時から六時までの二時間で、夕食までにやすやすと仕事を終えたのだった。それからある晩、お気に入りのラジオのクイズ番組を聴き逃してしまったときも、いともたやすく始まる時間に戻り、全部を聴くことができた。

いったんタイムマシンの機能が確立されれば、こうしたちょっとした使い方も重宝されるだろう――廉価《れんか》な家庭用のものが出れば、大きなセールスポイントになるかもしれない――が、タイムマシンが――そして、さらに重要なのは――ハリソン・パートリッジが一躍有名になるほどの、華やかさと驚きには欠けていた。

偉大なるハリソン・パートリッジは、計り知れない富を手にするだろう。姉のアガサに小遣いを与えて、厄介払いすることもできる。太っていて、髪が薄くても、莫大な名声と魅力を手に入れ、あの美しくもつれないフェイス・プレストンは、熟《う》れたプラムのようにこの手の中に落ちてくるだろう。そして――。

そんな権力の夢に浸っているうち、フェイス・プレストン本人が仕事場に入ってきた。白いスポーツドレスを着た、はつらつとして清純な彼女がいると、部屋がぱっと明るくなったような気がする。

「お姉さまにお会いする前に、こっちへ来たわ」彼女の声は、着ているものと同じくらいすがすがしくて、明るかった。「あなたに最初に知らせたくて。わたし、来月サイモンと結婚するの」

その後の会話を、パートリッジ氏は何ひとつ覚えていなかった。たぶん彼女は、いつものように仕事場のひどい散らかりようを指摘し、いつものように今はどんな研究をしているのかと礼儀正しく尋ねたのだろう。そして彼は、型通りの祝いの言葉を述べ、あのくそ生意気なサイモン・アッシュを大げさに祝福したのだろう。だが、頭の中にあるのは彼女がほしい、彼女が必要だということだけだった。来月になる前に、何としても偉大で魅力的なハリソン・パートリッジにならねばならない。

金だ。それしかない。金なんだ。金さえあれば、莫大な動力を積むことのできる大規模な装置を作ることもできる――それに、その動力を作るにも金がかかる――そうなったら、本当に派手な結果を出せるだろう。四半世紀もさかのぼれば、世界を驚かせるに十分だ。たとえばベルサイユ会議の議場に現れて、そのあまりにも寛大な――それとも、あまりにも厳密なというべきか――条約がもたらした結果について、代表の面々に説明してやったらどうだろう。あるいは金に糸目をつけずに、数百年、数千年の時を越え、失われた芸術や忘れられた謎を持ち帰ってきたら――。

「おやおや！」アガサがいった。「まだあの娘のことを考えているのかい？　ばかな真似はよしてちょうだい」

アガサが入ってきたのには気づかなかった。今も、はっきりと見えているわけではない。目の前に浮かぶのは打ち出の小槌《こづち》だった。それが彼に金をもたらし、その金で設備を買い、それでタイムマシンを完成させ、成功を手に入れ、フェイスは自分のものになる。

「仕事もせずにぼんやりしているなら――それが仕事と呼べればの話だけど――少なくともスイッチをいくつか切っておいたらどうなの」アガサが文句をいった。「本気で、あたしたちが金持ちになれると思ってるの?」

彼は機械的にうなずいた。

アガサはくどくどとこぼした。「一部の連中がどんな金遣いをしているかを知ったら、きっと病気になっちまうだろうよ。いとこのスタンリーときたら! サイモン・アッシュを秘書に雇って、やらせることといったら書斎と蔵書の管理だけ。あれほどの金を、どぶに捨てているだけなんだから! しかも、マックス大おじさんの遺産は、全部彼のところへ行くことになっている。あたしたちなら間違いなく有意義に使うのに。いとこのスタンリーさえいなければ、あたしが相続人なのに。それなのに――」

アガサが相続人になったからといって、鼻持ちならないオールドミスのままであることに変わりはないと、パートリッジ氏はいいかけた。だが、二つの感情が生まれ、口を閉じた。ひとつは、アガサでさえも心の中に嫉妬心を持っていることへの驚き。そしてもうひとつは、彼女への絶大な感謝だった。

「そうとも」パートリッジ氏はゆっくりと繰り返した。「いとこのスタンリーさえいなければ――」

こうした単純な動機から、えてして殺人は起こるのである。

その論理の鎖はあまりにも強く、道徳の問題が入り込む余地はなかった。

マックス大おじは、計り知れないほど年老いていた。あと一年生き永らえるかどうかは論外だった。そして、その息子のスタンリーが先に死ねば、ハリソンとアガサ・パートリッジだけが生存中の親類になる。そしてマックスウェル・ハリソンは、その年齢と同じくらい計り知れない金を持っていた。

したがって、スタンリーは死ななければならない。また、その死に当たっては、自分の身の安全を最大限に確保しなければならない。短時間のタイムマシンはもってこいだと、パートリッジ氏は突然気づいた。つまり、殺人のアリバイを作るには。

最大の難関は、ある程度の時間を旅行できる持ち運び可能なタイムマシンを作ることだ。第一作の移動時間は二分間だった。だが、週の終わりには、パートリッジ氏は四十五分間も旅行できる持ち運び式のタイムマシンを完成させた。あとは鋭利なナイフがあればいい。銃はどこか無粋な感じがするからな、とパートリッジ氏は思った。

金曜の午後、彼はいとこのスタンリーの書斎を五時に訪ねた。それは、この金持ちの変人が、自分の宝物を学術的な目で静かに愛でるのに没頭している時刻だった。執事のブラケットは取り次ぐのを渋ったが、パートリッジ氏は「いとこに伝えてくれ」と告げた。「きみの蔵書に新たに加えられそうな本を見つけたと」

いとこのスタンリーが最近蒐集《しゅうしゅう》に凝っているのは、実際の殺人事件に基づいたフィクションだった。彼はすでに、その手の蔵書を完璧に集めていた。すぐにも完全版の書誌を発表することだろう。そこへ新たな本が見つかったというのは、開けゴマの呪文に等しかった。

太いどら声に歓喜をにじませて迎えたスタンリー・ハリソンは、彼が手にしている奇妙な機械には気づかない様子だった。パートリッジ氏が変わり者の発明家であることは、誰もが知っていることだった。

「ブラケットに聞いたが、ぼくに何かくれるものがあるって?」いとこのスタンリーは太い声でいった。「それはありがたいな。何か飲むかい? 何をくれるんだって?」

「飲み物は結構」パートリッジ氏の中の何かが、犠牲者のもてなしを受けることに抵抗を感じていた。「ハンガリーの友人が、ベラ・キス(ハンガリーの連続殺人鬼)に関する小説があるというものでね」

「キスだって?」スタンリーの顔に満面の笑みが浮かんだ。「そいつはすごい! これまでやつを題材とした小説が書かれなかった理由がわからんよ。女を殺したんだ。ランドリュー(アンリ・デジレ・ランドリュー。フランスの連続殺人鬼)タイプさ。実に魅力的だ。被害者を空の石油缶に放り込んでいた。石油不足にならなかったら、決して発覚しなかっただろうね。警察官は彼が買いだめをしていると疑い、缶を調べて死体を見つけたんだ。すばらしい! で、詳しい話を聞かせてくれるなら——」

いとこのスタンリーは、メモ用紙の上で鉛筆を止め、身を乗り出した。そこで、パートリッジ氏は一撃を加えた。

彼は、よくは知らないが興味深い殺人者の名前を確認したときと同じように、その一撃の効果を確かめた。ナイフは正確に急所を突いており、ごぼごぼいう音と、死んでゆく肉体の恐ろしい痙攣《けいれん》を感じた。

今や、パートリッジ氏は相続人であり、殺人者だった。だが、そのどちらの事実も考えている余裕はなかった。しびれて空っぽになった頭で、慎重に予行演習した通りに動いた。書斎の窓に掛け金をかけ、ドアに鍵をかける。これで不可能犯罪になる。彼も、また無実の何人たりとも、犯人にされることはないだろう。

パートリッジ氏は、完全に密室となった部屋の真ん中で、死体のそばに立っていた。五時四分過ぎだった。彼は、誰ともわからないようなしわがれ声で、大きく二度、悲鳴をあげた。続いて持ち運び式の装置のプラグを床の差し込み口に入れ、スイッチを入れた。

四時十九分。パートリッジ氏は装置のプラグを抜いた。部屋には誰もおらず、ドアは開いていた。

パートリッジ氏は、いとこの家のことを知り尽くしていた。彼は誰にも見とがめられずに外へ出た。タイムマシンを車の折りたたみ座席に押し込み、フェイス・プレストンの家へ向かう。長い道のりの間、終始信号に注意して運転し、四時五十分きっかりに町の反対側まで来た。フェイスの家に着いたのは四時五十四分。さっき自分が殺人を犯した、十分前のことだった。

サイモン・アッシュは、スタンリー・ハリソンの最近の蒐集物を目録にするため、木曜日は徹夜していた。それでも、金曜の朝はいつもの時間にやってきて、フェイスと昼食をともにするために午前中の手紙を整理した。その日の四時半には、立ったまま居眠りをするありさまだった。

あと三十分もすれば、雇い主が書斎へ来ることがわかっていた。そして、スタンリー・ハリソンは、日課となっている五時のご満悦と瞑想の間、ひとりでいるのを好んだ。だが、秘書の机は書斎の本棚に隠れた隅にあったし、睡眠欲はあらゆる生理的欲求を超えていた。

サイモン・アッシュのくしゃくしゃの金髪が、机に沈んだ。眠気で重くなった手がカードの束を床に落としたが、頭の中ではかすかに、もう一度アルファベット順に並べておけばいいと思っただけだった。あまりにも眠くて、楽しいことしか考えられない。週末にバルボアで楽しんだヨット遊び、次の休暇に予定している山脈へのハイキング、そして何より、フェイスのこと。はつらつとして愛らしく、完璧なフェイスが、来月にはぼくのものになる——。

眠っているサイモンのごつごつした顔に、笑みが浮かんだ。だが、耳障りな叫び声が頭の中で響き、目が覚めた。彼はぱっと立ち上がり、書棚の陰から書斎を覗いた。

事切れた巨体が机に突っ伏し、その背中からナイフの柄が生えているのも信じられなかったが、さらに信じられない光景が広がっていた。そこには男がいた。サイモンのほうに背中を向けていたが、かすかに見覚えがあるようにも思えた。男は複雑な機械のそばに立った。かちっとスイッチの入る音がした。

すると、彼は消えていた。

部屋に存在するのはサイモン・アッシュと、おびただしい数の本だけだった。それから、その持ち主の死体だけ。

アッシュは机に駆け寄った。スタンリー・ハリソンの身体を持ち上げ、ナイフを抜こうとしたが、どんなに手を尽くしても彼が息を吹き返す見込みはなさそうだった。電話に手を伸ばばそうとしたとき、ドアに大きなノックの音がした。

ノックの音とともに、執事の声がした。「ハリソンさま！　ご無事ですか？」間があって、さらにノックの音がした。「ハリソンさま！　中へ入れてください！　ご無事ですか？」

サイモンはドアに駆け寄った。鍵がかかっていて、足元にある鍵を拾うのに一分近くかかってしまった。その間に、執事の懇願はいよいよ切羽詰ってきた。ようやく、サイモンはドアを開けた。

ブラケットが彼を見ていた——眠気で充血した目、血に染まった両手、そして後ろの机に座っているものを。「アッシュさま」執事はあえぎながらいった。「何ということをなさったのです？」

フェイス・プレストンはもちろん家にいた。パートリッジ氏の計画の要《かなめ》を、偶然に任せるわけにはいかない。彼女が一番仕事に打ち込むのは夕方、お腹が空いてくる頃なのだと聞いている。しかも今週は、石鹸彫刻の国内コンテストに出品する作品に熱を入れていた。

夕方の光は、よくいえばアトリエ、別のいい方をすれば屋根裏部屋の中を、明るく照らしていた。それは乏しい家具を完璧な色合いで照らし出し、フェイスの非の打ちどころのない姿を囲む光背《こうはい》のように見えた。

ラジオが静かにかかっていた。彼女は音楽を聴きながらだと一番仕事がはかどるという点も、パートリッジ氏の計画の肝要なところだった。

六分間は、たわいもない話をして過ごした――何を作っているんだい？　何てすばらしいんだろう！　それで、最近は何をやっているの？　相変わらずぶらぶらしているよ。結婚式の準備は？――それから、パートリッジ氏は黙ってというように手を上げた。

「時刻は」と、ラジオがいった。「あと五秒で五時になります」

「時計のねじを巻くのを忘れていてね」パートリッジ氏はさりげなくいった。「一日じゅう、何時なのか気になっていたんだ」彼は少しも狂ってなどいない時計の時刻を合わせた。

そして、深く息を吸い込んだ。ついに新しい自分に生まれ変わった。ついに、偉大なるハリソン・パートリッジになったのだ。

「どうしたの？」フェイスが訊いた。「様子が変よ。お茶をいれてきましょうか？」

「いいや。何もいらない。大丈夫だ」彼はフェイスの背後に回り、その肩越しに、石鹸の塊から現れつつある美しい裸体を見た。「最高にすばらしいよ」彼はいった。「最高だ」

「気に入ってくれて嬉しいわ。女性のヌードで満足のいくものを作れたためしがないの。女性の彫刻家はみんなそうだと思うわ。でも、挑戦してみたくて」

パートリッジ氏は乾いた熱い指で、石鹸から生まれた乙女に触れた。「心地よい手触りだ」彼はいった。「この心地よさはまるで――」その先は続かなかったが、彼の手は、フェイスのひんやりした首筋と頬に触れた。

「どうしちゃったの、パートリッジさん！」彼女は笑った。

その笑いは行き過ぎだった。タイムトラベラーであり完全犯罪者、偉大なるハリソン・パートリッジを、そんなふうに笑うべきではない。その後に起こったことは、彼の計画には含まれていなかった。だが、計画外の何かに突き動かされて、フェイスのしなやかな身体に手を回し、めったに饒舌《じょうぜつ》にならない口からは、興奮気味の、支離滅裂な愛の言葉が飛び出していた。

彼女の目に恐怖が宿った。身を守ろうと本能的に伸びた手から、彼はナイフをもぎ取ろうとした。ナイフを目にして、彼の目も光った。小さい、おもちゃみたいなものだ。男の背中を刺すことはできない。だが、鋭かった――喉か、手首の動脈を切り裂かれたら――。

一瞬、彼の手が緩んだ。油断した瞬間、フェイスは自由になっていた。彼女は振り返らなかった。階段を下りる足音が聞こえると、一瞬、偉大なるハリソン・パートリッジはなりをひそめ、不安だけを抱えたパートリッジ氏がいた。もしも彼女に嫌われ、アリバイを証明してもらえなかったら――。

その不安はすぐに消えた。どんなに相手が憎くても、フェイスは真実しか語らないだろう。それに、その憎しみだって、自分を選んだのがどんな男かを知ったら、消えてしまうに違いない。

ドアを開けてフェイスを迎えたのは、執事ではなかった。制服を着た警官だった。「ここに何の用です?」

「サイモンに……いえ、アッシュさんにお会いしたくて」彼女はうっかり口を滑らせたのに気づいた。

警官の表情が変わった。「こちらへ」と、長い廊下を案内した。

平服を着た背の高い若者がいった。「ジャクスンといいます。おかけになりませんか? 煙草は?」彼女は神経質そうに、手振りで煙草の箱を断った。「ヒンキーの話では、アッシュ氏にお会いしたいとか?」

「ええ、わたしは――」

「ミス・プレストンですね? 彼の婚約者の?」

「ええ」彼女は目を見開いた。「どうして――あの、サイモンに何かあったのですか?」

若い警察官は顔を曇らせた。「そのようです。といっても、今のところ彼は無事ですが。つまり、彼は――くそっ、こんな話をありのままに聞かせられるものか」

制服警官が割って入った。「彼は署に連行されたのです。どうやら、雇い主を殺してしまったようです」

フェイスは気を失ったりはしなかったが、しばらくの間、世界がぼやけてしまった。ジャクスン警部補の説明も、サイモンが彼女に残したという言葉も耳に入らなかった。ただ、腰を下ろしている椅子をぎゅっとつかみ、いつもの景色が戻ってきて、それを受け入れられるのを待った。

「サイモンは無実です」彼女はきっぱりといった。

「わたしもそう願っています」ジャクスンは心からそう思っているようだった。「あなたの婚約者のような立派な青年に殺人の疑いをかけるのは、大変心苦しいことです。しかし、事実は明白です。彼が無実なら、最初に聞いた話よりもっともらしい話をしてもらう必要がある。殺人犯がスイッチを入れたら消えてしまったというのでは、ほとんどの陪審員は納得しないでしょう」

フェイスは立ち上がった。世界がふたたび形を取り戻し、ひとつの事実がはっきりした。「サイモンは無実です」彼女は繰り返した。「それを証明してみせますわ。どこへ行ったら探偵を雇えるか、教えていただけません?」

制服警官が笑い出した。ジャクスンも笑いそうになったが、それをこらえた。「もちろん、ミス・プレストン、市はわれわれを探偵とみなして給料を払っているのです。しかし、おっしゃる意味はわかります。警察官の視点や、事実にさえも束縛されずに、もっと自由に調査できる人がほしいのですね。ええ、どうぞご自由に」

「ありがとうございます。それで、どこへ行けばよいのでしょう?」

「周旋屋《しゅうせんや》のまねをするのは、わたしの職務ではありません。しかし、いんちき探偵に依頼するのを黙って見ているよりは、推薦したほうがいいでしょう。わたしと手を組み、ときにはライバルとして、いくつもの事件を手がけた男です。そしてこの事件は、彼の興味を引くには十分不可解なものです。迷宮入りの事件が好きなものでね」

「迷宮入り?」不吉な響きだった。

「公平にいえば、彼の手にかかれば解決するのです。名前はオブリーン——ファーガス・オブリーンです」

パートリッジ氏はその日、外で夕食をとった。アガサの辛辣《しんらつ》な物言いには我慢できなかったからだ。夕食の後、ストリップ通りのバーをはしごして、〝隣にいるのがどんな男か知ったら、こいつはどうするだろう〟というゲームを楽しんだ。まるでハルーン・アル・ラシッド（イスラム帝国アッバース朝最盛期の王）になった気分だ。その高揚感は心地よかった。

家に帰る途中、交差点で明日付の『タイムズ』紙を買い、路肩に車を停めて読んでみた。警察を途方に暮れさせる謎の殺人事件を報ずる、センセーショナルな見出しを想像していた。ところが、代わりにこうあった。

秘書が雇い主を殺害

一瞬、面食らった後、偉大なるハリソン・パートリッジはわれに返った。こんなはずじゃなかった。誰かに無用な苦しみを負わせるつもりはない。だが、偉大なる人物の計画を邪魔しようとする下等な人間は、それ相応の罰を受けねばなるまい。

パートリッジ氏は満ち足りた気分で、車で家に帰った。作業場のベッドで寝てもいい。そうすれば、アガサの顔を少しは見なくて済むだろう。作業場の明かりをつけた彼は、はっと立ち尽くした。

タイムマシンのそばに男が立っていた。最初に作った大きいほうのマシンだ。超人になったように自信にあふれたパートリッジ氏の気分は、巨大な風船がほんの小さな針で破裂してしまうように、あっという間に消えてしまった。一瞬、科学に精通した警察官がこのからくりを見破り、ここまで尾行してきて、彼の発明品を見つけたのかと思った。

そのとき、男が振り返った。

パートリッジ氏の恐怖は、ほんの少しだけやわらいだ。その人物はパートリッジ氏だったのである。つかの間、ポーのウィリアム・ウィルソンじみたドッペルゲンガーや、ジキル博士とハイド氏のような二重人格という、悪夢のような考えが浮かんだ。すると、もうひとりのパートリッジ氏が大声をあげ、部屋を出ていった。残ったパートリッジ氏は床にへたり込んだ。

山あれば谷ありだ。パートリッジ氏の高揚した気持ちは、今、その容赦ない成り行きに暗転していた。殺人の成功、フェイスへの情熱、ハルーン・アル・ラシッドになったような夜、すべてが消え失せた。部屋から恐ろしい音が聞こえた。それが自分のすすり泣きの声だと気づいたのは、しばらく経ってからだった。

ようやく、彼は立ち上がった。洗面台の冷たい水で顔を洗ったが、まだ恐怖はつきまとっていた。たったひとつ、安心したことがある。彼が偉大なるハリソン・パートリッジであることだけは間違いない。そして、ここにはすばらしい機械がある。彼は、心から大事にしている名馬をなでるように、それに触れた。

パートリッジ氏は神経が高ぶり、いつもの倹約ぶりを忘れて酒を過ごしてしまった。その手がスイッチをかすめた。顔を上げると、自分自身がドアから入ってきた。彼は大声をあげ、あわてて部屋を出ていった。

冷たい夜気の中で、少しずつわかってきた。うっかり時をさかのぼり、自分が部屋に入ってきた時間に来てしまったのだ。部屋に入ってくる自分を見たというわけだ。それだけのことだ。だが、注意深く心にとどめておかねばなるまい。タイムマシンを使うときには、すでに自分がいる時間と場所に戻らないよう、常に気をつけることだ。自分に出くわしてはいけない。心理的なショックを受ける危険は、相当なものだ。

パートリッジ氏は少し気分がよくなった。自分で自分を驚かしただけのことだ、そうだろう？　決して、偉大なるハリソン・パートリッジになることに怖気《おじけ》づいたわけではない。

警察官に推薦——といってもよければ——された探偵、ファーガス・オブリーンの事務所は、セカンド通りとスプリング通りの角の、今にも倒れそうな古いビルにあった。待合室には、依頼者とおぼしき二人の先客がいた。ひとりは、いかにも貧民街の浮浪者といった、無気力そうな人物。それから、優雅に服を着崩したもうひとりは、まぎれもなくハリウッドの上流階級の中の、下層に属する一員に違いない。
ようやく面会した探偵は、服装はどちらかといえば後者の部類だったが、身分を証明するというよりも楽だからという理由でスポーツウェアを着ているようだった。痩せた若者で、鋭い顔つきと、真っ赤な髪をしている。一番目立つのは目だった——鮮やかな緑の目を、絶えず好奇心できらきらさせている。その好奇心が満足しないうちは、決して仕事を投げ出さないという印象を受けた。

彼は黙ってフェイスの話を聞き、ときおりメモを取る以外は、じっと動かなかった。熱心に、興味を引かれている様子だったが、緑の目の中の好奇心がだんだんと絶望に変化していくのを見て、フェイスの気持ちは沈んだ。話を終えると、彼は立ち上がって煙草に火をつけ、狭い事務所を行き来しはじめた。

「よく考えてみましょう」彼はすまなそうにいった。「気を悪くしないでほしいのですが、どう考えればいいんです？　あなたがおっしゃった事実は、陪審員にとっては署名入りの供述書よりも明白ですよ」

「でも、サイモンはやっていません」フェイスは食い下がった。「わたしはあの人を知っています、オブリーンさん。そんなことができる人じゃありません」

「お気持ちはわかります。しかし、あなたの気持ち以外に何があるというのです？　あなたが間違っているというんじゃありません。だが、警察と裁判所がどう見るか、それをお伝えしているのです」

「でも、サイモンがハリソンさんを殺す理由がありません。いい仕事を与えられ、気に入っていました。わたしたちは結婚する予定もありました。今では仕事も……何もかも失ってしまいましたわ」

「わかります」探偵はなおも部屋を行き来した。「それは一理ありますね――動機がない。しかし、この状況では動機がなくても有罪になるでしょう。仕方ありません。何だって動機になりうるのですから。ランドリュー以来の最もけしからぬ、最も魅力的なフランスの殺人鬼は、その朝電気トースターが動かなかったという理由で人を殺しています。しかし、動機の点を考えてみましょう。ハリソン氏は富豪です。その金は全部、どこへ行くのでしょう?」

「サイモンが遺言状の起草を手伝っています。すべてが蔵書、基金などへ行くことになっているようです。もちろん、使用人には多少贈られますが――」

「多少といってもかなりの額になるかもしれない。近い親類は?」

「お父さまがまだ生きていらっしゃいます。かなりのお年ですわ。でも、彼自身とても裕福なので、遺産を贈られるなどばかげた話です」

ファーガスは指を鳴らした。「マックス・ハリソンか! なるほど。丁寧ないい方をすれば、引退した泥棒貴族だ。この十年、いつ死んでもおかしくなかった。そして、残される遺産は数百万ドル。それが動機だ」

「どういうことです?」

「殺人者は、スタンリー・ハリソンの死によって利益を得る者です。彼の遺産がすべて基金へ流れるとしたら、直接的には恩恵を受けないが、彼の父親が死ぬことで間接的に利益を得ることになる。昔ながらの二つの動機というわけですよ――利益を得ることと、邪魔者を取り除くこと。ハリソンの死によって、次に遺産を相続するのは誰です?」

「よく知りません。でも、またいとこか何かが二人いるのは知っています。生きている親類といったら、それだけだと思います。アガサとハリソン・パートリッジです」

ファーガスの目が、ふたたび輝いた。「少なくとも、それが取っ掛かりになるでしょう。サイモン・アッシュに動機はなく、ハリソン・パートリッジなるものが恩恵を得る。何の証明にもなりませんが、そこから始めることはできる」

「でも――」フェイスは反論した。「でも、いずれにしてもパートリッジさんにはできないはずですわ」

ファーガスは足を止めた。「いいですか、マダム。依頼人が疑いようのない潔白を主張するのを、信じるのにやぶさかではありません。でなければ、依頼人など来なくなるでしょうから。しかし、出てくる人全員の潔白を信じて疑わないとすれば――」

「そうじゃないんです。全然そんなことじゃないんです。殺人は五時過ぎに行われたと執事に聞きました。そのとき、パートリッジさんはわたしと一緒にいました。そしてハリソンさんとわたしの家は、町の端と端くらい離れているんです」

「その時間に間違いないのですか?」

「ラジオの五時の時報を聞いて、あの人は時計を合わせました」声が震え、彼女はその後で起こった恐ろしいことを思い出すまいとした。

「彼は、そこを強調していたと?」

「そうですね……おしゃべりをしている途中で彼が手を上げて、それから時報が聞こえました」

「ふむ」この供述に、探偵は特にぴんと来たようだ。「なるほど、しかし彼にはまだ姉がいる。

それでもパートリッジは、取っ掛かりを与えてくれた。それがほしかったんです」

フェイスは期待を込めて彼を見た。「では、お引き受けいただけるんですね?」

「引き受けましょう。どうしてかはわかりませんが。あなたの期待をあおりたくはありませんん。これほど解決の見込みのなさそうな事件はありませんからね。けれど、お引き受けしますよ。たぶん、警部補がぼくにこの事件を持ち込んだ嬉しさに勝てないのでしょう」


「ブラケット、ハリソン氏が図書室にいるとき、あのドアに鍵をかけるのが普通なのかい?」

執事はあいまいな態度だった。雇われ探偵を紳士として扱うべきか、使用人として扱うべきかを決めかねているようだ。「いいえ」と礼儀正しく答えたが、「サー」はつけなかった。「いいえ、そんなことはまずありえません」

「その前に鍵がかかっていたかどうか気づいたかい?」

「かかっていませんでした。その直前に、お客様をお通ししたものですから。あの……恐ろしい出来事の直前に」

「客?」ファーガスは目を輝かせた。中からかけたように見せかけて、外から鍵をかける可能性を、片っ端から考えはじめた。「いつのことだ?」

「五時ちょうどだったと思います。しかし、その紳士が今日弔問《ちょうもん》に来られたとき、その話をしましたら、もっと早くに来たはずだとおっしゃいました」

「で、その紳士というのは?」

「ハリソン・パートリッジ氏です」

何てこった、ファーガスは思った。また別の可能性が出てきた。やつがフェイス・プレストンの家に五時までに行くとしたら、その時間よりもずっと早く来なければいけない。それに、ラジオの時報を変えるのは、時計に細工するようにはいかないだろう。それでも——。「パートリッジ氏に何か変わったところはなかったか？　態度とか？」

「昨日ですか？　いいえ、別に。妙な機械をお持ちでした——ほとんど気にしませんでしたが。最新の発明品を、ハリソンさまにお見せするのだろうと思っておりました」

「そのパートリッジ氏というのは発明家なのか？　だが、昨日といったな？　今日は何か変わった様子があったというのか？」

「わかりません。言葉でいうのは難しいです。けれど、どこかお変わりになったような気がしました——成長したというか」

「老けたってことか？」

「いいえ。ただ成長したのです」

「それでですね、アッシュさん、あなたが見たという男ですが——」

「見たという男だって！　くそっ、オブリーンさん、あなたも信じてくれないってことですか？」

「信じるのはたやすいことです。大事なのは、ミス・プレストンがあなたを信じているということでしょう。彼女は心から信じています。それで、あなたが見た男です。これで刑務所暮らしが少しは楽になればいいのですが、誰か知っている人に似ていませんでしたか？」

「わかりません。それで悩んでいるんです。よく見えなかったのですが、誰かに似ているような――」

「男のそばには、機械のようなものがあったということですが？」

サイモン・アッシュはにわかに興奮した。「そうだ。それです」

「何ですか？」

「誰だかわかりましたよ。というか、誰だと思ったかがわかりました。パートリッジ氏です。変わり者の発明家ですよ」


「プレストンさん、もう少し聞かせてほしいことがあるんです。あまりにも多くの道標が、ひとつの場所を指している。たとえ袋小路に突き当たろうとも、そっちへ行ってみようと思うんです。パートリッジさんが昨日の午後に訪ねてきたとき、あなたにどんなことをしましたか？」

「わたしに？」フェイスの声が震えた。「いったい、どういう意味でしょう？」

「これまでの態度を見ればわかります。そのとき、あなたが忘れてしまいたいような場面があったのでしょう」

「彼は――いいえ、お話しできません。どうしても話さなくてはなりませんの、オブリーンさん？」

「サイモン・アッシュは、刑務所は話に聞いていたよりも悪くないといっていました。それでも――」

「わかりました、お話しします。でも、本当に奇妙なことでした。わたし……わたし、ずっと前から知っていました。パートリッジさんがわたしに――そう、いわゆる恋愛感情を持っていることを。でもあの人はわたしよりもずっと年上だし、とても物静かで、そんなことを口にしたこともありませんでした――あったとしても、どっちにしろ重くは受け止めなかったでしょう。ところが昨日は――まるで……まるで何かに取りつかれたみたいでした。それが一気に吹き出して、わたしに求愛してきたのです。とても怖くて、恐ろしくて、わたし我慢できませんでした。その場を逃げ出したのです。それで全部です。でも、本当に恐ろしいことでしたわ」


「今回は一級品の事件を持ってきてくれたようだな、アンディ」

ジャクスン警部補はにやりと笑った。「気に入ってくれると思ったよ、ファーガス」

「だが、いいか。アッシュに不利な証拠は、物理的な密室だったということのほかに何かあるのか？　推理小説では使い古された手だが、実際お目にかかることのないトリックだ」

「どうやってこの密室を開けるかを教えてくれれば、アッシュ氏は自由の身だ」

「それはひとまず置いておこう。おれの容疑者、新製品という意味でXと呼ぼう。そのXは、物柔らかな態度の、人畜無害な男で、ハリソンの死によって数百万ドルの遺産を手に入れることになっている。やつは殺人が起こる直前に、図書室に姿を現している。奇妙な装置の発明家で、その手の機械を持ってきていた。アリバイを意識した時刻確認をしている。執事に、自分が来たのは実際より早い時間だったように思い込ませようとした。わざとらしく、証人の注意をラジオの時報に向けさせた。そして何より重要なことに、心理的に人が変わったようになった。物柔らかでも人畜無害でもなくなった。ある女性を暴行しようとしたんだ。執事はその男のことを別人のようだといった。成長したと」

ジャクスンはメモを引き寄せた。「そのXなる人物は、少なくとも、質問するに値するようだな。だが、その無口さはおまえらしくないぞ、ファーガス。奥歯にものの挟まったようない方は何だ？　なぜすぐに出ていって、逮捕しろといわない？」

ファーガスはいつものうぬぼれを見せることができなかった。「聞いただろう、アリバイだよ――れっきとしたアリバイだ。崩しようがない。非の打ちどころがないんだ」

ジャクスン警部補はメモ帳を押しやった。「もう帰ったらどうだ」うんざりしたように彼はいった。

「片方が、偽物だとしたらどうだろう？」ファーガスはなおもいった。「五時に悲鳴が出るような機械で、殺害時刻を偽ったとしたら？」

ジャクスンは首を振った。「ハリソンは四時半にお茶を飲んだそうだ。胃の中を検査したところ、食べ物が消化されたのは四時半頃だということがわかっている。死んだのは五時に間違いない」

「だったら、X氏のアリバイは完璧だな」ファーガスはいった。「ただし……ただし――」その目が、驚くべき発見にきらめいた。「ああ、何てことだ――」彼は小さな声でつぶやいた。

パートリッジ氏は愉快な人生を手に入れようとしていた。もちろん、今はその途中にすぎない。今の彼は――繭《まゆ》から成虫へと変化する段階を何といったっけ？　幼虫？　成体？　さなぎ？　電気関係の発明という得意分野を除けば、パートリッジ氏はさほど博識な人物ではなかった。これは改善せねばなるまい。だが、比喩はどうでもいい。ただ単に、今はパートリッジ氏というおとなしい幼虫から、大おじのマックスが死んで、偉大なるハリソン・パートリッジとして華々しく生まれ変わるまでの過渡期だといえばいいだろう。そしてフェイスは、未来のない愚かな若者のことなど忘れてしまうに違いない。

この愉快な状況では、アガサでさえも我慢できた。とはいえ、作業場を生活の場にしているのは相変わらずだったが。姉は姉で、自分が相続人になるという期待に喜んでいるようだが、それが最もよく表れていたのが、いとこのスタンリーの葬儀のために高価な喪服を買ったことだった――ここ十年で買った服の中で、一番高いものだ。それに冷たい性格も、少しは和らいだようだった――それとも、嬉しさのあまり酔ったように霞《かすみ》がかかって、パートリッジ氏の目にはすべてが優しく見えるのだろうか？

そんな空想のさなか、ある出来事があった。パートリッジ氏は飲み慣れないウィスキーのトレイを前に、氷とサイフォンを傍らに置いてだらだらと過ごしながら、ハイアリア（フロリダ州ハイアリア市にある競馬場）の第四レースの結果を報じるラジオを聴くともなしに聴いていた。そして、二ドルの馬券に対して四十八ドル六十セントの払い戻しがあった、カラバリという馬の名をぼんやりと頭に留めた。そんなうろ覚えの事実を忘れかけた頃、電話が鳴った。

受話器を取ると、うらやましそうな声がした。「うまくやりましたね。カラバリで五千ドル近く勝つとは」

パートリッジ氏は、声の主を思い出そうとした。

声は続いた。「金はどうします？　今夜渡しますか、それとも――」

パートリッジ氏の頭が、信じがたいほどの回転を見せた。「しばらくは、わたしの口座に置いておいてくれ」彼はきっぱりといった、「ああ、それと――そちらの電話番号をどこかへなくしてしまったようだ」

「トリニティ二八九七です。また何かぴんと来ましたか？」

「今はないね。また連絡する」

パートリッジ氏は受話器を置いて、強い酒を注いだ。それを飲み干すと、タイムマシンのところへ行き、二時間前にさかのぼった。また電話のところへ戻り、ＴＲ二八九七をダイヤルした。「ハイアリアの第四レースに賭けたいんだが」

さっきの声がいった。「どなたです？」

「パートリッジだ。ハリソン・パートリッジ」

「いいですかい、旦那。先に現金を見せてもらわないと、電話で賭けは受けられないんですよ」

パートリッジ氏は急いで計算をし直した。結果、それからの三十分は、偉大な計画の総仕上げのためにきりきり舞いとなった。口座について勉強し、ノミ屋の住所を確認した後、銀行に駆け込んで何とか五百ドルを工面した。そして口座を開設し、二百五十ドルを賭けて失笑を買った。

それから、長い散歩をしながら、この問題について考えた。何かの雑誌で読んだ物語では、未来のレース結果を知っても、それを利用して金儲けをすることはできなかった。なぜなら、自分が賭けることで配当率が変化し、未来が変わってしまうからだ。だが、彼は未来からの情報を利用するのではない。過去へ戻るのだ。自分が聞いた配当には、すでに自分の行為が反映されている。主観的にいえば、自分が起こしていない行動の結果を聞いたということだ。だが客観的、物理的、時空的に見れば、これらは結果が生じる前にきわめて正常に、正しく起こした行動だといえよう。

パートリッジ氏は歩道に棒立ちになり、そぞろ歩いていたカップルがまともに彼にぶつかった。ぶつかられたことにも、ほとんど気がつかなかった。恐ろしい考えが浮かんでいた。いとこのスタンリーを殺した唯一の動機は、研究のための金を確保することだった。だが、このタイムマシンがあれば、今の未完成なものでも莫大な金を得ることができたのだ。

殺人を犯す必要など、まったくなかった。

「ねえ、モーリーン」朝食の席で、ファーガスはいった。「世界初のタイムマシンを発見したんだが」

姉は感心したそぶりも見せなかった。「もう少しトマトジュースを飲みなさいよ」彼女はいった。「タバスコを入れる？　二日酔いで妄想を見るなんて、知らなかったわ」

「そうはいっても」彼は反論した。「今、耳にしたのは、世界中のどんな女性も聞いたことのない話なんだぞ」

「マッド・サイエンティストのファーガス・オブリーン」モーリーンはかぶりを振った。「悪いけど、あなたの柄じゃないわ」

「そっちが気のきいた台詞をいう前にいっておくが、おれは〝発明した〟じゃなくて〝発見した〟といったんだ。仕事上、こんなひどいことになったためしはない。アンディと話しているときに、稲妻のようにひらめいた。これがこの事件で、唯一可能で完璧な解決法なんだ。だが、誰が信じてくれるだろう？　外へ出て、ゆうべに逆戻りするなんて？」

モーリーンは眉をひそめた。「本気でいってるの？」

「正真正銘、本気でいってるんだ」そして彼は、手短に事件のことを話した。「それで、ズキズキする親指みたいに気になるのが、これだ。ハリソン・パートリッジはアリバイを作っている。ラジオの時報、執事との会話――あの悲鳴でさえ、殺された時刻を動かぬものにするために、犯人が声を出したものだというのに賭けてもいい。それから、そのアリバイはペルーの娘が見る夢と同じくらい荒唐無稽なものだというのも間違いない。

だが、アリバイとは何だ？　おれの意見じゃ、一番誤用されている言葉だ。反証とか、弁明と解釈されるが、厳密にいえば、別の場所にいるということだ。古い冗談にあるだろう。〝わたしはそこにいなかった。これはその女ではない。それに、どのみち彼女は死んでいる〟この三つの重複する弁明のうちで、最初のだけがアリバイだ。どこか別のところにいたというものさ。そこで、どこか別のところにいたというパートリッジの主張は本当だ。仮に彼をよそから現場に連れてくることができたとしても、こういえる。〝殺人が起こってから、わたしはこの部屋を出ていない。部屋のドアにはすべて中から鍵がかかっていたのだから〟と。間違いなく不可能だ――その時間には。そして彼のアリバイを作るのは、どこか別の場所ではなく、別の時間に行くことなんだ」

モーリーンは自分のカップにコーヒーのお代わりを注いだ。「ちょっと口を閉じて、考えさせて」やがて、彼女はゆっくりとうなずいた。「それで、彼は変わり者の発明家で、執事が見たとき、発明品のひとつを持っていたというわけね」

「サイモン・アッシュが消えるところを見たときにも、まだ持っていた。やつは殺人を犯し、ドアに鍵をかけ、時をさかのぼると、鍵のかかっていない過去の部屋から外に出て、フェイス・プレストンの家でラジオの時報を聞いたというわけだ」

「でも、警察がそんな話を信じるはずがないわ。たとえアンディでも」

「わかってるよ。くそっ、わかってる」

「じゃあ、どうするつもり？」

「ハリソン・パートリッジに会いにいく。そして、アンコールを願うつもりだ」

「すばらしいお仕事ですね」ファーガスはそういって、頭のはげた小太りの発明家を観察した。

パートリッジ氏は礼儀正しく微笑んだ。「道楽で、ささやかな実験をやっているだけですよ」

「現代科学の驚異についてはさっぱりでしてね。もっと派手なもののほうに興味があるんです。たとえば宇宙船とか、タイムマシンとか。しかし、今日おうかがいしたのはその件ではないのです。ミス・プレストンから、あなたが彼女のご友人だと聞いたもので。アッシュを自由の身にしてやりたいというお気持ちは、きっと同じでいらっしゃるでしょうね」

「ええ、もちろん。もちろんですとも。何か助けになれることがあれば——」

「決まりきった質問で申し訳ありませんが、手がかりがほしいものですから。それで、アッシュと執事を除けば、生きているハリソンに会ったのはあなたが最後です。彼のことで、何か気づきませんでしたか？　どんな様子でした？」

「わたしの見た限り、ごく普通でしたよ。彼の蔵書に加える新しい本を見つけたという話をして、それから彼は、アッシュの作った最新の目録に少々不満があるようなことを口にしていました。以前にも、そのことで揉めたようです」

「ブラケットの話では、あなたは発明品をお持ちだったとか？」

「ええ、新作を持っていったと思います。希覯本《きこうぼん》を複写するための、極めて進歩的な機械です。けれども、いとこに同じ改良型がオーストリアのエミグレ社から最近出たと聞きましてね。このアイデアはあきらめることにして、残念ながら自分の作った機械は解体してしまいました」

「お気の毒に。しかし、それも発明にはつきものなんでしょうね?」

「その通りです。ほかに、何かお訊きになりたいことは?」

「いえ。特にありませんが」ぎこちない沈黙が訪れた。あたりにはウィスキーの匂いが漂っていたが、パートリッジ氏には客人をもてなす気はなさそうだった。「殺人事件から、思いがけないことになりましたね。この恐ろしい事件が、がん研究の役に立つのですから」

「がん研究?」パートリッジ氏は眉をひそめた。「スタンリーの遺産の使い道に、そのようなものがあるとは知りませんでしたね」

「あなたのいとこじゃありません。ミス・プレストンの話では、マックス・ハリソン老は、唯一の直系を亡くしたことで、自分の遺産を世の中に分け与えるべきだと決めたそうです。彼はロックフェラーに匹敵するがん専門の医療財団を作ろうと考えています。彼の弁護士とはちょっとした知り合いでしてね。明日、家を訪問するといっていましたよ」

「なるほど」パートリッジ氏は感情を表さずにいった。

ファーガスはあたりを歩きはじめた。「何か考えられることがあればお知らせください、パートリッジさん。結局は完全犯罪ということになってしまいそうですが。見方によっては、感服するほかありませんよ」彼は部屋を見回した。「小ぢんまりとしたすばらしい仕事場ですね。ここなら、どんなアイデアも形になりそうだ」

「たとえば、宇宙船やタイムマシンでも？」パートリッジ氏は大胆にもいった。

「宇宙船は無理でしょうね」ファーガスはいった。

若い探偵が出ていくのを、パートリッジ氏は微笑んで見送った。厄介な質問を見事に切り抜けたぞ。スタンリーがアッシュに不満を持っていたことを、いかにうまく持ち出したか！　持っていった機械について、どれほどもっともらしい話をひねり出したことか！

あの若造は、これっぽっちも疑っていないだろう。ごく形式的な訪問だったに違いない。この事件を手がけるとは気の毒なことだ。探偵を騙すのは、何と愉快なことだろう――名人対名人だ。ジャベール（『レ・ミゼラブル』に登場する警部）、ポルフィーリイ（『罪と罰』に登場する予審判事）、メグレが彼をつけ狙い、偉大なるハリソン・パートリッジの見事な目くらましをほめたたえるのだ。

おそらく、完全犯罪というのは疑惑を持たれ、知られることすらあっても、決して突き止められないものなのだろう――。

相手をうまく騙したのに気をよくして、彼は一夜にして湧き上がった考えを確信した。スタンリー・ハリソンが犬死したのは確かに気の毒だ。パートリッジ氏の理論も、このときばかりはつまずいた。利益を求めての殺人は、計画の本質ではなかったのだ。

とはいえ、人の死を伴わない偉業があるだろうか。真の成功を得るためには、不運な職人たちの血が不可欠ではないか？　古代の人々はいみじくも、偉業は犠牲の上に成り立つといったのではなかったか？　愚かなキリスト教徒が曲解したような自己犠牲の上ではなく、他人の血と肉の上に。

だから、スタンリー・ハリソンは、偉大なるハリソン・パートリッジを生み出すのに必要な犠牲だったのだ。その成果はすでに見えているではないか？　繭を破った今の自分があるのは、あの発明だけによるものだろうか？

いいや、彼を変えたのは、あの大それた、後戻りできない行為であり、完全犯罪だった。自分の手を血に染めることこそ偉大なのだ。

あのばかな若造め。完全犯罪だといっていたが、夢にも思わないだろう――。

パートリッジ氏は考えを中断し、さっきの会話を思い返した。タイムマシンについて、二回ほど妙なことをいってたな。その後――何といったっけ――〝感服するほかありませんよ〟それから〝ここなら、どんなアイデアも形になりそうだ〟と。それから、大おじのマックスの新しい遺言という、驚くべきニュース――。

パートリッジ氏は機嫌よく笑った。とてつもない大ばか野郎だ。あの男、彼のジャベール、彼のポルフィーリイは。あの若い探偵は、本当は疑っていたのだ。そしてマックスの話はうまい餌、罠に違いない。あの探偵は、今では遺産など必要なくなったことを知らないのだ。もう一度殺人をやらせて、手の内を見てやろうというつもりだ。

そうはいっても、必要のない金などあるだろうか？　それにこんな挑戦――これほど真っ向からの挑戦――を拒むことができようか？

気がつくと、パートリッジ氏はあらゆる困難を想定していた。マックス大おじが明日、弁護士と会う予定なら、今日殺さなくてはならない。早ければ早いほどいい。たぶん、昼食の後の昼寝の時間が最高のタイミングだろう。そのときはいつもひとりで、丘に囲まれた大邸宅の、お気に入りの一角でうたた寝するのだ。

しまった！　思いもよらない障害があった。電源プラグがどこにもない。持ち運び式のマシンは使えない。それでも――そうとも。別の方法でやれるだろう。スタンリーの場合は、犯罪を実行してから過去に戻ってアリバイを作った。だが同じように、アリバイを作ってから過去に戻って殺人を行い、より長い時間を移動できる大きいマシンで戻ってくればいい。密室の効果を狙う必要はない。それは愉快だけれども、不可欠ではない。

アリバイは午後一時。またフェイスを利用するのは気が進まなかった。まだ幼虫の段階で、彼女に会いたくない。別の切符を使うとしよう。警察ならばうってつけだ――。

警察。何と完璧なのだろう。理想的だ。署へ行って、ハリソン事件を担当している刑事に会おう。後から思い出したといって、スタンリーとアッシュが喧嘩していたと話すのだ。マックス大おじが殺される時間、彼と一緒にいればいい。

十二時半に、パートリッジ氏は家を出て、中央署へ向かった。

ファーガスは自分の見張り位置から、老人の寝息を聞くことができた。マックスウェル・ハリソンが隠者のようにこもっている場所に入り込むのは、簡単なことだった。新聞は長年にわたって彼の変人ぶりを書き立てていたので、あらかじめ知っておくべきことはすべてわかった――日常の習慣、ボディガード嫌い、お気に入りの昼寝場所。

日ざしは暖かく、丘はいかにも平和そうだった。ファーガスのそばの峡谷《きょうこく》の下からは、小川のせせらぎが聞こえてくる。マックスウェル・ハリソンは、完全にひとりきりで、ぐっすりと眠っていた。

ファーガスが三本目の煙草を吸っているとき、物音が聞こえた。小石が転がったようなごくかすかな音だったが、寝息か川の音しか聞こえない静けさの中では、やけに大きく聞こえた。

ファーガスは煙草を峡谷の底に投げ捨て、できるだけ音を立てないように、うっそうとした茂みに身を隠しながら物音のほうに向かった。

予想してはいたものの、静かな隠れ家の中でのその光景は、やはり驚くべきものだった。太ったはげ頭の中年男が抜き足差し足で歩き、高く上げたその手にはぎらりと光る長いナイフを持っている。

ファーガスは飛び出した。ナイフを振り回す手首を左手でつかみ、右手でパートリッジ氏の空いているほうの腕を背中に回した。獲物に近づくときには喜びに満ちていたパートリッジ氏の柔和な顔が、驚きと恐怖の中間の表情に歪んだ。

その身体も、同じようにねじれた。本格的な訓練を受けていない動きだったが、たまたまタイミングがよかったため、ナイフを持った手がファーガスの手を逃れ、そのまま振り下ろされた。

ファーガスは器用に、意識的に身体をひねったが、肩を刺されるのを完全によけきれなかった。生温かい血が背中を伝って流れる。彼は思わず、パートリッジ氏のもう片方の手をつかんだ手をゆるめた。

パートリッジ氏は、マックス大おじをナイフの餌食にするか、それともファーガスを先に始末するか決めかねたように、一瞬ためらった。無理もない躊躇だったが、それが命取りになった。ファーガスはすばやく動き、パートリッジ氏のひざに飛びかかった。パートリッジ氏は、こっちに向かってくる緑の目をした男の顔を蹴りつけようと足を上げた。その拍子にバランスが崩れ、探偵の肩が彼にぶつかった。パートリッジ氏はたたらを踏み、後ろ向きにどこまでも、どこまでも落ちていった。


峡谷の底から戻ってきたときも、老人はまだ寝息を立てていた。ハリソン・パートリッジが死んでいるのは間違いなかった。生きている人間の首が、あんなにぐにゃりと曲がるわけがない。

そして、殺したのはファーガスだった。事故と呼ぼうと、正当防衛といおうと関係ない。ファーガスが彼を罠におびき寄せ、その罠の中で、彼は死んだのだ。

カインの烙印《らくいん》は、さまざまな形で刻まれる。パートリッジ氏は、奇妙な装置を旗印とした、見せかけの堂々たる態度であった。だがファーガスは、また違った烙印を押されていた。たぶん道徳的には、パートリッジ氏の死に関して責められることはないだろう。だが職業的には、あの死に自責の念を感じていた。サイモン・アッシュを釈放するための証拠はこれ以上手に入らないし、人殺しという良心の呵責《かしゃく》を感じなければならない。

殺人が同心円状に広がるなら、殺人者を捕える罠を仕掛けたファーガス・オブリーンも、いまやそのひとりとなっていた。

ファーガスはパートリッジ氏の作業場の前でためらっていた。これが最後のチャンスだ。ここに証拠があるはずだ――タイムマシンそのものか、懐疑的なA・ジャクスン警部補でさえも納得させられるような、彼の説を証明する書類が。家宅不法侵入の罪が加わったところで、今となっては微々たるものだ。左の窓から行くか――。

「よう！」ジャクスン警部補の明るい声がした。「おまえもやつを追っているのか？」

ファーガスは、いつもののんきな調子を保とうと努力した。「やあ、アンディ。すると、そっちもようやくパートリッジが怪しいと思いはじめたのか？」

「彼が謎のX氏というわけか。だと思ったよ」

「それでここへ来たのか？」

「いいや。やつは自分から、おれの警察官としての疑念を呼び起こしたんだ。一時間前に署にやってきて、眉唾もいいところの話をしやがった。決定的な証拠を忘れていたといってな。スタンリー・ハリソンから最後に聞いたのは、サイモン・アッシュとの口論についてだったような気がするというんだ。どうも臭い――わざとアッシュに不利な方向に持っていこうとしているようだ。そこで身体が空き次第、すぐにここへやってきて、やつからもう少し話を聞こうと思ったのさ」

「家にいるだろうか」

「だめでもともとさ」ジャクスンは作業場のドアをノックした。ドアを開けたのはパートリッジ氏だった。

パートリッジ氏は、片手に食べかけの大きなハムのオープンサンドを持っていた。ドアを開けると、もう片方の手で飲みかけのウィスキーのソーダ割が入った大きなグラスを取り上げた。この新たな冒険の前には、体勢を整えなくてはならなかった。

そこに立っている二人の男を見て、彼は目を輝かせた。ジャベールだ！　二人のジャベールだ！　あれほど鮮やかに挑戦してきた私立探偵と、アリバイを証明してくれるはずの警察官だ。

彼は警察官の最初の言葉にも、もうひとりの男の顔に浮かんだ呆然とした驚きの表情にも、ほとんど気づかなかった。ついに、最後に残ったわずかな繭の痕跡を脱ぎ捨てた偉大なるハリソン・パートリッジは、口を開いた。

「それにどんな価値があるかはわからないが、もう真実をご存じなんでしょうな。アッシュとかいう男が死のうが生きようがどうでもいい。やつが生きていたとしても、わたしは勝ってみせますよ。わたしがスタンリー・ハリソンを殺したんです。この告白を聞いて、手出しできるものならやってみるといい。証拠のない自白は意味をなさないことは知っていますよ。それが証明できれば、わたしを逮捕することができるかもしれない。だが、まもなく別の犠牲者が出るだろうし、きみらにそれを止める術はない。なぜなら、おわかりの通り、もう手遅れなのだから」彼は静かに笑った。

パートリッジ氏はドアを閉め、鍵をかけた。ドアを叩く音もほとんど耳に入れず、サンドウィッチとウィスキーを食べ終えた。それからナイフを取り上げ、タイムマシンへと近づいていった。穏やかな顔を、控えめな高揚感に輝かせて。

ジャクスン警部補はドアに体当たりしたが、ほんの少し遅かった。彼と、ようやくわれに返ったファーガスがドアを破ったのは、数分後のことだった。

「いないぞ」ジャクスンは不思議そうにいった。「どこかに抜け穴があるに違いない」

「〝密室〟か」ファーガスがつぶやいた。肩が痛む。ドアに体当たりしたために、ふたたび血がにじみはじめていた。

「どうしたんだ、それは?」

「何でもない。なあ、アンディ。勤務が終わるのはいつだ?」

「厳密にいえば、今は勤務中じゃないんだ。ここへは余暇を利用して調べにきたってわけさ」

「それなら、十七人の酒の神にかけて、この混乱を解こうじゃないか」

翌朝、ジャクスン警部補からの電話が鳴ったとき、ファーガスはまだ寝ていた。起こした姉が見守る前で、彼は話を聞きながら鋭く厳しい表情になって、うなずきながら「ああ」とか「そうする――」とつぶやいた。

モーリーンは彼が受話器を置き、あたりを探って煙草を見つけ、火をつけるまで待った。それから、彼女はいった。「それで？」

「昨日話したハリソン事件のことを覚えているか？」

「タイムマシンの話？　覚えてるわ」

「犯人のパートリッジ氏は——大おじの屋敷の峡谷で見つかった。二度目の殺人を犯そうとして、足を滑らせて死んだようだ——アンディはそう見ている。彼はナイフを持っていたそうだ。その点と、昨日の自白によって、アンディはサイモン・アッシュを釈放した。彼は今も、パートリッジがどうやって最初の殺人をやってのけたのかわかっていない。だが、今はそのことを考える必要はないんだ」

「それで？　何が問題なの？　これでいいんじゃないの？」

「問題？　いいかい、モーリーン。おれはパートリッジを殺したんだ。殺すつもりはなかったし、正当防衛といってもいいかもしれない。だが、殺したのは確かだ。おれは昨日の午後一時、やつを殺した。アンディとおれは、二時に訪ねていった。そのとき、やつはハムサンドを食べ、ウィスキーを飲んでいた。胃の中を検査したところ、やつが死んだのは食後三十分経ってからのことだったという。その頃、おれはアンディと大酒を食らっていた。それでわかったか？」

「つまり、彼はその後でおじを殺しに戻り、そのときに……つまりあなたは、彼を殺した後に、時をさかのぼって殺人に出かけようとする直前の彼に会ったというの？　ああ、何て恐ろしいこと」

「それだけじゃない。滑稽なところもある。時間のアリバイだ。別の時間にいたことが、パートリッジの殺人の完璧な隠れ蓑だった――その理想的なアリバイが、自分自身が殺されたときにも有効になったというわけさ」

モーリーンは何かいいかけて、口を閉じた。「ああ!」彼女はあえいだ。

「何だ?」

「タイムマシンよ。まだあるはず――どこかに――きっとあるはずよね? まさかそれを――」

ファーガスは面白くなさそうに笑った。「それが、この作品の最後の仕上げさ。パートリッジは姉とあまり仲がよくなかったようだな。彼の死を知って、姉が最初に何をしたと思う? お義理で涙を流し、お義理で鼻をすすった後、弟の作業場へ行ってめちゃめちゃに壊してしまったよ」

悪魔の陥穽

Sriberdegibit

「呪われてしまえ！」ギルバート・アイルズはあえぐようにいった。

まばらな、房のようなひげを生やした小男が、また手品を見せた。宙に手を伸ばすと、カウンターの一枚目の隣に二枚目の二十ドル金貨を置く。

「すばらしい」アイルズはおごそかにいった。ホット・バタード・ラムを飲むと、いつでもおごそかな気持ちになるのだ。「生まれてこのかた、こんな奇術は見たことがない。ちゃんと奇術《プレスティディジデーション》といえるんだぞ。これも発音訓練のたまものだ。こいつもすばらしい」

小男は微笑んだ。「俳優なのですか？」

「そうじゃない。弁護士なんだ。今日、シャルグリーンの遺言訴訟で勝ったので、お祝いをしているところさ。その話はしたかな？」

「いいえ。面白いお話で？」

「最高に面白いよ。知ってるだろう、推定相続人ってやつさ――だが、それはどうでもいい」

ギルバート・アイルズはおごそかな気まぐれぶりを見せた。「もっと奇術を見せてくれ」

カウンターの下では、波が穏やかに杭に打ち寄せていた。角の席に座っている水兵はテーブルの明かりを消し、向かいのブロンドを澄んだ月光で照らした。ラジオの音はささやきほどに低くなっている。房のようなひげを生やした男は、奇妙な仰々しい手ぶりを見せ、広げた五本の指それぞれに一枚ずつ金貨を出してみせた。

「呪われてしまえ！」アイルズはまたいった。リンダは過激な言葉を嫌った。どういうわけか、〝地獄に落ちろ〟はだめなのに、〝呪われてしまえ〟は許されるのだ。「しかし、金《きん》とはね」彼は続けた。「どうしてそんなことができるんだ？　その金は全部、道具として政府に所持を認められてるのか？　それとも、偽物なのか？」

「わかります」小男は悲しげにいった。「法律は魔術のことを考慮に入れていません。そして〝彼ら〟は、法律のことなどお構いなしです。〝彼ら〟に、その金は地上で使うことができないとわからせるのは無理なのです。ええと――」彼はまた手を動かし、母音がひとつも含まれていないように聞こえる言葉をつぶやいた。カウンターの七枚の金貨は消え失せた。

「すばらしい」ギルバート・アイルズはいった。「法廷で予期せぬ証拠が出てきたとき、そばにいてもらいたいもんだ。もう一杯どうだい？」

「いいえ、結構です」

「いいじゃないか。ぼくのお祝いなんだ。まだプレスティディジデーションといえるぞ。発音訓練を受けたからな。だが、気持ちがどんどん高揚して、仲間がほしいんだ。リンダが頭痛で家にいるからといって、ひとりで飲まなきゃならないわけがあるか？　断じてない！」雷のように轟《とどろ》く演説口調で、さらに続けた。「陪審員の皆さん、これほどの不正が目の前で行われているのを、黙って見ているおつもりですか？　どんなにかたくなな心も揺るぎ、溶け、露へと変わること――」

朗々たる美文調が、ラジオも波の音もかき消してしまった。水兵はきょろきょろと、けんか腰であたりを見回した。

「申し訳ありません」小男がいった。「しかし、二杯は飲まないことにしているんですよ。二杯目を飲んだら、何かが起こります。思い起こせば、ダージリンでのあの夜――」

「じゃあ――」ギルバート・アイルズは、糾弾《きゅうだん》するように声を荒げた。「思い起こせば、だと？　ほかには何か覚えているか？　ここに、哀れなる被告がひとり、渇き、飢え、激高しているのを忘れたか？　あんたが一緒に酒を飲むのを、冷酷にも拒んだからだ。覚えて――」

水兵が席を立った。房のようなひげを生やした男に、バーテンがにじり寄った。「ねえ、お客さん、あの人がおごるとおっしゃるんだから、おごらせておいてくださいよ」

「しかし、何かが起きたら――」

バーテンは不安そうに水兵を見た。「あなたが彼を黙らせなければ、どっちみち何かが起こります。さて、お客さん」彼は一段大きな声でいった。「何にします？」

「ジントニックを」小男はあきらめていった。

「ホット・ラタード・バム」ギルバート・アイルズは、自分の声が響き渡るのを聞いた。「わざといったんだ」彼は急いでつけ加えた。

相手は同意するようにうなずいた。

「名前は？」アイルズが訊いた。

「大オジマンディアス」奇術師はいった。

「ああ！　ショービジネスってわけか？　魔術師なのかい？」

「以前はね」

「ふうむ。わかったぞ。ヴォードビルの衰退ってやつだろう？」

「そればかりじゃありません。問題の大部分は、劇場支配人にあるんです。彼らは不安になるんですよ」

「なぜ？」

「本物とわかると怖がってしまうのです。仕掛けのない魔術はお気に召さないんですね。種も仕掛けもないといえば——そう、半分は信じないでしょう。そしてもう半分は、契約を打ち切ります」

飲み物が来た。ギルバート・アイルズは代金を払い、ラムを飲みながら、異様なくらい時間をかけてその意味を理解した。それから、響き渡る声で「本物だ！」といった。「仕掛けがないってことは——何てこった——」

「もちろん、その不安も理由のないことではありません」オジマンディアスは穏やかに続けた。「ダージリンでの出来事を思い出しますね。それから、あるアザラシ調教師に二杯目のジントニックを飲まされたときには、火トカゲを呼び出す古い呪文を使ってしまいました。そいつにアメリカ国歌を歌わせようと考えたんです。大成功のフィナーレとなったことでしょう。消防署がちょうど間に合って、たった千ドルの損害で済みましたが、以来、人はわたしを恐れるようになってしまいました」

「つまり、魔術師なんだな？」

「そういいませんでしたか？」

「しかし、魔術師とは——魔術師といわれたら、魔術師という意味だと思うじゃないか。まさか、魔術師だとは思わない」

「白魔術専門ですが」オジマンディアスは謙遜《けんそん》するようにいった。

「じゃあ、あの金貨は——あれはどこから——」

「どこから来るかはわかりません。しかるべき技を使って手を伸ばせば、〝彼ら〟がもたらしてくれるのです」

「それで、〝彼ら〟ってのは誰なんだ？」

「ああ——あれです——わかるでしょう」

「おれは」ギルバート・アイルズはいった。「酔ってるんだ。ほかにどんなことができる？」

「ああ、大したことありませんよ。広大な深遠から妖精を呼び出すとか、そんなものです。ちょっとしたことですよ。以前」——と、彼は微笑んだ——「ある男に、善良な人狼《じんろう》になる方法を教えたことがあります。それから」——丸い顔を曇らせた——「ダージリンにいたとき——」

「ぼくを祝うために、何かできないか？　リンダの頭痛を治せるか？」

「離れていてはだめです。彼女の持ち物があれば別ですが——ハンカチとか、髪の毛なんかは？　ない？　感情のこもったものがないと、共感的な魔法は使えないのです。祝ってほしいのですか？　知り合いのフーリ（イスラム教の天国で、信仰深い教徒に与えられる美しい処女）を呼んでもいいですよ——ちょっぴり太めですが、いい子たちです——それに——」

アイルズはかぶりを振った。「リンダでなくちゃだめだ。ぼくは一夫一婦制の精神を守っているんだ。事実上、肉体面でもね」

「音楽はお好きですか?」

「あまり好きじゃない」

「それはお気の毒に。一流の聖霊のバンドが、コルネットやフルート、ハープ、三角琴、箱琴、ダルシマーと、あらゆる音楽をお聞かせできるのですが。ええと、ほかには——」彼は指を鳴らした。「そうだ、あなた、牡牛座じゃありませんか?」

「何だって?」

「五月生まれですか?」

「ああ」

「だと思った。そういうオーラを感じました。では、願いをかなえるというのはどうでしょう?」

「どんな願《ウィッチ・ウィッシュ》いだ?」ギルバート・アイルズはいった。発音訓練を受けていても、この言葉は難しかった。

「どんな願いでも。けれど、最初によく考えてくださいよ。ソーセージの話をご存じでしょう。それから、猿の手の話も。しかし、あと二分もしないうちに、どんな願いもかなえられるでしょう」

「どうしてだ?」

オジマンディアスは宙に手を伸ばし、火のついた煙草を取り出した。「願いを決めてください。あまり時間がないのです。ウィンプってのは気まぐれな生き物でしてね。考えている間に、ざっとご説明しましょう。この部屋に、牡牛座のウィンプがいるんです」

「何だって?」

「ウィンプ――願いをかなえる小鬼《ウィッシュ・インプ》ですよ。いいですか、もし宇宙が首尾一貫した法則にきっちりと従って動いていたら、何も変化しない。それは神にとっても、人間にとっても退屈なことです。そこで、偶然や干渉が必要になるんです。たとえば奇跡とかね。けれど、それは重大なことだし、毎日起こるわけではない。そのため、誰もが無意識のうちに奇跡を起こせるチャンスができたのです。絶対にかなうはずもない願いが、あにはからんや実現してしまったなんてことがありませんか?」

「千に一度くらいはね」

「確率としてはそれくらいです。それ以上になると、無秩序状態に陥りますからね。さて、それは牡牛座のウィンプがいたからです。ウィンプというのはそう多くはいません。しかし、常に人間たちの間をさまよっています。そして、自分の星座の人間が願い事をするのを聞くと、それをかなえてやるのです」

「そううまくいくのか?」

「いきます。ダージリンで、射手座のウィンプにさえ出会っていれば――」

ギルバート・アイルズは目を見開き、バタード・ラムをがぶりと飲んだ。彼は真面目な顔でいった。「永遠に呪われてしまえ！」

オジマンディアスは息をのんだ。「何とまあ！　そんな願い事を選ぶとは、思いも寄りませんでしたよ！」

空気がわずかに震えたのは、牡牛座のウィンプが笑ったからだ。人間たちが知らず知らずにする驚くべき願いは、彼をいつも楽しませた。『夏の夜の夢』のパックがいうように、人間というものは何とばかだろう！　彼はもう一度笑い、飛び去っていった。

ギルバート・アイルズはラムの残りを飲んだ。「つまり……あの驚きの声を、願い事と取られたわけか？」

「そういうつもりでいったんじゃなかったんですか？　してしまえ――というのは、願望の言葉でしょう」

「じゃあ、ぼくは――」バタード・ラムを飲んでいなければ、がちがちの法律家であるアイルズは、こんな考えなど一笑に付していただろう。だが今は、不気味な説得力を感じていた。

「ぼくは呪われるのか？」

「と、思いますね」

「でも、どんなふうに？　つまり死んだら――」

「ああ、違います。地獄に落ちるのではなく、呪われるのです。呪いというのは生きているうちにかかるものです」

「でも、どんなふうに？」アイルズはなおもいった。

「わたしにわかりますか？　あなたは限定しませんでした。たぶんウィンプが手近な悪魔にあなたを引き渡すでしょう。その悪魔の専門が何なのかは、誰にもわかりません」

「わからないだと？　だが、あんたは……広大な深遠から聖霊を呼び出せるといったじゃないか。悪魔を呼び寄せて、呪いを知ることはできないのか？」

「ふうむ」オジマンディアスは口ごもった。「できるかもしれません。しかし、ほんのちょっとでもしくじれば、間違った悪魔を呼び出してしまうかもしれない――あるいはひょっとして――知らなければよかったというような呪いかも」

アイルズはかぶりを振った。「知りたいんだ。頭の切れる弁護士なら、何だってうまくさばいてみせる。呪いも悪魔も例外じゃない」

オジマンディアスはジントニックを飲み干した。「自己責任ですからね」彼はいった。「行きましょう」

浜辺から一マイルも離れると、そこはまるで原始の世界だった。月のほかに明かりはなく、波のほかに音はない。しっぽをなくした最初の先祖が暮らしていた時代にさかのぼったかのようだ。文明の気配はなく、あるのは畏敬の念を起こさせるような広大な自然と森だけだ。足元は砂地で、それが不安を呼び起こした。

房のようなひげを生やした小柄な魔術師は、流木を積み上げ、ポケットのガラス瓶から出した少量の粉を振りかけた。アイルズはマッチを擦ろうとしたが、軸が二つに折れてしまった。オジマンディアスが「お構いなく」といい、手をさっと動かした。流木に火がつき、七色の炎が燃え上がった。オジマンディアスは呪文を唱えた――アイルズが予想していたような、力強くドラマティックな声ではなく、ミサを執り行う司祭がいつもの儀式で発するような、さりげないつぶやきだった。炎が高く燃え上がり、月が消えた。

もっと厳密にいえば、月明かりがさえぎられたように見えた。真っ暗な地上の中心で、急に静まった炎だけが輝いていた。そして、その輝きの中に、悪魔が座っていた。

彼は特定の身長を持っていなかった。消えかけてまたたく炎のせいか、彼自身の特性なのかはわからない。だが、はっきりと目に見える二フィートくらいから、七、八フィートまで変化した。その姿は、人間とそれほどかけ離れてはいなかった。もちろん、銀の鱗《うろこ》が生えたしっぽは別だが。爪は甲虫の背中のように輝いている。片方の牙はぐらついているようで、悪魔はそれを神経質そうに弾いていた。その音が、哀れっぽく響いた。

「名前は?」オジマンディアスが礼儀正しく訊いた。

「スリバデジビット」その声は普通の人間の口調だったが、洞窟の中で発せられたようにいつまでもこだました。

「おまえは呪いをかける悪魔かね?」

「そうとも」悪魔は嬉しそうにアイルズを見た。「やあ！」彼はいった。

「やあ！」ギルバート・アイルズは弱々しくいった。今では酔いはすっかりさめていた。悲しいかな、それははっきりしていた。そして、彼はしらふの状態で呪いの悪魔を見た。つまり、本当に呪われるということだ。しかも、その呪いが何なのかさえもわからない。「早く訊いてくれ」彼は魔術師をせっつかせた。

「おまえは、ここにいる友人に呪いをかけるのか？」

「そう願ったんだろ？」彼はうんざりしたようにいって、牙を弾いた。

「それで、どんな呪いをかけるんだ？」

「そのうちわかるさ」

「今、教えるんだ」

「ばかばかしい。そいつはおれの義務じゃない」

オジマンディアスは手をさっと振った。「命令だ――」

悪魔は飛び上がり、尻をさすった。「よくもやったな！」苦々しくいった。

「もっとやられたいか？」

「わかったよ。教えてやろう」彼は言葉を切り、牙を弾いた。「古くからある単純な呪いだ。マーガトロイド家が解いてからは、人にかけていない。最初に目についた呪いに決めたんでね」

彼は関心なさそうにいった。

「それは――」

「きわめて高潔な清教徒の迫害者に対し、魔女が使った呪いだ。覚えてるか？　なかなかよくできている。それに詩的でもある。こんな感じさ」彼はまた牙を弾き、音程を調節して、暗誦した。

一日に一度、邪悪な行いをせんことを
さもなくば、汝、灰塵《かいじん》に帰すであろう

「もちろん」と、悪魔はつけ加えた。「本当に灰になるわけじゃない。韻《いん》を踏んだまでさ」

「その呪いは聞いたことがある」オジマンディアスは考え込むようにいった。「用語の定義が難しいな。最高裁は何をもって〝邪悪な行い〟と判断する？」

「罪と同義だ」スリバデジビットがいった。

「ふうむ。一日ひとつ、罪を犯さなければならない――〝一日〟とは？」

「午前零時一分から、翌日の真夜中までだ」

「一日ひとつ、罪を犯さなかったときは――」

「そのときは」悪魔は、これまでよりも少しばかり楽しそうにいった。「真夜中におれが現れて、首を絞めるのさ」彼はしっぽを絞首縄のように丸めてみせた。

「すると、片時も彼から目を離さずにいて、約束を守れなかったときに義務を遂行しなければならないということか。いいだろう。もうひとつ命令する。彼がおまえの名を呼んだら、いつでも現れて、質問に答えるんだ。では、立ち去れ！」

「おいおい！」悪魔が抗議した。「そんなことをする義理はないぞ。そんな教えはない。おれは——痛っ！」彼はまたしても飛び上がり、さっきよりも強く尻をさすった。「わかった。負けたよ」

「立ち去れ！」オジマンディアスは繰り返した。

明るく澄み切った月光が、浜辺と、流木の焚き火の燃えさしを照らしていた。「さて」と、魔術師はいった。「これでおわかりでしょう」

ギルバート・アイルズは身震いした。自分の身体をつねってみた。それからいった。「どうやら夢じゃないみたいだな」

「もちろんです。それで、どんな呪いかはわかったでしょう。どう思います？」

アイルズは笑った。「そう心配しなくてもよさそうだな。たやすいことだ。一日ひとつの罪——ぼくは天使じゃない。問題はひとりでに解決するだろう」

オジマンディアスは眉をひそめ、残り火を見つめた。「あなたがそう思うなら、何よりですが」彼はゆっくりとそういった。


ギルバート・アイルズは、寝起きの悪いたちだった。特に、この朝はそうだった。だが、ようやく目を開けたとき、パウダーブルーの部屋着に身を包んだリンダが目に飛び込んできたので、頑張って起きた甲斐があったと思った。

「頭痛はすっかり治ったわ」彼女は明るくいった。「あなたはどう？」

彼は頭に触れ、試しに振ってみた。「二日酔いの気配もない。変だな――」

「変？　じゃあ、本当にお祝いしていたのね？　何をしていたの？」

「浜辺に行って、ぶらぶらして、それからバーへ行って」――彼は言葉を切り、一気によみがえってきた記憶に目をしばたたかせた――「ヴォードビルの魔術師と話をした。妙な手品をいくつか見せてくれたよ」彼はぎこちなく結んだ。

「楽しんだみたいでよかった。今度、こんなに儲《もう》かる訴訟に勝ったら、絶対に頭痛になんかならないと約束するわ。絶対よ。さあ、起きて。シャルグリーン事件に勝った弁護士さんでも、仕事に行かなきゃならないわ」

シャワー、コーヒー、トマトジュースのおかげで、ふたたび世界は正常そのものに戻った。牙を生やした悪魔とトマトジュースが、同じ世界秩序に存在することなどありえない。一日ひとつの罪を犯すこととリンダもだ。ギルバート・アイルズの杓子定規な合理主義が、ふたたび幅をきかせはじめた。

牡牛座のウィンプ――望んでもいない願いを口にしたら、現実になってしまう――銀の鱗の生えたしっぽが、夜中に首を絞めにくる――酔っ払って、これほど荒唐無稽なことを空想したのは初めてだ。

ギルバート・アイルズは陽気に肩をすくめ、口笛を吹きながらひげを剃った。彼はふと口笛を止めた。調子外れの旋律が――もちろん想像上のものだが――韻を踏んだ呪いの言葉を悪魔が節をつけて暗誦したのにそっくりだったのだ。

彼はいつも通りの、落ち着いた一日を過ごした。悪魔やウィンプのことなど忘れてしまうほど忙しかった。チャジブル殺人事件で、思いがけない事態が起こっていた。感じのよい老女——陪審員への格好の餌だ——が、ロルフのアリバイを証明する意外な証人として登場するはずだったのに、突然、二千ドルくれなければ本当のことを話すといい出したのだ。

それはアイルズと、共同経営者のトム・アンドリュースの両方にとってショックだった。二人は自信たっぷりに証人を立て、それを中心に弁護をするつもりだったのだ。突然正体を表わした老女に対して、まずは時間をかけて、彼女抜きでどうするか——何もできっこないのだが——を協議し、留置所のロルフとこっそり厄介な打ち合わせをして、結局は午後いっぱいかけて、彼女のいった期限である日没までに二千ドルをかき集めた。

それから、リンダとダウンタウンで会い、夕食と映画を楽しんで、頭痛が治まったことを祝った後に少しばかりダンスをした。さらには、〝結婚前のことを覚えてる?〟というような会話まで楽しみ、家の近くの丘の上に車を止めて、三十分ほど過ごした。

家に着いたのは十二時半過ぎだった。アイルズがようやく妻におやすみといって書斎に入り、予審での検察側証人の証言を最終的にチェックしはじめたときには、一時になっていた。

こうして、パイン材の鏡板を張った静かな部屋でひとりになった彼は、今朝ひげを剃ってから初めて、願い事と呪いの話を思い出した。すでに真夜中を一時間も過ぎている。今日は一日じゅう忙しくて、罪を犯す暇などなかった。それでも、首はまったく無事だ。彼は微笑んで、無意識の記憶がどう組み合わさったら、こんなとんでもない酔っ払いの妄想が生まれたのだろうかと考えた。なかなか独創的な想像力だ。

それから、最後にもう一度、直接証拠を確かめようといってみた。「スリバデジビット！」

悪魔が脚を組んで、机の上に座っていた。身長はさまざまに変化し、悲しげに牙を弾く音が、部屋に響きわたった。

ギルバート・アイルズは言葉も出なかった。「で？」とうとう悪魔がいった。

「その──」ギルバート・アイルズはいった。

「呼んだだろう。何の用だ？」

「ぼくは──きみは──ぼくは──きみは、本物だったのか？」

「いいかね」悪魔はさとすようにいった。「おれが本物か？　わざわざ呼び出して、そんな質問とはね。おれは哲学者か？　あんたは本物か？　この宇宙は本物か？　そんなこと、おれが知ると思うか？」

アイルズは心配そうに、銀のしっぽを見た。「だが──もう真夜中を過ぎている」

「だからどうした？　あんたに呼び出されるか、息の根を止めにくるかでない限り、わざわざ物質化する理由があるか？」

「それで、やらなくてもいいのかい？」

「なぜ？　あんたはちゃんと罪を犯したじゃないか」

アイルズは眉をひそめた。「いつ？」

「証人を買収したじゃないか?」

「でも、それは……仕事の一環としてだ」

「そうかい? そうしようと決めたとき、どこか心が痛まなかったか? 若い頃は、こんな弁護士にはなりたくないと自分にいい聞かせていたんじゃないのか? それをやったとき、自分に対して罪を犯したんじゃないのか?」

ギルバート・アイルズは何もいわなかった。

「もう行っていいかな?」悪魔が訊いた。

「いいよ」

悪魔は消えた。アイルズはその晩、長いこと書斎の机に向かっていたが、目は公判記録を見てはいなかった。


「トム、ロルフの偽の証人のことだが、使わないほうがいいと思うんだ」

「使わない? だが、彼女がいなかったらこの事件はおしまいだぞ」

「そうとも限らないさ。どっちにしても、無理やり無罪を主張すれば、失敗するかもしれない。こっちが負けたら、彼はガス室行きだ。だが、罪を認めて減刑のほうに方向転換すれば、懲役五年から十年で済むかもしれない」

「二千ドル払ったのにか?」

「ロルフが払うさ。それくらいの金はある」

「ばかげてるよ、ギル。ぼくに道徳を説こうっていうのか？」

「まさか。だけど、これは危険だ。彼女は信用できない。もっと金をよこせというかもしれないぞ。検察側に身売りして、反対尋問でしくじるように手配するかもしれない。弁護士会に暴露すると、脅してくるかもしれない」

「その点は正しいかもしれないな。そうまでいうなら――少し考えてみよう。ほかに何かあるかい？」

「あまりないな。ああ、シャックフォード判事のことで、ちょっとした材料がある。彼の寝室でのプライバシーの件を知ってるか――」

ギルバート・アイルズはほっとした。道徳をうるさくいい立てるような人間にはなりたくない。断じて。けれど、たまたま自分に対して罪を犯してしまったことと、それに気づかされることは別物だ――自分が罪を犯し、それによって首がつながったと知らされるのは。

ロルフに抗弁を変えるよう説得するのは、また別の問題だった。あの愛すべき老女が証人席で裏切り、ロルフを死刑囚監房へ直行させる場面を生々しく描いてみせたことで、ようやく成功した。それから警察官と会い、書類をファイルし、トム・アンドリュースとひっきりなしに顔を突き合わせて、まったく新しい戦略を練らなければならなかった。

リンダに電話し、今日は遅くなると告げた。オフィスでサンドウィッチとアルコール入りコーヒーの夕食をとり、ようやく十一時に帰ってきたときには、疲れすぎて服もかけられず、歯も磨けなかった。夢うつつで妻にキスをすると、目を閉じた。

翌朝、ひどく混乱した頭で目が覚め、何に混乱しているのだろうと思った。十時半に依頼人と話し合っている最中に、ようやく何を心配していたかをはっきり思い出した。昨日は、偽の証人を切り捨てるというまったく罪のない仕事のほかには、何ひとつする暇がなかったのだ。それなのに、銀のしっぽが真夜中に首に巻きつくことはなかった。

彼は礼儀に反しない程度にすみやかに依頼人を帰した。オフィスにひとりきりになると、咳払いしていった。「スリバデジビット！」

揺らめく悪魔の輪郭が、仕立て屋よろしく机の上に座っていた。「やあ！」

「おまえは」と、ギルバート・アイルズはいった。「偽物だ。おまえも、呪いも、そのしっぽもな。だましやがって！」

スリバデジビットは牙を弾いた。しっぽが貪欲そうに動いた。「おれが常に監視しているのを信じないっていうのか？　へえ！」

「もちろんだ。何もかもがペテンじゃないか。昨日は忙しすぎて、罪を犯す暇などなかった。なのに、こうしてぴんぴんしている」

「あんたは自分を過小評価してるよ」悪魔はどこか親切にいった。「シャックフォード判事のスキャンダルを暴いたのを忘れたのか？　あのうわさはあっという間に広まって、やつの次の選挙の望みはなくなった。一日分としちゃ文句ない」

「そんな。思ってもみなかった――そんな――だがな、スリブ。はっきりさせておこうじゃないか。何をもって――」彼は言葉を切り、電話に出た。

相手はミス・クラムピッグだった。「アンドリュースさんが、アーヴィング事件の抗告審判の弁論趣意書に目を通しておいてほしいそうです。今お持ちしますか、それとも会議中でした？　声が聞こえたようですが」

「持ってきてくれ。ぼくはただ……その……スピーチの練習をしていただけだから」彼は電話を切った。

「それで」スリバデジビットがいった。「何をもってという話だが――」

「消えろ」アイルズがあわてていった瞬間、ドアが開いた。

ミス・クラムピッグは物音を聞いて、眉をひそめながら入ってきた。「変な音がしたみたいですけど。悲しげな、ものを弾くような音が。もう聞こえませんが――」

彼女は弁論趣意書の草案を机に置いた。いつものように必要以上に身をかがめ、すり寄ってくる。前よりもいい匂いの香水に変え、品のよさと露出が絶妙に調和したブラウスを着ていた。ミス・クラムピッグを雇っていれば、一日ひとつの罪を犯すのはたやすいことだろう。

「ほかにご用はありませんか、アイルズさん？」

リンダのことを考え、一夫一婦制の精神を恨んだ。「いいや」彼は頑としていった。「後で考えるよ」ミス・クラムピッグは納得し、部屋を出ていった。

それから一週間は、ギルバート・アイルズがほとんど努力しなくても、ひとりでに罪が起こった。自分でも、いくつか罪を考えようとしたが、妻を愛していることと職業意識が刺激されたことで、ごく簡単な二つの道は閉ざされていた。土曜日の夜には、恒例のポーカーでこっそりいかさまをし、三十一ドルを不正にもうけた——その金は、期限が過ぎた後で、仲間とどんちゃん騒ぎをするのに使った。別の夜には、うわさにはよく聞いていた下品な酒場に行ってみた。ハバナの観光客から見れば、評判の悪い店の範疇《はんちゅう》に入るだろう。それはリンダを裏切ることなく、性的な罪を犯すことのできるひとつの方法だった。しかし、苦痛なまでに退屈でもあった。

それ以外の日々は、忙しさと想像力のなさで、罪と思えるようなことはしなかったが、それでも心配なかった。たとえば、レストランの女の子が五ドルのお釣りの代わりに十ドルを渡したときのことだ。その間違いには気づいたが、神様の贈り物と思って何もしなかった。だがスリバデジビットは、彼女がその差額を埋め合わせなくてはならず、できなかったためにくびになったと罪深く喜んだ。

ほかにも、ふざけて脅した通行人が心臓発作を起こしていた。また、気の合った仲間に、それが子供たちを飢えさせることを薄々知りながら、はしご酒をやれとけしかけたこともある。さらに、陪審義務について、まったくの偶然で嘘をついた——スリバデジビットがいうには、それは同胞の代表として、国に罪を犯したことになるそうだ。

だが、こうしたエピソードはどれも効力を持ち、その効力は、呪われた男にとっては居心地の悪いものだった。ギルバート・アイルズは、どこにでもいる不注意で自分勝手な男だが、自分の意志で悪事を働く人間ではない。シャックフォード判事の一件以来、スキャンダルを広めるときには気をつけるようになった。運転にも気をつけ、陪審義務に対する声明を書き換え、たとえ小額でも良心的な会計を心がけた。

そして、ある真夜中、仕事で依頼人と夕食をともにし、車を運転して帰る途中、冷たい鱗が首に巻きつくのを感じた。

ギルバート・アイルズは優秀な罪人となる素質を持っていなかった。最初にしたのは、縁石に車を止めることだった。絞殺死体が車を運転したら、危険きわまりないだろうと思ったのだ。その間、苦しい喉からあえぐようにいった。「スリバデジビット!」

車が止まると、悪魔の伸び縮みする姿がハンドルの上に現れた。アイルズは狭いクーペの車内で何とか逃れようとしたが、銀色のしっぽはしっかりと彼をとらえていた。「話を聞いてくれ!」あえぎながらいった。「一分でいい!」

スリバデジビットはためらい、ほんの少しだけしっぽをゆるめた。「わかった」悪魔はいった。「ゆっくりと、安らかに死を迎えられるように、一分早く出てきてやったんだ。真夜中きっかりにやればもっと速く片づくんだが、それは嫌だろう」

「安らかにだと!」アイルズはうめいた。鱗に覆われた尾の下に手を入れ、痛む首をさすった。「だが、聞いてくれ」陪審員の前でも見せたことのない速さで、考えをめぐらせた。「ぼくらの契約は——この国の法律では無効だ——全体の幸福に反するため、殺人を含む契約には強制力がないのだから」

スリバデジビットは笑い声をあげ、しっぽがさらにきつく締まった。今の彼には、哀れを誘うところも、奇怪なところもなかった。今は得意そのもので、職務上の有能さを存分に発揮していた。「おれにこの国の、人間の法律は関係ない。この契約は、おれたちの王国の法に基づいているんだ！」

アイルズはこの状況下でできる限りの安堵のため息をついた。「なら、あと一時間は首を絞めることができないはずだ」

「なぜだ？」

「おまえの王国の契約だと……いっただろう……今は十二時だが、夏時間の調整をしているんだ……この国の法律で……おまえの王国では、まだ十一時なんだ」

ゆっくりと、しっぽがゆるんだ。「弁護士ってやつは」スリバデジビットは悲しげにいった。「だが、十二時になるまで、急いだほうがいいぞ」

ギルバート・アイルズは顔をしかめた。それから、車を走らせた。「この大通りを行ったところに、目と脚が不自由な新聞売りがいる。ひと晩じゅう商売しているんだ——よく見かける。もしぼくが——」

「だったら」悪魔はいった。「さっさと行くといい」

ギルバート・アイルズは遅い市電が、障害者のそばで待っていた少数の人々を乗せていくまで待った。それから道を渡ったが、足は盲目の新聞売りのほうへ行こうとしなかった。まずはバーへ入った。立て続けに三杯飲みながら、時計をじっと見る。その針は、十二時から一時へと着実に進んでいた。

「そう急がなくても結構ですよ」三杯目の酒を出してから、バーテンがなだめるようにいった。「二時までは閉店しませんから。時間はたっぷりあります」

「一時になったらおしまいなんだ」アイルズは張りつめた声でいい、鱗に覆われたしっぽを思い出して喉を詰まらせた。

「何だかおびえてるみたい。お友だちがほしい？」そういったのは赤いドレスの、下手くそに髪を脱色した女だった。「あたしがなってあげる」アイルズが答えないので、彼女は続けた。「一杯おごってくれない？　いいわよね。ジョー、いつものやつを」

時計の針は着々と動いていた。酒もちゃんと出てきた。女はスツールを近づけ、赤いスカートが腿のところで燃えるような色を放った。簡単なことだ。選択肢ははっきりしている。見ず知らずの他人にひどいことをするか、何も知らない妻に対して不貞を働くかだ。問題は簡単だったが、ギルバート・アイルズには、考える前から答えがわかっていた。彼はついに、席を立った。

「もう真夜中だ」彼はいった。「おしまいの時間だ」

バーテンと赤いドレスの女は、よろめきながら出ていく彼を見送り、不思議そうに顔を見合わせた。「あんたも落ちたもんだな、ヴァーン」バーテンがいった。

「今度は」ヴァーンがいった。「自分のお金で一杯もらうわ」

ギルバート・アイルズは角へやってきた。別の市電が、ちょうど発車したところだった。後に残ったのは、がらんとした街角と、目と脚の不自由な男だけだった。歩道に座る男の脚は、信じがたい角度で折りたたまれていた。黒眼鏡をかけた顔が、音がするたびにかすかに動く。彼の周りにあるものは、ギルバート・アイルズにははっきりと見えた。男の左親指の爪が割れているのも見えたし、右の頬骨に毛の生えたほくろがあるのも見えた。そして、金箱にはきっかり二ドル三十七セントが入っている。

アイルズは目を閉じ、金箱をつかんだ。そのわけは、自分と相手を対等の立場に置きたいという、無意識の欲望にほかならなかった。

自ら盲目になって、金箱をつかむ。卑しく、汚い、非道な行為だったが、自分の首を守るためだ。いくら目を閉じても、ウィスキーを飲んでいても、その行為の卑しさを忘れることはできなかった。罪を犯すのは少しも楽しくない。

そして、箱を手にしたとたん、彼は首根っこをつかまれるのを感じた。

頭が混乱した。しくじってはいないはずだ。あと五分ある。それに、これは間違いなく――と、そのとき、首に巻きついているのは鱗ではなく、人の手だと気づいた。

目を開けた。新聞売りが彼にのしかかっている。黒眼鏡はなく、異様に柔らかい関節を持っていた脚はほどけている。毛の生えたほくろのある顔は、無理もない憤《いきどお》りに歪み、親指の爪が割れた手を握って、まともにアイルズの顔を殴りつけた。それは見事に当たった。

「この人間のくずめ！」新聞売りがつぶやいた。「盲目の男から、盗みを働こうっていうのか？」ボカッ。「脚の悪い男の稼ぎをかすめ取るつもりか？」バキッ。「相手が無力なのを知ってのことか?」ドスッ。

ようやく、ギルバート・アイルズの弁護士らしい正確さが顔を出した。「けれど、きみは――」「障害者だと思ってたんだろう?」

罪の意識とウィスキーのせいで、アイルズは手向かう気になれなかった。拳骨がやむと、腫《は》れあがった唇で質問した。「いば、だんじだ?」

新聞売りはその意味を察し、隠していた時計を見た。「一時十分だ」

「ありがとう」アイルズはうめくようにいった。腫れあがった顔に、何とか笑みを浮かべる。車に戻ると、彼はいった。「スリバデジビット!」

「まだここにいるよ」その声は、見えない洞窟にいるように反響した。「あんたが帰しちゃくれなかったんでね」

「悪かった。よく見えないんだ。目が――腫れてしまって――でも、真夜中を過ぎたというのに、うまくやれなかった――」

悪魔は、新聞売りがいったことを繰り返した。彼はなだめるようにいった。「どっちにしても、あんたは悪事を働くつもりだった」

「それで」と、リンダが問いただした。「ゆうべは何のお祝いだったの?」

ギルバート・アイルズはベッドで寝返りを打ち、起き上がって、目を開けた。というより、開けようと努力していた。腫れあがったまぶたのすき間から、ようやく妻の姿と、そのかたわらで一時半を指している時計が見えた。

うめき声をあげ、ベッドから飛び起きようとした。筋肉を動かしたことでうめき声が倍になり、枕に倒れ込んだ。

「ひどいありさまよ」リンダがいった。辛辣な言葉の下に、思いやりが感じられた。

「時間が」アイルズはつぶやいた。「仕事がある――トムは――」

「トムは十一時ごろ電話をかけてきたわ。あなたはひどい風邪で寝ているっていうことにしておいたから」

「でも、行かなくちゃ――」

「寝ていたほうがいいと思うわ。それに、その顔じゃ仕事へ行くどころじゃないわよ。鏡を持ってきてあげてもいいけど、朝食前に見るものじゃないわ。それにしても、何のお祝いだったの？　それにわたしだって、ゆうべは頭が痛くなかったのに」

「それが――」アイルズは、膨らんだ唇で何とかはっきりしゃべろうとした。

リンダは微笑んだ。「いいわ、ダーリン。訊いちゃってごめんなさい。朝食の後で教えて――それとも、話したくなければいいのよ。食べられそうなら、用意はできてるわ」

完璧な妻というのは、完璧な診断医でもある。朝食にリンダが処方したのは、半熟のゆで卵、トマトジュース、ポットにたっぷりのブラックコーヒー、朝刊――手つかずの、しわひとつないやつだ――それと、ひとりにしてくれることだった。食事の用意はしてくれたが、話しかけることも、ふたたび寄り添ってくることもなかった。

五杯目のコーヒーと三本目の煙草の後、ギルバート・アイルズは妻を探しにいった。彼女はサンポーチでシダ類に水をやっていた。明るいプリント地のジャンパードレスを着て、髪は日の光にきらきら輝いている。

「リンダ――」彼は声をかけた。

「なあに、ダーリン?」妻はそういって、一番座り心地のいい椅子から雑誌をどけ、彼がギシギシいう脚で座るのを助けた。

「話があるんだ、リンダ」

彼女はシダに水をやり続けていたが、手が震え、何滴かこぼしてしまった。「何なの? 新しい訴訟のこと?」

「いいや――ぼくのことで、きみに知っておいてほしいことがあるんだ」

「結婚してどれだけになると思うの? 三年半よ? それなのに、まだわたしの知らないことがあるっていうの?」

「そうなんだ」

「悪いこと?」

「悪いことだ」

「バスルームで煙草を吸うよりも?」

彼は笑ったが、唇が痛んだ。「少しだけね。いいかい、リンダ、ぼくは――ぼくの人生は呪われているんだ」

床に水がこぼれた。リンダは苦労してジョウロをまっすぐに置き、雑巾を取ってあたりを拭いた。それが終わってから、彼女はひどく明るい声でいった。「よくそんなことがいえるわね。こうして自分の指をすり減らして、あなたのために快適な家にしようとしているのに――」

「そういう意味じゃない」

「わかってるわ。ただ――変ないい方をするのね。何が悪いのか教えてちょうだい」

「きみとは関係のないことなんだ――」

リンダは椅子に近づき、彼の肩に腕を回した。「関係ない？」怒ったようにいった。「あなたに何か問題があるなら、ギルバート・アイルズ、それはわたしに関係のあることなのよ。あなたはわたし、それがわからないの？」

「ぼくの呪いは、きみの呪いじゃない。いいかい、リンダ……すぐに信じられないのはわかっている。だけど……その、ぼくは一日にひとつ、罪を犯さなくちゃいけないんだ」

リンダは彼を見つめた。笑顔と泣き顔の中間の、こわばった表情をしていた。「それって――ねえ、ダーリン、わたしじゃ物足りないってことなの？」

彼は妻の手を取った。「ばかな。ぼくにはきみしかいない」

「だったら……最近、あなたが飲みすぎているのは知ってたわ。だけど……まさか、そんな……お酒に溺れているの？」

「そうじゃない。そういう特定の罪じゃないんだ。ただの罪さ。いっただろう。それが呪いなんだ」

リンダは真面目な顔で彼を見た。「トマトジュースとコーヒーは飲んだわよね?」

「ああ」

「だったら、最初から聞かせてちょうだい」と、夫のひざの上にするりと乗って、ズキズキする口元に耳を寄せた。

「始まりは、シャルグリーン事件のお祝いをしていた晩なんだ。たまたま出会ったのが——」

「でも、ひどいわ」話が終わると、彼女はいった。「とんでもない話よ。どんなばかげた願いを考えたって、よりによって——信じられない! 高校時代には、わたしもよくいってたわ——これからは気をつけなくちゃ」

「じゃあ、信じてくれるのか?」

「もちろんよ」

「信じてくれるとは思わなかった——だから、これまで黙っていたんだ。あまりに突拍子もない話だからね」

「でも、話してくれたわ」彼女はそれだけいって、キスをした。「いけない、唇が痛むわね」

「だけど、どうすればいい? こんなふうに続けてはいられない。ひとつには、何が罪で何がそうでないのかがわからないんだ。でも、それより悪いのは……罪を犯すのが嫌なんだよ。それが罪だと知るのも、罪を考えるのも。それは悪いことだ。罪を犯すには、特別な人間にならなきゃならない。ぼくにはできない。どうすればいい?」

「うーん」リンダは考え込むようにいった。「ひとついえることがあるわ。わたしはあなたの呪いが解けることをいつも願っているし、いつかはわたしのウィンプが来るかもしれない」

「あの小男は、千にひとつのチャンスだといっていた」

「だったら……」リンダは口ごもった。「別の方法があるわ」

「ぼくの弁護士としての聡明な頭でも、見過ごしていた方法があるっていうのか？」

「実際、見過ごしてはいないかもしれないわ。でも、わたしにいわせれば……何ていったらいいかしら、ギル。ほかのものよりもたやすくできる罪があれば――ひょっとしたら、愉快なことかもしれないし、そうすれば自分の命も救えるわ……つまり、結局は人が〝罪〟と呼ぶものなのでしょう？　だったら、わたしをそれに巻き込めば――」

「リンダ、ひょっとして、こういいたいのか……」

彼女は息を吸い込んだ。「あなたを失うくらいなら、ミス・クラムピッグと分け合ったほうがいいわ」ほとんど一気に吐き出した。「ね。その通りでしょ」

「できっこない」彼はきっぱりと、本心からいった。

彼女は指で、自分の唇から彼の腫れあがった唇に、優しくキスを伝えた。「よかった。だって」同じく心から、彼女はいった。「自分でも、本気でそう思っていたとはいえないもの。でも、もうひとつ案があるわ」

「え？」

「車を出しましょう。浜辺へ行って、房のようなひげを生やした魔術師を見つけるのよ。そして、魔法には魔法で対決しましょう」

浜辺のバーのバーテンはいった。「ああ、あなたと一緒に飲まれた日以来、お見えになっていませんね。こっちにとっちゃありがたいことですが。いつだって空中から煙草を出すものだから、酔っ払いは妙な仕掛けがあるんだろうと思って、自分も煙草を出せないと怒り出すんです。教えてくださいよ、だんな。あの人はどんなトリックを使ったんです？」

「彼は魔術師なんだ」ギルバート・アイルズはいった。「住まいがどこか知らないかな？」

「浜辺を行ったところの、〈マール・ビスタ〉だと思いますよ。もう一杯ずついかがです？」

「いや、結構。残りを飲んでしまえよ、ダーリン」

〈マール・ビスタ〉のフロント係はいった。「房のようなひげを生やした小男ですか？ O・Z・マンダースという名前で宿泊されておりますね。十日前にご出発しています」

「行き先は残していなかったか？」

「いいえ。ひどくお急ぎのようでした。海外電報を受け取って、そそくさと出て行かれました」

「海外電報？ それはどういう――」

「気づいたのは、ダージリンからということだけです。たしか、インドでしたよね？」

旅行代理店の係員はいった。「妙なひげを生やした小男ですか？ ええ、いらっしゃいましたよ。今日び、急な予約を確実にお受けすることはできませんとご説明しました——運に任せるしかないと。すると、怒ってお帰りになりました」

「ありがとう」ギルバート・アイルズは帰りかけたが、リンダがそれを引き止めた。

「ちょっといいかしら」彼女はいった。「彼はどうやって帰ったの？」

係員は口ごもった。「わ……わたしは存じません。どうしてわかります？」

「お願い。わたしたちにはわかっているのよ。煙のように——ポンッ！——と、消えてしまったの？」

係員はいった。「わたしは酒飲みではありません。けれど、あなたならわかってくれそうですね、奥さん。実をいいますと、あの方は胸ポケットからハンカチを取り出し、床に広げました。すると、それが絨毯のように大きくなったんです。続いて妙な呪文を唱えると、ハンカチが彼を乗せてドアを出ていきました。けれど、このことを従業員に話されでもしたら——」

「と、いうわけよ」リンダはいった。「あの小男は、ひっきりなしにダージリンの話をしていたといったわね。そこへ戻らなくちゃいけなくなったのよ。彼は助けにはならないわ」

ギルバートはいった。「彼が沿岸の対空砲列の邪魔にならなければいいが。対空監視員が魔法の絨毯を見たらどう思うだろう？　だが、こうなったらどうすればいい？」

リンダは昂然《こうぜん》と頭をもたげ、きっぱりといった。「悪魔を呼び出して、話し合うのよ。夫が一日にひとつ罪を犯さなくてはならないなら、どんな罪かを知りたいの」

二人は浜辺を何マイルも走った。昼間では、悪魔を呼び出すのにふさわしい静かな場所を見つけるのは大変だった。

「人間って」リンダはとうとう、ため息をついた。「群れるのが好きなのね――」

「家に帰るかい？」

「でも、浜辺は気持ちいいわ――たとえあなたが呪われていて、それを何とかしようと骨を折っているとしても、二人でお休みを取るのがとても嬉しいの。そうだわ！　ホテルで呼び出せばいいのよ」

二人は〈マール・ビスタ〉に戻った。魔術師が滞在していた場所で悪魔を呼び出すのは、何だかふさわしく思えた。戻ってきた二人を見てフロント係は困惑し、傷だらけのアイルズの顔をうさんくさそうに見た。

「賭けてもいいけど」リンダがいった。「この結婚指輪は雑貨屋で買ったと思われてるわね。たぶん」

殺風景な、家具のほとんどない部屋で二人きりになると、ギルバート・アイルズはいった。

「スリバデジビット！」

揺らめく姿が、ドレッサーの上に現れた。

リンダは小さくあえいだ。アイルズはその手を取った。「怖いかい？」

「とんでもない！」リンダは声を震わせないよう立派に努力していた。「彼……大きさがいろいろ変わってない？」

「わが王国では」悪魔がいった。「何もかもが常に変化しているのだ。決まりきった肉体を持っているのは人間だけさ。さぞかし退屈なことだろう」

「わたしは気に入ってるわ」リンダが抗議した。「だって、靴下をどうやって買えばいいの――といっても、あなたたちは靴下をはかないのよね？　それに――」と、夫に寄り添った。「どう？　いい返してやったわよ」だが、その声は泣き声に近かった。

「今度は何だ？」スリバデジビットは陰気にいった。「この女を見せるために呼んだのか？」

アイルズは妻をベッドに座らせ、敵意のある証人を前にするように悪魔と対峙《たいじ》した。「何が罪になるのかが知りたいんだ」

「何を悩むことがある？」牙を弾く音。「よくやってるじゃないか」

「けれど、ぼくはそれが嫌だし、これ以上続けていられない。人間は自由な生き物だ。それが人間なんだ」

「ふん」スリバデジビットはいった。

「いっておくが、この呪いはできるだけ早く解いてみせる。それはそれとして、自分が何に直面しているかを知りたいんだ。罪とは何だ？」

「そうだな、そいつはあんたが何を信じているかによるさ。罪というのは自分自身、神、あるいは同胞を裏切ることだ」

「だったら、神を冒瀆《ぼうとく》するのは罪になるのか？」アイルズはにやりとして、たっぷり五分間、長広舌《ちょうこうぜつ》をふるった。リンダは枕で頭を覆った。悪魔でさえ、一、二度目をぱちぱちさせた。

「どうだ」アイルズは手のひらをすり合わせた。「今日の分はこれでいいだろう」

スリバデジビットはしっぽを動かした。「だが、おまえさんは神を信じていないだろう?」

「いいや、ぼくは——」

「はったりはやめましょう、あなた」リンダがいった。「ちゃんと知らなきゃならないんだから。本当は信じていないとわかってるでしょう」

「ああ。信じていない」

「だったら」悪魔はもっともらしくいった。「どうやって冒瀆する? いいや、この類《たぐい》の罪はあんたには無理だ。神聖を汚すこともしかり。意識的にせよ無意識にせよ、自分のしていることが罪深いと知っていなけりゃだめなんだ」

「ちょっと待ってくれ」アイルズが反論した。「自分のやることは何でも正しいと思っている、自己中心的なやつらはどうなるんだ? 罪が犯せるのか?」

「やつらはよくわかってるさ。心の奥底ではね。だが、今の冒瀆に、あんたは罪の意識を感じていない。カトリック教徒なら、毎週金曜は安泰だ。肉を食べればいいんだからな。あるいはユダヤ教徒なら、毎日豚肉を食べればいい。だが不信心者では——」

「待ってくれ。不信心そのものが罪じゃないのか?」

「それが心からのもので、他人の信仰の邪魔をしない限りはそうではない。神はいると考え、その上でそれを否定するか、他人が神を信じるのを否定するかだ——これはどうだ? 何かの宗教を迫害するのは? いい考えだろう」

「ぼくに――そんなことできるわけがないじゃないか」

「そうだな。神に対する罪は犯せない。自分自身か、同胞に対する罪ならいいだろう。そうなったら、まだ山ほどあるじゃないか。誘拐、姦通、放火、訴訟教唆、重婚、押し込み強盗――」

「まず最初に、姦通と重婚は無理だ」

「でも、本当に――」リンダがいいかけた。

「無理だといったんだ。訴訟教唆はいいかもしれない」

「何なの、それは？　恐ろしい響きだけど」

「不必要な訴訟を起こすようそそのかすことさ。法の倫理に著しく反することだ。だがこの悪魔は、いまいましいことに、ぼくの職業意識をかき立てた。どうだろう――押し込み強盗は――」

「一番いいのはどれ？」リンダが悪魔に尋ねた。

スリバデジビットはだんだん面倒になってきた様子だった。「誘拐だな」牙を弾く音。

「誘拐！　それよ。それならできるんじゃない？」

「誘拐？　でも、誘拐してきてどうするんだ？」

「それはどうでもいいのよ。ただ誘拐すれば」

「だけど、それは人権をはなはだしく侵害するものだ。ぼくにできるかどうか――」

「ギル、そうかたくなにならないで！　わたしはどうすればいいの、もし……もしあのしっぽが――ねえ、お願い。わたしのために、それくらいのことはしてくれるでしょう？」

哀願する妻に勝てる男はいない。「わかったよ」ギルバート・アイルズはいった。「きみのために誘拐する」

「話は済んだか？」スリバデジビットがうんざりしたようにいった。

「ああ、ただ――」アイルズは証人から偽善者の仮面を完全に引きはがすときのように、だしぬけに振り返った。「誓いを破るのは罪じゃないか？　たとえ不信心者でも？」

「不信心者は誓いとはいわない。宣言だ」

「じゃあ、宣言をひるがえしたら？」

「罪になるかもな」

「わかった」アイルズは右手を上げた。「わたしはここに、一生涯、一日ひとつの罪を犯すと真面目に宣言する」そして下ろした手で、まっすぐに悪魔を指した。「これで、一日何の罪も犯さなければ、真面目な宣言を破ることになるぞ」

「ギルバート！」リンダが息をのんだ。「あなたってすごいわ」

スリバデジビットはかぶりを振った。「ふふん。そいつは契約のことでおまえさんがいったのに似ているな。良い結果をもたらすものは無効だ。守るよりも破ったほうが名誉だ（『ハムレット』一幕四場の台詞）ということになるからな。それはだめだ。もう行ってもいいか？　どうも」

アイルズは空っぽのドレッサーを見つめた。「悪魔ってのはすごいものだ。こんな正確な引用を人間がしたのを聞いたことがない。シェイクスピアかな――そうでないことを願うよ」

「でも、立派に努力したじゃないの」リンダがなだめるようにいった。

「そしてこれからは、誘拐犯としての人生が始まるんだ――」

「ううん。まずはメリーゴーラウンドに乗って、お魚のおいしい店で夕食にしましょうよ。それから家に帰って、あなたは誘拐に出かければいいわ」

「夕食にはまだ早いよ」アイルズがいった。「メリーゴーラウンドにも少し早い」

「そんなことないわ」リンダがきっぱりといった。

「だけど、ホテルの部屋を取ってしまったし、部屋係にあんな目で見られちゃ……」

リンダは笑った。「しかもあなたは、ひどい姿だしね、かわいそうなダーリン！　まるで私立探偵みたいよ！」

それから、後になっていった。「でも、あの人たちには三年半の積み重ねはないわ、そうじゃない？　かわいそうな人たち……」


ギルバート・アイルズは妻におやすみのキスをして、彼女が家に入るのを見届けた。完璧な一日だった。牙を生やした悪魔との話し合いを除けば、申し分のない、静かで幸福な、浜辺での夫婦のひとときだった。彼はため息をつき、車を走らせて、誘拐の旅に出た。

夜がふけるまでは、何をしても無駄だった。とりあえず、適当に車を走らせながら、人々を眺めた。ある依頼人が、下見といったのを聞いたことがある。誘拐するのにいいのは、ひとりでいる、力のなさそうな人間だ。たとえ力があったとしても、アイルズの顔をこれ以上派手にすることはできないだろう。彼は懸命に、玄人の目で被害者にできそうな相手を物色した――

小さな子どもか、年を取った女がいい。

彼はひとり肩をすくめた。職業上、思いやりに徹するべき自分が、こんな遠回しの、ばかげた罪を企てるとは。闇が濃くなってくるのがありがたかった。これで何とかやれそうだ。

薄暗い道端に車を向かわせた。「百数えて」と、彼はつぶやいた。「最初に見たやつにしよう。一――二――三――」目の前の道路しか見えないように、目を細めた。「五十五――五十六――」何でもないことだ。ただ、さらえばいい。それから？「九十九――百」目を開き、ひとけのない道を歩いてきた最初の人間を見た。

警察官だった。

「呪われてしま――」アイルズはいいかけてやめた。一度でたくさんだ。バーでのあの夜以来、この言葉は二度と口にしないことに決めていた。だが、警官はひどすぎる。それに現実的じゃない。二百にしよう。「百一――百二――」いったい何をやってるんだ――「百九十九――二百」

今度は、みすぼらしい灰色のコートを着て、チリチリ音を立てる網のバッグを持った老女だった。ギルバート・アイルズは歯を食いしばり、車を縁石に止めた。ドアをぱっと開け、ギャング映画で見たありとあらゆる場面を思い浮かべようとした。

「車に乗れ！」彼は怒鳴った。

老女は乗り込んできた。「本当にご親切に」彼女はいった。「いえね、ただ娘のところへ行こうとしていただけなんですよ。消防士と結婚しましてね、家は丘を登ったところにあるんですけど、なにせもう若くないし、あの丘を登るとときどき背中にこたえるんですよ。乗せていってくれるなんて、本当に親切だこと。あら、あなた、いとこのネルが送ってきた、次女の結婚相手の写真によく似てるわ。シーダー・ラピッズに親戚がいないこと?」

ギルバート・アイルズは観念した。いわれた家の正面で車を止めると、車を降りて、老女が降りるのに手を貸した。彼女はひっきりなしにしゃべっていた。「――本当にありがとう、お若い方。そうそう」――と、チリチリ鳴っていた網のバッグに手を入れた――「娘にあげようと思って持ってきたゼリーなんだけど、おひとついかが? 温州ミカンのゼリーで、婿《むこ》のフランクはこれに目がないの。だけど、ひとつくらい減っても気にしないでしょう。はい、どうぞ。中へ入って、さっき話した孫の顔を見ていかないこと? もちろん、この時間じゃ寝ているけれど――」

「いいえ、遠慮しておきます」アイルズは礼儀正しくいった。「でも、よろしく伝えてください。それと、ゼリーをありがとう」

走り去る間、彼はののしり続けた。悪魔のやつは神への不敬と認めないだろうが、それでも胸がすっとした。そして、初めからやり直した。「一――二――三――」今度はどんなやつが来るだろう。海軍の派遣隊か? 「九十九――百」

それは男だった。ひとりきりだ。アイルズは男のすぐ先で車を降り、歩道の脇に立って相手を待った。凄みを出すように、両手をコートのポケットに突っ込んだ。

「車に乗れ!」彼は怒鳴った。

男は彼を見て、大声で笑い出した。「アイルズ、どうした！　なんて変わったやつだ！　市役所の連中にも知らせよう！　こんなところを、なぜひとりでぶらついてるんだ？　その顔は誰にやられたんだ？　リンダは？　変わったやつだな！　一杯どうだ？　近くにいい酒場があるんだ。〝車に乗れ！〟だって。なんておかしなやつなんだ！」

「ハ、ハ」ギルバート・アイルズはいった。

何なんだ？　この世にはウィンプや悪魔だけじゃなく、守護天使もいて、真剣に罪を犯そうとする彼をことごとく邪魔しているんじゃないか？　それでも、あと三時間ある。誘拐をあきらめたふりをすれば——守護天使をあざむくことができるだろうか？　ギルバートにはわからなかった。

三杯目か四杯目を飲む頃には、どっちでもよくなっていた。市役所の男のいった通り、いい酒場だった。酒はまずまずで、踊り子はひどかった。だが、大柄な黒人が弾くブギウギは、アイルズがこれまで聴いたこともないものだった。呪いのことも罪のことも、そいつが世界の外に追い出してしまったかのように、気にならなくなっていた。

有頂天になったギルバート・アイルズの目が、たまたま時計に行き、高揚感は消え去った。十二時三十分になろうとしている。

「悪いな」彼はあわてていった。「一時にデートの約束があるんだ」

市役所の男は横目で彼を見た。「品行方正な男だと思っていたがね。リンダはどうする？」

「ああ、それは心配ない。リンダがそうしろといったんだ。じゃあな」そういって、あの悪魔がいつもやっているように、そそくさと立ち去った。

最初に目についた脇道を曲がった。今回は数を数えている暇はなかった。時間はあまりない。首筋は、すでにしっぽに巻きつかれるのを予期してむずむずしていた。経験を積んだ弁護士の頭脳をもってすれば、きっとこの呪いは解けるはずだ。悪魔は前の主人のマーガトロイドが〝呪いを解いた〟といっていた。つまりそこには、抜け穴があるということか？　マーガトロイドに見つかったとすれば、アイルズにそれが見つからないのはなぜだ？　それに、うろ覚えの曲になぜこんなに心を乱されるのだろう……夜中の十二時に死ぬという曲に？

ぐずぐずしているうちに、もう少しでわかりかけてきた。アルコールによって研ぎ澄まされた知性が、一瞬、すべてを解決する方法を見つけたような気がした。そのとき、歩道を歩く人影に目が止まり、解決策はひょいと逃げてしまった。

手順はほとんど機械的になっていた。縁石に車を止め、銃を持っているふりをして怒鳴る。「車に乗れ！」

少女は高慢そうに胸を張った。「車に乗れって、どういう意味？」

「車に乗れという意味だ。さっさと乗れ！」

「あら、そういうこと？　で、なぜわたしが乗らなきゃならないの？」

「おれがそういったからだ」手を蛇のように伸ばし――どうしても、銀の鱗を生やしたしっぽと比べてしまう――相手の手首をつかんで車に引っ張り込んだ。それ以上何もいわずにドアを閉め、走り去った。

少女の姿はよく見えなかったが、彼女は最近ミス・クラムピッグがやめた香水をつけていた。

「どこへ連れていくの？　何をするつもり？」

「誘拐する」

「わたし……大声を出すわよ。いっとくけど、大声を出すわ。それに――」彼女は不意に声を落とし、彼に触れんばかりにシートに身を乗り出した。「痛い目に遭わせたりはしないわよね？」

その香水は好きではなかったが、何らかの影響を受けているのは否定できなかった。「そんなことを誰がいった？」ぶっきらぼうにいった。「ただ、誘拐するだけだ」

浜辺とは反対側の町外れまで来ると、ギルバート・アイルズはようやく静かな通りに車を止めた。少女は期待するように彼を見た。ダッシュボードの薄暗い明かりが、その顔に濃い影を落とし、はっきりと見えないせいで何やら美しく思えた。

「降りろ」厳しい声でいった。

彼女は息をのんだ。「降りろって――ああ、わかったわ。ここに住んでるのね」車を降り、彼のためにドアを開けたままにした。彼は手を伸ばし、そのドアを閉めた。

「いいか、おまえは誘拐されたんだ」

走り去ったときには、一時五分過ぎだった。見捨てられた少女の怒りに満ちた叫びが、後ろから追いかけてきた。一時五分で、首はつながっていた。だが、この先誘拐犯として生きていく気はなかった。

「風邪はよくなったかい？」トム・アンドリュースは出勤してきたパートナーにいいかけたが、派手な傷を作った顔を見て息をのんだ。「七人の悪魔の名にかけて、いったいどうしたんだ？」

「罪の跡さ」ギルバート・アイルズはいった。「それと、悪魔はひとりだけだ」

「そのうち消えるさ」アンドリュースは気安くいった。「今日はゆっくりしていたまえ。アーヴィングの件は、ぼくが出廷する。きみのその……その……ありさまじゃ、法廷に出るわけにいかないだろう。罪の跡だって？　どこで罪を犯したか教えてくれよ——休暇のときにでも行ってみよう」彼は当てつけのようにいった。

朝の郵便物を届けにきたミス・クラムピッグも、息をのんだ。けれど、礼儀正しく驚きを隠して、当たり障りのない会話をしようとした。「今日は暑いですね、アイルズさん？　ああ！　北極にでも行けたらいいのに！」

アイルズは飛び上がった。「やめろ！」

「何をです、アイルズさん？」

「ばかなことを願うんじゃない。どうなるかわからないぞ。二度とぼくの前でそんなことをいわないでくれ！」

彼は一日、書類仕事をして、誰にも会わなかった。平和で、退屈で、単調な一日だった。ちょうどいい時間に家に着き、リンダが夕食に何を用意してくれているか、今夜はどんな罪を犯せばいいだろうかと考えていた。誘拐はもうしない。絶対に誘拐はだめだ。訴訟教唆はいいかもしれないが、どうやったらいいか——。

出迎えたリンダは、注意しろというように眉をひそめた。「変な人たちが来てるの。依頼人じゃないと思うんだけど、あなたに会いたいといってきかないのよ。何時間も前から来ていて、もうビールの買い置きがないわ。それに——」

アイルズは嫌な予感がした。「一緒に来てくれ」彼はいった。

予感は当たった。顔だけ見ても誘拐された少女とは断言できなかったが、あの香りに間違いなかった。どうやって——そのとき、合点がいった。ごく簡単なことだ。ハンドルの名前と住所を見ればいい。そして彼女の隣には、空のビール瓶のバリケードに囲まれて、ギルバート・アイルズがこれまで見たこともない大男が座っていた。見たところ、トラック運転手のようだ。だが、彼に合うトラックがあるとすれば、道を走っているどんな乗物よりも大きいだろう。

「こいつよ！」少女が金切り声でいった。

大男は顔を上げると、あいさつ抜きで手にした瓶の中味を飲み干し、アイルズの頭に向かって投げつけた。それは数ミリのところでそれ、壁に当たって砕けた。続いてこぶしを繰り出した。今度はしくじらなかった。

気がつくと、ギルバート・アイルズは隣の部屋のテーブルに乗っていた。耳の中には、リンダの悲鳴よりも大きな音が響いていた。

「やったわ、モーリス！」誘拐された少女はけらけら笑った。

モーリスはにやりとし、見るからに得意になっていた。「まだほんの小手調べだ」

リンダが決然として、その前に立ちはだかった。「よくもやってくれたわね！　人の家に上がりこんで、ビールを全部飲んだあげく、夫を殴りつけるなんて！　あなたと比べたら、悪魔だって紳士に見えるわ！　これでも受けなさい！」そういって、大きな丸い顔を平手で打った。そうするには、爪先で立たなければならなかった。

「なあ、奥さん」モーリスはすまなそうにいった。「たしかに、ビールのことは礼をいう。それに、こいつはあんたの夫かもしれないが、おれの妹を辱めたんだ。だから、口出ししないでくれ」

ギルバート・アイルズはテーブルから降りようとしたが、頭はくらくらするし、ひざはがくがくしていた。脚を折り曲げてスリバデジビットのように座り込むと、自分の身体が絶えず大きくなったり小さくなったりしているような気がした。

「妹を辱めたやつは」モーリスがいった。「その仕返しを受けなきゃならない。それがおれだ」

リンダは夫のほうをちらっと見た。「本当なの、ギル？　ああ――でも、しないといったじゃない。しないと約束したじゃないの」

「何のことだ？」アイルズはテーブルに両手をついた。すると、房のようなひげを生やした男を乗せた、魔法の絨毯のように見えた。

「あなた……彼女を辱めたの？　昨日のあの午後の後で――」

「してない」アイルズはきっぱりといった。「それは間違いない。彼女を辱めたりはしていない」

「何ですって?」少女は彼に詰め寄った。「人生の中で、あれほどの辱めを受けたことはないわ」

「ああ、ギル——」

「いいかい、奥さん」モーリスがはっきりいった。「おれはやらなきゃならないんだ。どこかへ行って、晩めしでも食べてくるんだな。見ていたくはないだろう」

「でも、やってない! 誓ってもいい! 誘拐しただけなんだ」

少女は彼に指を突きつけた。「へえ? よくいうわね。女の子を誘拐するといってどこかへ連れていき、指一本触れずに放っぽってくるのを辱めでないといったら、何を辱めというのか知りたいものだわ」

「で、おれはそいつに我慢ならないんだ、わかったか?」モーリスがつけ加えた。

リンダは嬉しそうにため息をついた。「ああ、ギル! あなたがするはずないと思ったわ」

モーリスは大きな手で彼女をつかみ、そっと脇にどかした。「いたけりゃここにいてもいいぜ、奥さん。だが、おれを止めることはできない。それと、ビールをごちそうさま」

ギルバート・アイルズは、テーブルの反対側へもぐろうとした。だが、震えるひざのせいで前につんのめり、まともにモーリスの靴紐の上に落下した。

魔法の絨毯がふわりと舞い上がり、アラビアの砂漠の上を漂っていた。アラビアの香りが、あたりを甘く満たしている。絨毯にはもうひとり乗っていた。顔をベールで覆った乙女だが、間違いなくミス・クラムピッグだった。とても魅力的なのに、彼をモーリスと呼び、やれ、やれとけしかけていた。すると砂嵐の中から、トラックを運転する精霊が現れた。トラックはまっすぐ彼に突進し、ぶつかった。魔法の絨毯はハンカチに変わり、湖に浮かんだ。よく見ると、湖は血で、彼の鼻から流れ出たものだった。彼は年を取っていた。房のようなひげを生やした老人になっていた。こんな年老いた身体のどこに、これだけの血があったというのだろう？ ふたたび現れた精霊は、巨大なマンモスの牙を持ち、それが音を立てた。精霊は牙を振り上げ、彼の頭に突き立てた。女性の声が、ひっきりなしに「ダージリン」といっていた。あるいは「ダーリン」だろうか？

一瞬の間があり、ギルバート・アイルズにはその叫びがはっきり聞こえた。「ダーリン、いって。いうのよ！」

彼は折れた歯を一、二本吐き出してから、やっとのことで訊いた。「何て？」

「いうのよ！ わたしじゃだめなの。それに、何が起こるかわからないけれど、彼らを追い出すにはいうしかないわ。だって、もう花瓶を三つも投げつけているのに、気づきもしないいんだもの。だから、ダーリン、いって！」

彼は絨毯の上に戻ってきた。精霊も一緒だった。今回の精霊は牙を生やし、驚くほどあいつに似ていた――。

「スリバデジビット！」ギルバートはうめくようにいった。

すると、精霊も、魔法の絨毯も、何もかもが、平和な闇の中に消えていった。

暗いベッドルームで、ギルバート・アイルズは目を覚ました。頭には氷嚢《ひょうのう》が乗せられ、ヨードチンキと塗り薬の匂いが漂っている。動こうとして、あと一日くらいは待ったほうがいいだろうと考えた。口を開くと、修理が必要な音声合成装置のような音がした。

廊下に面したドアから、光と、リンダが入ってきた。何とか首を動かした——すると、ベッド脇のテーブルに、スリバデジビットがしゃがんでいるのが見えた。

「大丈夫、あなた？」リンダが訊いた。

彼は「どう思う？」といった。あるいは、そういう意味の声を出して、黙って問いかけるように悪魔を見た。

「わかるわ」リンダがいった。「あなたが帰らせないと、消えることができないのよ。でも、役に立ったわ。あなたが名前を呼んだとたん、彼が出てきて。ああ！　モーリスとあの女があわてて逃げていくところを、あなたにも見せたかったわ！」

「弱虫どもめ」スリバデジビットがいった。

ゆらゆら揺れる悪魔は、頭痛がするときには見ていられなかった。「立ち去れ！」ギルバート・アイルズはいった。

悪魔はかぶりを振った。「ふふん。その必要があるかね？　どっちみちあと五分もしたら、おまえの首を絞めに戻ってこなけりゃならない」

アイルズが飛び起きると、身体のあらゆる筋肉が痛んだ。やっとのことで、そばにある電気時計を見た。十二時五十五分だった。

「起こしたくなかったのよ」リンダがいった。「考えもつかなかったわ――あなた……今日は一日じゅう、いい人でいたの？」

彼はむっつりと、問いかけるように悪魔を見た。「鼻持ちならない天使さながらにな」悪魔は断言した。

「じゃあ、ええと、何ていう名前だったかしら、あなたは……一時には彼をどうかしなくちゃならないの？」

「時間きっかりにね」

「でも、ギル、何か手っ取り早いものが――つまり、何かできることはないの？　身動きできないも同然なのはわかってるわ。でも、心の中で何か罪を犯せない？　きっとあるはずよ。訴訟教唆の計画を練るとか。でも、計画するのは罪になるかしら？　何か――ああ、ギル、蛇のようなしっぽに、むざむざ首を絞められるなんて嫌よ！」

身体が動かないことが、アイルズの頭を刺激した。リンダが哀願している間に、教会法の専門家も顔負けの複雑な計算をやってのけたのだ。訓練を受けた発音を総動員し、はっきりと話そうとした。とても人間の声には聞こえなかったが、意味は伝わった。

「スリバデジビット、自殺は罪になるか？」

「ああ、ギル、そんな――そんなことをして何になるの――」

「黙って、リンダ。罪になるか？」

「ああ。それは神と人間に対する罪になるな。命を授けてくれた者と、命そのものに対しての罪だ。いわゆる、非の打ちどころのない罪ってやつだ」

「わかった。じゃあ、帰っていいぞ、スリブ」

「へえ？　おかしなことをいうじゃないか。もう十二時五十九分三十秒だ。おれはここへ来なくちゃならない」しっぽが動き、ゆっくりと伸びはじめた。リンダは悲鳴をあげるのを懸命にこらえた。

「待て」この苦痛のさなかで、こんなに早口でしゃべったことはなかった。「自殺は罪なんだろう？」

「そうだ」

「罪を犯すのを拒めば、ぼくは死ぬ、そうだろう？」

「そうだ」

「自分のしたことで死ぬとすれば、それは自殺だろう？」

「そうだ」

「じゃあ、一日ひとつの罪を犯すのを拒めば、それは自殺になり、罪ということになる。さあ、立ち去れ！」

アイルズの喉元までほんの少しのところで、しっぽが止まった。さまざまに移り変わる悪魔の顔に、理解した表情がゆっくりと浮かんだ。彼は二度、牙を弾いた。「何てこった……ちくしょう！」そういって、悪魔は消えた。

「ねえ、あなた」後になって、リンダはいった。「結局、そう悪いことばかりでもなかったわね。これから休みを取って、身体が元に戻れば、呪われていたことなんて忘れちゃうわ。実際、前よりいい人になるでしょうね。車も注意して運転するようになるし、スキャンダルを広めることもない。それに、仕事で後ろめたいこともしなくなるし——」彼女は言葉を切って、嬉しそうに彼を見つめた。「ねえ！　とてもすてきな夫になるわ！」

彼はあいまいにうなずいて、感謝を伝えた。

「本当に楽しみだわ。だって、もうあなたを邪魔するものはないんですもの。このまま行けば法務長官にも、知事にも、連邦最高裁判所の裁判官にもなれるわ。それに——ううん、本当はそんなことどうでもいいの。わたしが願うのは——」

「おい、おい！」ギルバートは警告するようにうなった。

「わたしが願うのは」リンダは構わずに続けた。「二人で静かな暮らしを送ることだけよ。ただし、とても、とても、とっても幸せな暮らしを」

そのとき、そこにはウィンプがいた。

わが家の秘密

Secret of the House

もちろん、誰ひとり予想しなかっただろうね。地球‐金星間の宇宙船が持ち帰る積荷の中で、一オンス一オンスが尊ばれる最も貴重なものが何であるかを。たとえそれが、どれほど歴史に疎い人間にもわかりきった答えだとしても。

希少金属？　地球とほとんど同じ重力を持つ金星から運び出す燃料費を考えたら、地球で買うよりも高くついてしまうんじゃないか？　いいや、その答えは、はっきりしていながら見過ごされがちなものさ。マルコポーロが中国から、バスコ・ダ・ガマがインドから持ち帰ったものは何だった？　コロンブスは何のために、インドへの新航路を探しに出た？

答えはひとつ、スパイスだ。

人間の味覚というやつは、ときどき一新してやらなきゃならない。大陸間、惑星間の探検の大きな目的のひとつが、疲れきった味覚をふたたび刺激することなんだ。それに、そこには新しいスパイスだけでなく、新しい料理法がある。たとえば、金星の原住民のすばらしい料理だ。蒸気にさっとくぐらせれば、外はパリパリ、中は半生の驚くべき料理ができ上がる。あるいはバルジだ。カレーにも少し似ているし、ブイヤベースにも似ているが、そのどちらよりも豊かで繊細な味わいの、珍しい地元料理。ソカルジと呼ばれる金星の湿地豚は、三惑星のうちで最も上品で美味な肉だ――とはいえ、水星に真のグルメを満足させる料理など何ひとつないがね……。

こんな演説を、キャシーは結婚してから一年というもの、毎週のように聞かされていた。というのも、まもなくわかったことだが、彼女の結婚相手は単なる将来有望な成功者ではなく、多感な年頃にグルメという言葉に取りつかれた男だったからだ。

恋人同士だった頃は、それも楽しかった。少なくとも、ビデオネットワーク会社の受付嬢が、一流の星間コメンテーターに高級レストランへ連れていってもらえるのは嬉しいことだった。とりわけ、彼が給仕長と男同士の話をあれこれ交わしたり、料理長に賛辞（それから指示）を送ったり、ソムリエと意見交換したりするのを見るのは楽しかった。ソムリエとはワインを持ってくる人だということを、キャシーもすぐに学んだ。惑星間では、ワインはうまく輸送できない。加速が一Gを越えると、鑑定家の言葉を借りれば〝傷もの〟になるのだそうだ。この分野では今もフランス料理が幅をきかせていて、その優位を強調することで、新興の金星料理に対して抱くごく自然な嫉妬心を隠していた。

アメリカのどの都市でも――ニューオーリンズやサンフランシスコといった数少ない例外を除いて――かつての〝フランス料理〟レストランは〝金星料理〟の店に変わり、パリですら、〝金星料理《キュイジーヌ・ヴェネリエンヌ》〟は最も重んじられる料理となった。

けれど、グルメ自慢の彼を喜んでいた気持ちは、恋人から必然的に夫婦に発展するにつれて目減りし、ワインと食事の日々は、夫の食事を作らねばならない頭の痛い毎日に変わった。もちろん、冷凍食品は昔に比べて、妻の悩みを軽くしてくれている。けれど完全主義者のジョージは、手作りの食事が大半を占めることにこだわった――そして、彼の鋭敏な舌は、冷凍庫と電子レンジを経た出来合いの料理を、何ひとつ逃さなかった。

ハドソン川を見下ろすマンハッタンの最高級アパートメントも、これまで足を踏み入れる勇気もなかった店から掛けで買い物をすることも、そしてまた、女性誌の作ったありそうもない因習に過ぎないと思っていた情熱で、ジョージを愛しているという驚くべき事実も――どれもこれも、キャシーを彼との生活に甘んじさせることはできなかった。腕によりをかけた牡蠣のシチューを三杯も平らげながら、本物のバルジの金星風のすばらしさを語る口を止めず、一週間分の生活費に相当するプライムリブ・ローストをがつがつ食べながら、地球の料理人に関する伝説全般、特にアグロサクソンが少なくとも牛肉を理解しているという話のばかばかしさについて長広舌を振るうような男との生活には。

キャシーは料理人を雇うことも考えたが、ジョージはそれで満足するよりも、お決まりの非難の矛先を別に向けるだけだろう。けれど、その事実を抜きにしても、金を払って料理人を雇ったりすれば、家事の能力が疑われてしまう。キャシーの母も、二人の祖母も、四人の曾祖母も、そして八人の高祖母も、みんな夫のために食事を作り、満足させてきたのだ。これは家庭のプライドの問題だ。

やがて、ジョージがホセ・レールモントフを夕食に連れてきた、あの恐ろしい日がやってきた。キャシーの妹もその晩、夕食を共にすることになっていて、ジョージの顔がテレビ電話から消えたとたん、鼻の頭にしわを寄せた。

「金星植民地の外交官なんて」リンダはいった。「きっと、もじゃもじゃのひげを生やして、太鼓腹で、家じゃ奥さんと六人の子供が待っているって手合いだわ。キャシー、ジョージは何だって、ニュース性のある人とつき合わないの？　つまり——価値のある人と」

「すごくいい人だと聞いてるわ」キャシーは澄ましていった。「独裁政権に対するゲリラのリーダーで、政権打倒に関するすばらしい著書があるそうよ。わたしが気になるのはお腹だわ——それと、そこに何を詰め込んでやるかよ」

金星人と会って五分もすると、リンダが台所へ来て、小声でいった。「姉さん……お願い……あの人をクリスマスプレゼントにしてくれない？」けれど、そんな嬉しい心変わりにも気を取られず、キャシーは料理を作ることに専念していた。今では彼のお腹は、少しも出ていないことがわかっていたが。

夕食は、少し遅れたようにも思えたが、驚くほど和やかに進んだ。特に、ホセとリンダの二人は。ところがジョージは、最後のポークチョップをフォークで刺し、飲み込むと、咳払いをしてこういった。

「すまなかったね、レールモントフ。ソカルジを食べ慣れている人に、ただの豚肉を出すなんて……」

「湿地豚のことですか？」ホセはいつもの金星人らしい冠詞と発音を端折った早口で、丁重に訊いた。

「それに」ジョージは気の毒そうに続けた。「この、いわゆる〝田舎風グレイビー〟なるものは――グレイビーでなくソースという考えの惑星から来た者には、さぞかしショックだろう」

「とてもおいしいグレイビーですよ」ホセはそういって、キャシーのパンで皿に残ったグレイビーをすくった。「〝いわゆる〟というのは、最初に作ったのが田舎の人だったからでしょう？」

「だとしてもだ」ジョージは反論した。「バルジの粉末をほんの少し振りかければ、事足りるとは思わないか？　あるいは、ティニルジの風味をつけるだけで？」

「個人的には」ホセはまじめに答えた。「地球のハーブのほうが好きですね――オレガノとか、セイボリーなんか。もちろん、サマー・セイボリーのことですよ」

ジョージはそれについて真剣に考えた。「かもしれない。確かに、そうかもしれない。しかし、いずれにせよ、それは平均的な地球の主婦がいかに想像力に欠けているかを示しているのさ」

キャシーが夕食の皿を片づけるとき、わざと大きな音を立てていたというのは想像に難くない。少なくともリンダは、あわてて台所まで追いかけてきた。

「お願いよ、キャシー、今はこらえてちょうだい。ジョージが挑発しているのは知っているわ。でも彼の耳には、地球の女性が短気だということがもう入っているかもしれない。わたし、嫌なのよ……」

キャシーはその夜の終わりに、ホセがリンダを家まで送ってもいいかと尋ねる嬉しい成り行きになるまで自分を抑えていた。驚いたことに、彼らが帰ってからも自制心は揺るがなかった。

なぜなら、そのときには〈計画〉を思いついていたからだ。

翌日には、〈計画〉は実行に移された。

A、キャシーは行きつけの書店へ行き、ありとあらゆる金星のスパイスと料理に関する本、さらにブリア・サヴァランやエスコフィエ、M・F・K・フィッシャーといった金星料理以前の料理の巨匠の本を買い求めた。

B、ウヤ・ルルジ金星料理教室（かつてのコルドン・ブルー料理教室）の毎日のレッスンに申し込んだ。

C、ジョージがスポンサーとシカゴで昼食会を開いているのを知って、夫が普段昼食をとっているレストランへ行ってみた。マンハッタンの侵食基準面ほど低いところにある、三十年前からの気取らないステーキハウスだったが、そこですばらしい昼食を楽しんだ彼女は、最も暗い疑惑を確信した。

二週間というもの、彼女は本を読み、レッスンに通ったが、その成果は自分ひとりの昼食でしか試さなかった。そして、本当にいろいろなことを学んだ。ジョージの考え方にも一理あった。キャシーの料理は、八人の高祖母と同じように、地球料理であるばかりでなく純然たるアメリカ料理だった。

万物の創造者が、この星でトマトとスイートバジルに切っても切れない関係を打ち立て、キャラウェイの種に赤キャベツの運命を決めさせたと知るのは、新鮮な喜びだった――ほかの惑星で、湿地豚の肉をさらにおいしくするために、神はティニルジをお創りになったのだ。そして、惑星同士の料理の混合を巧みに運命づけようとしたのは、いったい誰だったのか？　ガーリックとラムの避けがたい親和については、キャシーは昔から知っていたけれど、少量のバルジの粉が三位一体を完成させるのを発見したときには、目から鱗が落ちる思いだった。

けれど、こうした発見も〈計画〉を阻みはしなかった。そして、同じ造物主は、この〈計画〉に微笑んでくれた。ネットワークのワックス掛けロボットが、ジョージのオフィスの前の廊下にほんの少しワックスを撒きすぎてしまったのだ。そのワックスに滑り、ジョージは脚を骨折してしまった。

ジョージは自分にさえも決して認めようとしなかったが、寝たきりの生活を楽しんでいた。テレビ電話、ネットワークからの台本配達人、ベッド脇のマイクとカメラ。けれど、キャシーの料理を楽しんでいることは認めはじめていた。

昔はステーキを出していた彼女が、今では牛肉のグレナディーヌ金星風を運んでくる。アスパラガスと溶かしバターを出していた彼女が、オランデーズソース（しかも、元のレシピではカイエンペッパーだったものを、五粒のバルジ・パウダーに替えたもの）に挑戦している。残り物を単に温め直していたのが、ソースをかけるようになった。横になったままのジョージはそれに舌鼓《したつづみ》を打ち、目を丸くし、こうつぶやいた。「シルジだ、そうに違いない。それにチャイブ……かすかにティニルジの香りがする……たぶん、プニュルジがほんの少し。地球産ものだろう？　ああ、だと思った……それから……これは何だろう？」

「チャービルよ、あなた」キャシーがいうと、彼は答えた。「なるほど、なるほど。すぐにわかりそうなものだった。かわいいキャサリン、おまえの想像力も成長したものだな！」

ジョージのギプスが木曜日に外されると聞くと、キャシーはその日を、〈計画〉の完成日にしようと考えた。木曜日の朝、苦労して買い物リストを作っていると、テレビ電話が鳴った。それは奇跡的にも、ネットワークからジョージへの電話ではなかった。

「ああ、キャシー！」リンダが興奮しながらいった。「彼と、今夜お楽しみデートをすることになってるの。それでね、わたしたちを夕食に招待してくれないかしら？　彼は姉さんのことを気に入ってるし、あとひと息なの。それに、もしわたしたちが……わかるでしょ、家族になるとしたら、ちょうど――」

「ホセ？」キャシーは訊いたが、答えはわかっていた。にっこり笑って、リストの分量を二倍にした。

夕食の準備で一番厄介なところが終わった頃、リンダがやってきた。驚いたことに、週末用のスーツケースを持ってきている。ジョージの接合した脚を最小限の時間でほめてから、姉を寝室へ引っぱっていった。

「キャシー、ひとつ問題があるの。彼、本当にたくさんの女性を知ってるのよ……二つの惑星のあらゆるところにいる女に、大使に、ひょっとしたらスパイも。彼とは、今夜そういうことになると思うといったでしょ。ただ、どんな口紅をつけたらいいか、香水をつけたらいいか、何もわからなくて。興味を持ってほしいけれど、やりすぎるのは嫌だし。だから、あるものを全部持ってきたの。姉さんなら教えてくれるでしょ」

キャシーはずらりと並んだ持ち物を見た。夕食と、〈計画〉のことを思い出し、リンダにアドバイスを始めた。


それは〈計画〉を思いついた、あのひどい夕食のときと同じ顔ぶれだったが、誰もがまるで別人だった。ホセはもはや植民地からの客人ではなく、友人に囲まれた紳士だったし、リンダは飾り気のないさっぱりした顔を輝かせていたし、ジョージは食事をほめちぎっていた。

彼はグリーンピースをほめ、マッシュポテトをほめ、何よりフライドチキンをほめた。

「何が入っているのかわからんね」彼はひっきりなしにいった。「どうしてもわからない風味がある。まるで味の奇跡が起こったようだ。まさか」と、疑わしげにいった。「コーニスバーグが発見したという、南大陸の端の原住民が用いている新しいスパイスじゃないだろうね？まだ輸入されてはいないはずだが」

「ええ、まだよ、あなた」キャシーがいった。

「挽いたばかりのセロリの種に、ほんのちょっぴりバルジを混ぜたものかな？」

「いいえ」

「だったら、二つの惑星のうちで――」

「女には秘密があるものよ、ジョージ。ただ……わが家の秘密といっておきましょう」

このとき、キャシーは偶然ホセと目が合い、あわてて目をそらした。金星の外交官が、女主人にウィンクをするなんてありえないわ！

ジョージは居間でブランデーを傾けているときも、まだ質問を続けていた。ホセもまた、（キャシーが願った通り）リンダをサンルームへ誘いたがっている様子だった。建築家はサンルームと呼んでいたが、キャシーとしてはバルコニーのような、もっとロマンティックな名前で呼びたかった。二人が戻ってくるのを見計らって、キャシーは台所へ向かった。太古の昔から、姉妹が内緒話をするならここと決まっている。

けれど、ついてきたのはリンダではなかった。ホセだった。彼は戸口にさりげなくもたれていった。「わが家の秘密を知っていますよ」

「え？」キャシーは何気なくいった。「ああ、つまり——あなたがってこと？　ときどき、立ち止まって考えないとわからなくて。電報を読むときみたいにね。それで？」

「最高の食材を買い揃え、すばらしい腕前で調理し、自然のままの持ち味と少量の塩しか使わない。常に山ほどの調味料を必要としていた哀れなジョージにとって、それはまさに、革命的な新しい衝撃だった。でしょう？」

キャシーはにっこりとした。「これからも黙っておくことにするわ。うまく行くだろうと思ったし、彼の行きつけのレストランで食事をして、確信したの。あの店でやっていたのがそれだった。でも、評判のいいステーキハウスだったから、彼はそれを魔法だと思ったのよ。ただ、わたしも彼のやり方を学んだの。これからは、ジョージは家でさまざまな料理を食べ——どれもこれも、何がいいのかわからないまま、気に入ると思うわ」

「簡素であるというのもまた、魔法ですからね」ホセはいった。「あなたの考え――清潔で飾り気のないリンダは、わたしを義理の弟にしようという考えの表れだ。違いますか？」

「違うって？　いいえ、大当たりよ！」思わず、キャシーは彼にキスしていた。「あらまあ！」彼女はそういって身を引いた。「口紅の跡をつけずにバルコニーから戻ってきたのに、今つけちゃったわね！」

「それも一興ですよ」ホセは満足げにいった。「まだひとつ不思議なことがあるんです、キャシー。あのマッシュポテトは――すばらしかった。わが家の秘密があるとすれば、そこでしょう。わたしに教えていただけますか？」

「今ではあなたも家族ですもの、もちろんよ」

「本当に？」

「秘密というのはこうよ。バターと生クリームをたっぷり使ったの――合成のじゃなくて、本物の牛乳から作ったやつよ――そして、めちゃめちゃにかき混ぜたの」

二人が居間に戻ってきたときには、リンダがジョージにニュースを伝えたのは明らかだった。一歳の子どもがよちよち歩きするように、回復したばかりの脚を見せびらかしながら、ジョージは父親ぶってホセ・レールモントフに近づいた。

「今夜の夕食を、結婚の教訓にするといい。この前の夕食を思い出せば、夫のちょっとした助言で直らない妻の欠点はないということがわかるだろう」

このときばかりは、紳士的な金星の外交官が女主人にウィンクをしたのは間違いなかった。

もうひとつの就任式

The Other Inauguration

ピーター・ランロイド博士の日記より。

八四年十一月五日月曜日。政治に疎い人間はもとより、わたしのようにそれに関わっている人間にとって、四年ごとにやってくる十一月の第一火曜日は重大な歴史の分かれ目といえるだろう。アメリカ大統領選挙を起点として、事実上二つの異なる世界に分かれるのである。それはアメリカだけでなく、全世界にいえることだ。

政治歴史学の教授にとって、その例を見つけるのはたやすいことだ――一八六〇年、一九一二年、一九三二年……同じように、自分に正直になり、党派政治家であることを忘れてみれば、誰が選挙に勝つかがさほど重要でなかったときを思い出すのも簡単だ。ヘイズ対ティルデン……これはアメリカ史上最も大きな論争を呼び、最も有権者を憤慨させた……とはいえ〝もしも〟の効果がどれほどあっただろうか？

だが、今回は違う。一九八四年（とうの昔に死んだオーウェル氏の魂よ、呪われてあれ！彼はこの年にけちをつけたのだ！〔オーウェルは著書『一九八四年』で逆ユートピアの世界を描いた〕）は、合衆国史上最も重要な転換期となるだろう。そして、十一月七日の水曜日には、わたしのクラスはちょっとしたすばらしい言葉を期待するに違いない――わたしの口から何が出てくるかを待ち、郡中央委員会のことなど忘れてしまうだろう。

そこで、わたしは選挙区で遊説し（バークリー・ヒルの選挙区も、非常に有望に思えた。過半数超えにきわめて近いといえよう）、選挙本番の前にやるべきことはすべてやった。ここで少し時間を割いて、なぜ一九八四年の選挙戦がこれほど重要なのか、党派にとらわれず記してみよう。

歴史背景。

A、アメリカ合衆国は、党名は何であれ、常に二大政党制である。

B、一九五二年から七六年という偉大な年に、初めて本物の二大政党制ができたといってよい。明確な〝右派〟と〝左派〟（むろん、そのどちらもヨーロッパの〝中立〟党よりも右寄りだった）の政党が、（五二年のモース、バーンズ、シヴァーズらに始まって）なだらかに発達してきた。この新しい両政党が、かたくなに古い名前を守ってきたことを話せば、クラスで受けること間違いなしだ。共和党はニューイングランド、民主党は南部の票を失うのを恐れて、民主アメリカ共和党と自由民主共和党が誕生したのである。

C、一九七六年から八四年にかけて、何と第三政党、アメリカ党が生まれた（何たることだ！　この簡潔かつ完璧な名前は……！）結果、DAR（民主アメリカ共和党）は徐々に衰退し、一九八〇年の大統領選では大敗を喫し、八二年の議会選挙で崩壊した。そこでふたたび、二大政党に戻ったのである。アメリカ党とFDR（自由民主共和党）だ。

これまでのところはいい。申し分なく、歴史的だ。だが党派心に責められることなく、アメリカ党の勝利が何を意味するかを、どうやってクラスに説明したらいいだろう？　何たる破壊、何たる（くそっ！　やつら自身の言葉を借りれば）転覆を、全アメリカにもたらしたことか……。

それともわたしは、党派に偏っているのか？　わたしにいわせれば、あの上院議員ほど邪悪で、反アメリカ的な人間はいないのだが。

自分をごまかすのはよせ、ランロイド。アメリカ党が勝利すれば、水曜日の講義を受け持つことはなくなる。おまえは人類が考え出した最も上等な民主主義への哀悼《あいとう》の意を表することになるだろう。とにかく今は眠るのだ。明日には票をかき集めるために、地獄のように働かなくてはならない。


今は火曜の夜だ。投票は終わった。本当にすっかり終わった。ランロイドの選挙区、カリフォルニア州全土、そしてほかの四十九の州で。結果が出た。テレビの解説者が、五十州にわたる電子計算の結果を最終的にコンピューターで再確認をした結果、何もかも上々だと説明していた。（「有罪だと？」ランロイドは苦々しく思った。「あるいは、仕事を確保するよう抜け目なく働けだと？」）

「……そうです」解説者は上機嫌にいった。「アメリカ史上、類を見ない圧勝です――アメリカ党の歴史が、ここから始まるのです。上院議員は……四十九……州から……五百……と……八十……九の選挙人票を得ました。判事は一州から四票。

一九三六年にさかのぼって、フランクリン・デラノ・ルーズベルト（彼はその名前を、敬虔《けいけん》なクリスチャンがイスカリオテのユダの名を口にするときのように発音した）が二州を除く全州で勝利したとき、ある人は〃メイン州が行くところ、ヴァーモント州も行く〃といいました。これからは、こういわねばならないでしょう――ハ！　ハ！――〃メイン州が行くところ……メイン州が行く〃と。そしてＦＤＲは、誰からも惜しまれることのないＤＡＲの運命をたどることになりそうです。これからは、皆さん、アメリカ国民のためのアメリカ主義が始まるのです！

それでは、電子計算の結果をもう一度お知らせしましょう。アメリカ党の公認候補である上院議員は五八九――五百と八十九の――選挙人票を――」

ランロイドはテレビを消した。自動的に部屋の照明がテレビ視聴から読書レベルにまで上がる。彼は、解説者には実行できそうにない二音節の指示を与えた。バーボンを注ぎ、飲んだ。それから、カミソリを探しにかかった。

戸棚からそれを出したところで、彼は笑った。古代ローマ人は、こいつをうまく使ったものだ。バスタブにサーモスタットがついている現代では、もっと快適にやれるだろう。常に一定の温度に保たれていれば、気持ちよく眠りにつけるからな。メイン州の報告もくそくらえだ。ちくしょうめ！　意識の流れについて考えるほどのショックだったのか？　仕事に取りかかれ、ランロイド。

一枚一枚、政治ステッカーを窓からはがした。それはＦＤＲの州議会候補者のものだった。また、下院議員のものもある――十二年間現職の議員だ。合衆国上院議員も。州議員は今年は再選されなかったが、されていればやっぱりはがされただろう。また〝十三条反対〟のステッカーもあった。もちろん、この州提案第十三条も一年以内に通過するだろう。これからは州立大学の教授として、現職の政府関係者を公に批判することは禁じられ、自分の講義に必要な書物を立法府の委員会に提出することを強要されるのだ。

判事本人のものもある……ただのステッカーでなく、光り輝く肖像写真だ。最年少で最高裁判所に入り、五十年代に堂々と反対意見を著《あらわ》して、後に裁判官となる。憲法解釈に精力を注ぐことでは、マーシャル以来の人物。ＦＤＲ党の最も高潔な候補者……。

最後のステッカーをはがした……。

ああ、ランロイド、おまえのいう通りだとも。やはりこれはシンボルなのだ。政治ステッカーは最後の一枚まではがされた。もう二度と窓に貼られることはない。上院議員の取り巻きどもが、それについて何かいったとしても。

ランロイドは選挙区で配ったパンフレットの残りを取り上げ、中を見もせずに焼却炉に放り込むと、霧深い夜の中に出て行った。

もしも……。

そう、おまえは偏執狂だ。四十歳にして独身（七二年の候補者をめぐってクラリスと仲たがいしたのは、返す返すもばかだった）、そして職業上、政治がすべてであることを学んだ。したがって、自分の党が負ければ世界は終わりなのだ。だが、今日その通りになってしまった。それが重要なのだ。

もしも……。

ロングが考えの一端を持っていた。マッカーシーが別の一端を持っていた。そして上院議員が、その二つを結びつけたのだ。マッカーシーは結局、何もせずにＤＡＲの再編から手を引き、第三党とともに失脚した。というのも、彼は攻撃し、破壊はしたが、与えはしなかったからだ。憎悪を抱いているようではあったが、貪欲さや私利私欲、役得に訴えることをしなかった。だがそれに、誰もが王であるというロングの手法が加わった。社会主義者を一掃せよ、それよりもいいものを与えるから。それだよ、上院議員。その翌年には、民主主義者を一掃せよ、それよりもいいものを与えるからとくるだろう。

もしも……。

ロングは何といった？「社会主義がアメリカを覆いつくせば、それはアメリカ主義と呼ばれる」亡きヒューイよ、今なら、あなたのいうことがわかる……。

もしも……。

霧の中に、明かりのついている窓が見えた。つまりクリーヴはまだ起きているということだ。たぶん、今も時間磁場の循環の研究をしているのだろう。ばかげた響きだが、念力学の教授に何を期待しろというのだ？　間違いなく、学内で最もわけのわからない学科だ……それでもランロイドは、大学評議会がそれを設立するに当たって、多数票を集める手助けをしていた。ここから何が生まれるのかはわからない……この孤立した研究機関に、存続の見込みがあればの話だが。

彼の家の窓には、まだ判事と〝十三条反対〟のステッカーが貼ってあった。ふらりと寄るにはいい場所だ。ランロイドは酒がほしかった。

クリーヴは酒を満たしたグラスを手に、玄関へ出てきた。「これをやるといい。ぼくは自分のを作るから。飲むにはいい晩じゃないか？」彼は明らかに、しばらく前からその意見に同意していたようだ。いつもは少しも出てこないイギリスなまりが、酔ったときの常で完璧に戻っていた。

ランロイドはありがたくグラスを受け取り、中へ入った。「あの請願書に署名しようと思う。しらふでいるためには酒がいるんだ。最悪の状態で、とても酔えそうにないがね」

「面白くなりそうだな」あるじはいった。「きみが正しいかどうかを見届けるのは。来てくれて嬉しいよ。飲み仲間が必要だったんだ」

「いいか」ランロイドは反論した。「その窓に貼ってあるステッカーがなければ、きっと楽しい酒を飲んでいただろう。だが、いったい何のお祝いなんだ？」

「祝うといえば神のためじゃないか？　結局……失敬。少々酔っているみたいだ」

「わかってるよ」ランロイドはにやりとした。「普段のきみは、英国国教会の神学をぼくに押しつけたりしないだろうからね。真面目な話、ぼくはもう絶望だ」

「敗北を認めることはない。だが、もちろんこれには、神が関わってくるんだ。教区牧師とよくぶつかったものさ――決して認めてはくれなかった。神の摂理《せつり》を乱すといってね。しかしね、Ａぼくのような単なる人間が、どうして神の摂理を乱すことができる？　Ｂそれが可能なら、それもまた神の計画の一部なのだ。Ｃぼくは彼にいった。それが七つの大罪、十戒、三十九の信条のどこかに含まれるなら、そのことを証明してくれってね」

「クリーヴ教授」ランロイドはいった。ロイドはいった。「何の話をしているんだ？」

「もちろん、時間旅行の話さ。ランここ八カ月、ほかに何をしていたというんだ？」

ランロイドは微笑んだ。「オーケー。誰もが何かに取りつかれているものさ。ぼくの世界は粉々になり、きみの世界は薔薇色だ。続けてくれ、スチュアート。ぼくの人生を明るくするような話を聞かせてくれ」

「いいか、ピーター、誤解しないでくれ。ぼくだって……そう、心から絶望しているさ……」彼はテレビから、窓のステッカーに目をやった。「だけど、こんなときに別のことを考えるのは、なかなかできなくてね……」

「続けてくれ」ランロイドは寛大に楽しみながら酒を飲んだ。「念力学科のことなら、何だって信じるさ。きみとサイコロ賭博をやっちゃいけないと学んでからはね。タイムマシンを発明したらしいね？」

「ああ、だと思うんだ。ただ問題は……」

それに続く幸せな独白の中で、ランロイドに理解できたのは十分の一程度だった。歴史学者として、多少の名前や年号は知っていた。時間磁場の原理は、アーサー・マッキャンが一九四一年頃に発見してから知られるようになった。だが、適切な動力源がないことから無視されてきた。メイ＝フィグナーは一九五九年に原子炉で実験を行なった。M＝Fがその後どうなったのか、誰も知らない。動力源が時間静止のままであるという厄介な発見がなされただけで、哀れなM＝Fは戻ってこられずに、どこかへからめ取られてしまった。ハッセルファーブの方程式は一九七二年に、十分な外部の動力源を用いると、時間慣性が大きすぎて、旅人を移動させることができないということを確立した。

「わかるかい、ピーター？」クリーヴが顔をしかめた。「誰もがハッセルファーブを誤解するのはそこなんだ。〝外部の動力源〟うんぬんというところさ。もちろん、それは物理学者を当惑させる」

「よくわかるよ」ランロイドは引用した。「永久運動や円積問題を持ち出せば、物理学者を当惑させられる。やつらは子どもなんだ、あの物理学者どもは」

　クリーヴはしばらくしてから、にっこり笑った。「ロバート・バーだな」彼は見抜いた。「彼の書いた、シャーロック・ホームズのパロディだ。タイムトラベラーにとっては楽しい考えだ。一八九一年のライヘンバッハの滝へ行き、ホームズが本当に死んだかどうかを確かめる。ぼくとしては、彼の名をかたるやつが〝帰還〟したのだと思っているけどね」

「話を戻そうじゃないか、念力学者《サイオニシスト》どの……酔っ払いにとっては実に厄介な単語だな。さあ、ぼくが両方のグラスを満たす間に、物理学者を当惑させるものが、なぜ念力……」

「〝ひとつの言葉と格闘する、力強い男たちの叫び〟」クリーヴがつぶやいた。二人とも、引用が大好きだった。だがランロイドは、酔いのせいで一瞬、それがベロック（英国のエッセイスト、詩人、文明批評家）とわからなかった。「なぜなら、動力源は外部のものである必要はないからだ。われわれは内部の動力源を開発してきた。ぼくがいつもサイコロで勝つのはなぜだ？」

「念動力《サイコキネシス》だろう」ランロイドはいった。それは当たっていた。

「そうだ。だが、これまで誰も、ＰＫ《サイコキネシス》を時間磁場の分野に使おうと考えた人間はいなかった。それには効果があるのに、ハッセルファーブの方程式は応用しなかったのさ！」

「やったのか？」

「ちょっとした旅行をね。別に大したことじゃない。ささやかな実験さ。だが――ここが肝心なところだ――ＰＫが静止した時間磁場を循環させられるという、あらゆる兆候があった！」

「それはすばらしいね」ランロイドは上の空でいった。

「いいや、そうじゃない。きみはわかっていないんだ。ぼくが悪かった。すまない、ピーター。つまり、こういいたかったんだ。われわれは時間を旅行できるだけでなく、別の、違う時間へと変化させることができるんだ。〝もしも〟の世界さ」

ランロイドは酒を飲もうとして、急に喉に詰まらせた。ごくりと飲み込み、あえいでから、テレビと窓のステッカーとクリーヴを交互に見た。「もしも……」彼はいった。

クリーヴの目が同じ軌跡をたどり、ランロイドを見た。「お互い、こうして顔を見合わせながら」彼は穏やかにいった。「どうやら突拍子もないことを考えていそうだな」

ピーター・ランロイド博士の日記より。

八四年十一月十二日月曜日。というわけで、わたしはアラメダ郡一ひどい二日酔いを抱え、土曜にはUCLAに三フィールドゴールを食らって負け、アメリカ党は次の一月から政権を取ることになった。それでも世の中はすばらしかった。

あるいは、すばらしい宇宙、連続体、などというべきか。この世界と、それをもっと明るい世界へ変える可能性もひっくるめて。

わたしは暗い火曜日以降の一週間を、どうにか過ごした。学生を前に、何とか破綻のない騒音を立てることさえできた。それから、週末にはフットボール（カリフォルニアの圧勝がわれわれの気分を高揚させてくれることを奇妙に期待しつつ）を観るほかは、スチュアート・クリーヴとわたしは仕事に精を出した。

自分が進んで念力学者の研究助手を買って出るとは思わなかった。だが、われわれはこの考えを秘密にしていた。記憶力のよいアメリカ党員（たとえばダニエルズ）に、別の党の勝利を願う人間がいると知られて何の利益があろうか。そこでわたしは、クリーヴの下働きをすることになった。自分のやっていることはまったく理解できなかったが――。

それは成功した。

とにかく、時間を移動することは。クリーヴはそれをクロノキネシスと呼んだ。略してCKだ。まだ循環には挑戦していない。あるいは、まだ連れていってもらっていない。だが、彼はわたしの〝潜在念力〟を当てにしていた。たぶん、なにがしかの成果は出たのだろう。ゆうべのサイコロ博打では、二時間でたったの二ドルしか負けなかった。そして、自分の潜在念力に喜ぶあまり、こうして二日酔いになったというわけだ。わたしは明日の会議で、郡委員を辞めるつもりだ。これ以上、政治に未練を残しても意味はない。対立する党は上院議員のもとで、戦前のロシア政府と同じくらいの実権を握るだろう。それにわたしには、別に集中しなくてはならないことがある。仕事以外の時間をすべて政治に注いでいたのは(わたしに精神分析医がいたとして、彼が何をいおうとも)一言でいえば、実に陳腐ないい方だが、よりよい世界を作りたかったからだ。いいとも、今度こそやってやる。これまで夢にも見たことのないやり方で。

CK……PK……OK!

十二月十一日火曜日　この日記を書いてからひと月が経とうとしている。ここにはまとめきれないほど、いろいろなことがあった一カ月だった。いずれにせよ、クリーヴの記録にはすべて残っている。大事なのは、わたしの潜在念力を高めることだ(クリーヴは、信念とやる気があれば、誰にでもできるといっていた——それこそが、念力学科と心理学科が対話しない理由だ。心理学者はPKを、仮に存在しているとしても、いまだにさほど熱心に取り上げていないし、それを突然変異だと考えている。オーケー、わたしは突然変異かもしれない。それでも……。

今日、わたしは初のCKを成功させた。念のためいっておくが、クロノキネシスのことだ。タイムトラベルだ。たしかに、たったの十分間だった。したがって何も起こらなかった。ほんのちょっとのパラドックスさえも。だが、わたしはやった。そして二人連れでも、クリーヴとともに旅することができた。

興奮のあまり、前の括弧を閉じるのを忘れていた。すばらしくうまくいっている。では閉じておこう）

十二月三十日日曜日。日記をつけることが習慣となったようだ。興味深い事実と政治的ゴシップに満ちている。今は大事なことだけをかいつまんで書くとしよう。オーケー。最初の大事な事柄は以下の通り。

十分なPK能力があれば、時間磁場に循環を起こすことができる。

クリーヴひとりでは成功しなかった。だが今では、わたしはクリーヴとともに働けるだけの能力がある。そして、二人でやれば……。

彼は簡単なものを選んだ。準備万端と判断したとき、まったく適当に選んだのだ。われわれは仕事を中断し、スクランブルエッグを食べた。卵のひとつが少し悪くなっていたので、全部がひどい味になってしまった。明らかに、悪くない卵と取り替える必要があった。そこで（CKで）クリーヴが卵を買う一時間前へ行き、われわれは（何といえばいい？）……成功した。ひどい感覚だった。自分をひっくり返し、また元に戻したようだ。こういってわかればの話だが。

われわれは卵を買い、前と同じ仕事をし、それを中断してスクランブルエッグを食べた……すばらしい味だった！

コロンブス以来、卵を割ることにこれほど重大な意味はなかっただろう。

八五年一月二十日日曜日。いよいよその日がやってきた。五七年以来のことだ。クリーヴはわたしに、就任式の日。それが日曜とは奇妙なことだ。五七年以来のことだ。クリーヴはわたしに、就任式をどう占うかと尋ねた。見込みは五分五分だと答えた。モンローの二度目の就任式は日曜だった……ザカリー・テイラーの最初で最後の就任式もそうだった。あとはフィルモアと今回だけだ。

われわれは一週間かけて準備した。今日まで待ったのは、上院議員の就任演説を見たかったからだ。われわれが決して知ることのない歴史の一ページを。

テレビのスイッチを入れた。あのうぬぼれた男がそこにいた。二億人の驕《おご》りと崩壊が。

「アメリカ人諸君！」

そらきた。「同胞なるアメリカ人諸君……」ではないのだ。

「アメリカ人諸君！　諸君はわたしの名を高らかに呼んだ。わたしはそれに答えよう！」

万事この調子だ。「……信用を失った敵……」「……結合ではなく統合の強さ……」「諸君に権限を与えられ、わたしは根こそぎ……」

一党独裁、単一制度国家、ワンマン政党の独裁国家……。

気が済んだか、スチュアート？（歴史スローガン　現在のCAは48）オーケー。始めよう！

くそっ！　またしても身体が裏返しになって元に戻る間、この鉛筆が何をしたか見てみろ（身につけているものは、CKによって動くのだ。理由はクリーヴのノートを見よ）。今日の日付は。

八四年十一月六日火曜日。テレビをつけた。陽気な解説者がいう。

「……そう、今日はアメリカ史上最高の大勝利です。四五州五二四人の選挙人票対、五州六九票。予想通りすべて南部です。繰り返します。五二四人の選挙人が、判事に投票しました……」

やったぞ。われわれはついに来た……それで……ここはどんな世界なのだ？　人々に自分の意に反して投票させた政治家は、わたしが初めてだろう！

今、アメリカ民主主義の基本的な教義が守られた、より明るく、よりよい世界で、ランロイドが政治を捨てることなどありえない。やることはいっぱいある。何よりもまず、就任式の前に、党を再編するという必要不可欠の仕事がある。自由民主共和党の郡ならびに州中央委員会にさえ、上院議員の取り巻きに取り入っていた人間がわずかながらいるのだ。やつらを根こそぎにするには、よく練られた議会戦術しかない。新たな規則が、将来起こりうる不測の事態に対応するだろう。そして党はしっかりと結束し、判事による統治に戻るだろう。

スチュアート・クリーヴは喜んで仕事に戻った。もう歴史学者の下働きは必要ない。研究を隠すような差し迫った必要もないし、クロノキネシスの最中、肌身離さず持っていたおかげで、二カ月半にわたる実験結果が満載されたノートもあった。その実験は、この世界ではまだ行われていないことになっている——そのパラドックスはただただ愉快なだけで、決して障害ではなかった。

もうひとつの宇宙の気まぐれで、ＵＣＬＡとの試合ではカリフォルニアが三三対一〇で勝利しさえした。

大統領選挙に示された民意によって、十三条と学術的な思想や行動の完璧な抑圧は、容赦なく切り捨てられた。その直後、心理学科を後押しする理事会や議会活動に積極的に参加していたダニエルズ教授が、学科を辞めた。教授会で、この動きは望ましいものだとダニエルズを説得するのに、ランロイドは少なからぬ役割を果たした。

ついに、一九八五年一月二十日土曜日がやってきた（というか、世界でたった二人の男にとっては、戻ってきたというべきか）。そして、国内のテレビは、人々に就任演説を伝えようとしていた。ラジオ局さえ、いつものローカルな音楽番組をやめ、珍しくネットワークを組んで、この歴史的な出来事を伝えようとしていた。

判事の声は揺るぎなく、その言葉は、より多数だったかもしれない意見のそれにも劣らず堂々としていた。ランロイドとクリーヴはそれを聞き、アメリカ党なるものに育まれた偏見、憎しみ、恐怖の最後の名残りを拭い去る、静かで力強い声に胸を躍らせた。

「かつて、偉大な男がいいました」判事は引用で結んだ。「〝恐れなければいけない唯一のものは、恐れそのものだ〟と。ここで、われわれの憲法の土台をむしばもうとして失敗した、取るに足らない片意地な人々に、わたしはこういいたい。〝破壊しなければならないもの、それは破壊そのものだ！〟と」

そしてランロイドとクリーヴは互いに笑みを交わし、バーボンの封を切った。

ピーター・ランロイド博士の日記より。

八五年十月二十日日曜日。あれからちょうど九カ月だ。月満ちたという象徴か？　たぶん、前もって予期しておくべきだった。あのもうひとつの就任式のときに。行間を読み、その意図をくみ、避けがたい本当の意味を見通すべきだったのだ。判事は単に、もっといい言葉（あるいは、彼がわれわれの側にいると思ったから、いい言葉に聞こえたのだろうか？）で、われわれが逃げ出した就任式で上院議員がいったことをなぞっただけだ。上院議員はこういった。「反対勢力を一掃する権限を与えられた」と。

たぶん、上院議員が暴動を扇動したとして逮捕されたときに、気づくべきだった。なのに、快哉《かいさい》を叫んでいたのだ。ざまを見ろと思った（そして、その通りになってしまった。それが問題だ。何もかもが混乱している……）。

彼はまだ、裁判にかけられていない。大逆罪で逮捕できるまで拘留しておくつもりなのだ。憲法を二カ所ほど修正すればいい。第三条第三節第一項を修正し、〝大逆罪〟がもはや合衆国への戦争行為や敵国への支持を示す直接証拠を必要とせず、裁判所がそう判断すればその罪に問えるようにすることと、第一条第九節第三条を改定して、遡及法《そきゅう》が通るようにすればいいのだ。ごく簡単なことだ。判事の主張は、US対フェインバウムの論戦で反論したときと同じくらい見事なものだった（就任式のときに、すでにわかっているべきだった。この男が、この世界では別人だということを——彼の考えは正反対になっていた。つまり、わたしの側か？　わたしの側とは……）憲法修正案は問題なく通過するだろう……たぶん、メイン州を除いて。

マスコミが方向転換をした去年には、気づいているべきだった。この国で最も退屈で、最も正直なコラムニストが、〝寛容の法案〟とかいうたわごとをいい出したときに――リベラルな『クロニクル』紙や『ハースト・イグザミナー』紙が、サンフランシスコ史上初めて、市監査役が上院予備大会に出席するのを非難する『スーパーバイザー』紙と意見を同じくしたときに――『ニューヨーカー』紙が、米国自由人権協会はまるで売国奴だと皮肉ったときに……。

ようやく見えてきたのは、郡中央委員会が、わたしがQPHに書いた評論に食ってかかったときだった（委員会の人間があんな高等な雑誌を読んでいるとは思わなかった）。偉大な旧二大政党時代を取り上げ、DARとFDRを民主主義の最後の砦とほめたたえたのだ。ひどくまずいことをした。党に忠実な人間として、FDRだけを称揚《しょうよう》すればよかったのだ。もちろん、正義の立場に立って戦うことはできた――郡の委員は人々の代表として選ばれるのだから。だが、わたしは辞職した……なぜなら、わかりはじめてきたからだ。

だが、完全に目が開かれたのは今日のことだ。学長からの丁重な電話――秘書を通さず、じきじきに――明日、オフィスに来てくれないかということだった。わたしが講義で口にした政治的な意見について、疑問が持ち上がっていると……。

最前列で歯を食いしばって、忙しくD党とかF党とノートを取っていた、あのブロンドだろうか……。

そしてクリーヴがやってきたとき、トラブルに巻き込まれたに違いないと思った……！

彼はついに、CKとPKによって別世界が作り出されることに関する、初めての論文を発表した。それは正式に〝危険〟と糾弾された。なぜならそれは、よりよい世界が存在するとほのめかすものだからだ。誰が糾弾したと思う？　心理学科のダニエルズ教授だ。

そうとも、十三条の確固たる支持者、熱烈なアメリカ党員だ。彼は今では熱烈なＦＤＲ党員となっていた。彼にはわかっていたのだ。そして、元の学部に戻っていた。

クリーヴは何とかして、すべてを神学的に説明しようとした。われわれが望んだ〝もしも〟の世界に無理やり連れてくることで、われわれは人々の自由意志を否定したのだと彼はいった。〝民主主義〟を押しつけたり、選択の余地を奪ったりすることが、すなわち全体主義なのだ。われわれに残された唯一の望みは〝自分たちの欲望を捨てること〟――人間の意志に屈し、それに沿って生きることだ。ＣＫとＰＫを使って、振り出しに戻るしかない。

神学などくそくらえだ。これは政治的にも意味のあることだ。わたしは間違っていた。くそっ！　わたしは間違っていたのだ。あらゆる総選挙を振り返って、選挙人がやらかした大失敗に目を向けてみるがいい。つまり、わたしにとっては失敗でも、きみらにとっては理性的なことなのだ。だが、どれを大失敗というかを議論するのはやめておこう。一九三二年でも一九五二年でも、好きなのを選ぶがいい。

それは常にうまくいったのではなかったか？　一九二〇年でさえも。そのうちに、万事うまくいくようになる。民主主義とは、これまで考案された最もいかれた、最も常軌を逸したシステムだ……しかも、最も完璧に近い。少なくとも、常に完璧に近づこうとしている。民主主義者は誤りを犯す――だがそれは、やがて修正されるのである。

クリーヴは元の世界に戻り、神と自由意志という考えとよりを戻す気になったようだ。わたしはといえば、政治家はたとえ負けても、政治から遠ざかることはないと学んだことを示そうと思う。また、勝者の側に飛びつくこともないと。

野党として、汗水たらして働けばいいだけのこと――必要とあらば地下活動をしてもいい。状況がそれほど悪化していればだが――それでも、人間の質を向上させるために、たゆまぬ努力をするべきだ。

これから、われわれはクリーヴの家で、時間磁場を作り出す――そして、本当の世界に戻るのだ。

スチュアート・クリーヴは泣いていた。彼が大人になってから泣くのを初めて見た。時間磁場を作り出す美しく複雑な機械が、まるでノボシビルスク（シベリア最大の都市）に水爆が落とされたかのように、めちゃくちゃに破壊されていた。

「ウィノグラッドの先導じゃないか？」ランロイドの声は、裂けた唇と欠けた歯の間から、妙に聞こえた。

クリーヴはうなずいた。

「これまで見たこともないコフィンコーナー（フットボールで、ゴールライン前の左右のコーナー。相手陣のこの部分を狙ってボールを蹴り、相手チームを自陣奥に釘付けにする）だ……あのダニエルズが、最近になってこんなにスポーツマンに興味を持った理由が知りたいね」

「そう単純化するな。スポーツマンなら誰でもいいってわけじゃない。最も優秀なぼくの生徒二人に目をつけたんだ……」

「行進で見事に代表を務めていたじゃないか……しかもFDRのバッジをつけて！」

クリーヴはかつて静止磁場発生装置であったもののかけらを拾い上げ、いとおしそうにさすった。「機械と研究計画が破壊されたからには」彼は抑揚のない声でいった。「次は人間が破壊されるだろう」

「それを止めようとしたぼくらに対して、ひどい仕打ちだな。そう……ぼくらはこのかけらを、絶望から作り上げた……今度は元気よく、こう引用するとしよう。ハイホー！　仕事だ！とね。前の実験の経験がある助手が必要だろう？」

「休みなく働いて、十日はかかるだろう」クリーヴは気乗りしない様子でいった。「あの野蛮人どもが、われわれをそんなに長い間放っておいてくれるかな？　だが、やってみよう」彼はこんがらがった配線の上にかがみ込んだ。ランロイドはそれが磁場装置と呼ばれるもので、よくわからないが大事な働きをするものだと知っていた。「ああ、どうやら、ほぼ無事らしい――」

彼はだしぬけに身を起こし、不安そうに頭を振った。

「どうかしたか？」ランロイドが尋ねた。

「頭が。何だかおかしいんだ……あのスポーツマンの誰かに、倒れたときに頭をしたたか蹴りつけられた」

「ウィノグラッドに違いない。シーズンを通して、キックを外したことがないからな」

うろたえたように、クリーヴはポケットから小さなサイコロを出した。念力学者の必需品らしい。こぶしの中で二個を振り、がらくたの散乱した床の空いている部分に転がした。

「七だ！」彼は叫んだ。

六だった。もう一度やったが、やはり六だった。

「どうかすると」十回やって失敗に終わると、クリーヴはつぶやいた。「頭にわずかな傷を負っても、念力がなくなってしまうことがある。回復する可能性はほとんどない。それが起こってしまったんだ……」

「そして」ランロイドはいった。「循環を起こすだけのＰＫを発生させるには、二人の力が必要だ」彼はサイコロを拾った。「ぼくも試してみよう」少しためらってから、転がした。「知りたくはないが……」

二人は二度と修復できない機械の残骸を挟んで、互いに顔を見合わせた。

「〝ぼくは怯える流れ者だ……〟」クリーヴが引用を始めた。

ランロイドがそれを受けて結んだ。「〝ぼくの作った世界の中で〟（A・E・ハウスマンの詩のもじり）」

火星の預言者

Balaam

「〝人間〟とは何ぞや?」ラビ・シャイム・アコースタは、窓の外に広がるピンク色の砂と、果てしないピンク色の倦怠《けんたい》に背を向けて問いかけた。「ミュール、きみとわたしはそれぞれのやり方で、人間の救済のために働いている――きみのいい方によれば、父なる神のもと、同胞である人間のためにというわけだ。実に結構。だが、その意味をはっきりさせておこう。われわれはいったい誰を、あるいは、もっと厳密にいえば何を救済しようとしているのだ?」

アロイシウス・マロイ神父は居心地悪そうに身じろぎし、しぶしぶ『アメリカン・フットボール年鑑』を閉じた。それは、この前のロケットで信徒のひとりが重量制限を無視してこっそり持ち込んだものだった。シャイムのことは大好きだ。単なる(という言葉は正しいのだろうか?)兄弟愛からではなく、彼に多大な恩を受けているからでもない。人間としてとても好きだし、尊敬している。彼は頭の切れる男だ――こんな退屈な任務にはもったいないほどだ。けれど、彼はわれわれイエズス会の教授が〝論争〟と呼んでいるものに極めて近い議論を始めようとしている。

「何ですって、シャイム?」

ラビは、セファルディム(スペイン・ポルトガルのユダヤ人、またはその子孫)らしい黒い目を輝かせた。「わたしのいいたいことはよくわかっているはずだ、ミュール。なのに、そうやってはぐらかす。わたしを喜ばせてくれ。ここでの宗教的な義務は、考えていたほど多忙なものではない。その上、きみはチェスをやらないときている……」

「……そしてあなたは」マロイ神父は不意にいった。「フットボールの試合図に、少しも興味を見せないときている……」

「これは一本取られた。それとも、わたしが取ったのかな？　イスラエル人として、フットボールという言葉がラグビーとサッカー以外のものを指すというアメリカ人の奇妙な思い込みを理解できないのは、わたしが悪いのか？　そこへいくとチェスは——」彼はとがめるようにわたしを見た。「ミュール、きみは話を脱線させようとしているな」

「トライですよ。南カリフォルニア大学のライン全員が、ぼくがいったんボールを持てば、レリワがやすやすと勝利のタッチダウンを奪うだろうと思ったときのように」

「人間とは」アコースタは繰り返した。「何ぞや？　定義では、太陽系第三惑星とその植民地に住む、ヒト属ヒトということになるのかね？」

「次の試合では」マロイは残念そうにいった。「レリワは十ヤードロスで惨敗しましたよ」


二人の人間は、火星の砂の上で出会った。それは思いがけない出会いであり、それ自体は事件ではなかったが、人間とその宇宙の歴史の転換期となるものだった。

植民地基地から来た人間は、いつもの偵察をしているところだった——それは、この住む者もいない荒地を守るのに必要だというよりも、訓練と、行動のための行動ということで、隊長から課されたものだった。小山の向こうにあるものを見た彼は、あるいは着陸するロケットの炎と思ったかもしれない――次のロケットが来るのは一週間先だと知らなかったら。正確には六日と半日、もっと正確にいえば、グリニッジ星間標準時で六日と十一時間二十三分先だ。これほど厳密に時間を覚えているのは、守備隊の半分とマロイ神父、そして変わり者のイスラエル人とともに、彼もその時間に交替となる予定だからだ。だから、それがどんなにロケットに似ていようと、そのはずはなかった。とはいえ、偵察中の出来事だ。このさびれた場所へ来てから初めてのことだったので、ひとつ調査し、報告書に名前を載せてやろう。

宇宙船に乗っていた人間もまた、この空っぽの惑星の退屈さを知っていた。乗組員の中で、彼だけがここを訪れたことがあったのだ。最初の旅でサンプルを採取し、監視用の前哨《ぜんしょう》基地を設置した。だが、だからといって、船長が聞く耳を持つだろうか？　まさか。サンプルの分析から、船長はこの惑星のことを知り尽くした気になって、実際にそこへ行った男の話など聞く暇はないというわけだ。そこから彼が唯一手に入れたのは、最初に調査をするという特権だった。大したものだ！　気が遠くなるような砂粒を眺めたら、さっさと船に戻ってしまおう。だが、向こうの小山の上に何か光るものがある。明かりであるはずがない。この船は偵察船だし、ほかの連中はまだ降り立っていないのだ。最初のときに、燐光《りんこう》を放つ生物でも見逃したのだろうか……？　船長もこれで、サンプル分析ですべてがわかるということはないと信じてくれるだろう。

山のてっぺんで、二人の人間は出会った。

ひとりは恐怖とともに、見知らぬ異星人が頭のない胴体に無数の手足を生やし、この凍るような寒さの中、てらてら光る肉体をむき出しにして、存在しない空気を補充するいかなる機械もつけていないのを見た。

ひとりは恐怖とともに、見知らぬ異星人が信じがたいほど細い四本の手足を持ち、胴体から醜い塊を不自然に生やして、この温暖な気候にもかかわらず分厚い服にくるまり、爽快な空気から身を守っているのを見た。

そして、二人の人間は、悲鳴をあげて逃げ出した。

「興味深い教義がある」ラビ・アコースタはいった。「きみらの信徒である作家、C・S・ルイス（英国の作家、神学者）によって提唱された……」

「彼は監督教会員ですよ」マロイ神父がぴしゃりといった。

「すまない」アコースタは、より正確には英国国教会だと指摘するのはやめた。「だが、きみの教会の多くは、彼の書いたものを、きみらの観点から教義と考えているんだろう？　彼はその教義を、フナウなるものに発展させた——どのような姿形をしていようと、どの惑星に生まれようと、神の子としての魂を持つ知的な存在はすべてそう呼ばれるのだ」

「ねえ、シャイム」マロイは辛抱強くいった。「教義であろうとなかろうと、そんな生き物はいません。少なくともこの太陽系にはね。惑星間の話をぼくにしようというなら、ぼくはすぐにも人間のマイクロコミックスを読むことにしますよ」

「星間旅行というのは、文学の中だけの話じゃない。だが、もちろん、きみがチェスをやってくれれば……」

「ぼくが得意だったのは」かつてスポーツ記者として知られたミュール・マロイがいった。

「ランニング・インターフェアランス（フットボールでボールを持っている味方の前を走り敵をブロックすること）でした。あなたが相手なら、誰かにインターフェアランスをしてもらわなければ」

「詩篇十六の、ダビデの詩の話をしようじゃないか。そちらの神のみぞ知る理由で、詩篇九と十をひとつにしたために、きみらが十五といっているやつさ。その中の一節を、失礼ながらラテン語で引用させてもらおう。聖ヒエロニムス（ラテン語訳聖書を完成させた修道者）は、どのイギリス人翻訳家よりもすばらしい。〝ベネディカム・ドミヌム・クィ・トリブイト・ミヒ・インテレクトゥム〟」

「〝われを導きたもう主をほめまつる〟」マロイは標準的なノックス訳でつぶやいた。

「だが、聖ヒエロニムスによれば〝われにさとしを授けたもう神をほめまつる〟だ――インテレクトゥムを、どう解釈すればよいだろう？――単に知性ではなく、認知とか、理解ということか……ハムレットが人間のことを〝直観力は神さながら〟と評したのは、どういうつもりだったのだろうね」


言葉はその意味を変える。

ひとりの人間が心配して、船長に報告した。船長は最初はののしり、あざ笑い、それからもう一度、話に耳を傾けた。やがて、彼はいった。「全部隊を、おまえと一緒に、その――何だ

——ものを見たという場所へ送り込む。それが本当なら、その目玉の飛び出た怪物は、気味の悪い触手を火星に伸ばしたことを後悔するに違いない。しかも、ちゃんとした触手ですらないとは……」

やはり心配して、別の人間も報告を行った。船長は最初はあざ笑い、それからののしった。その中には、かつてそこに住み、惑星のことは何でも知っている、卵から生まれた連中への言葉を選んだ非難も含まれていた。やがて彼はいった。「ちゃんとした偵察部隊を出して、その手足のない卵食いの怪物の痕跡が見つかるかどうか、調べてみようじゃないか。そいつらを見つけたら、生まれたことをとことん後悔させてやる」説明しても無駄だと、人間は思った。映画に出てくる怪物のように、手足がないほうがまだましだ。だが、たったの四本とは……。

「人間とは何ぞや？」ラビ・アコースタは繰り返した。ミュール・マロイは、なぜ彼の意識下のシナプスが、この明白な答えをもっと早く導き出さないのかといぶかった。

「人間とは」彼はいった。「肉体と魂でできており、神の姿を写して創られたものです」

「そんな子供じみた一本調子の台詞からすると、ミュール、正しい教義問答のようだな。きっとその問答には、神の姿とはいかなるものかが続くのだろう？　この身体の」——と、軽蔑を込めた優雅なしぐさで、自分の身体をなでた——「どこが、神に似ているのかね？」

「神に似ているのは、主に魂なのです」

「ほう！」セファルディムは、いつになく明るくいった。

言葉は続いた。演説の中心となるのは、教区学校で刻みつけられたシナプスのパターンだった。あたかも、レコードの溝に沿って針が進むかのように。「あらゆる生き物は、存在する限りどこかしら神に似ているのです。植物も動物も、生きている限り神に似ています……」

「その意味深い言葉を、否定することはできないな」

「……しかし、こうした生き物の中に、神の姿を写して創られたものはありません。植物や動物は、人間のように理性的な魂を持っていない。人間はそれによって、神を知り、神を愛することができるのです」

「あのフナウのようにか。続けたまえ。われわれの学者に、このように見事な答えができるとは思えん。ミュール、きみはすばらしい！」

マロイは自分がアコースタの興奮を理解しつつあるのに気づいた。この言葉は生まれたときから知っていたし、数え切れないほどそらんじてきた。それでも、それに注意深く耳を傾けたことがあるかといわれればわからない。そして一瞬、xの何乗という高等神学をきわめたイエズス会の教授でさえも、この初歩のABCをどれほど改めて考えたことがあるだろうかと思った。

「神に似た魂とはいかなるものか？」彼はひとりで問答を続けた。「神に似た魂とは、理解力と自由意志を持ち……」

「やあ、司祭どの！」言葉だけは丁重だったが、割って入ったディートリッヒ・ファスベンダー大尉は、火星兵団の兵卒に向けたいつもの口調をほとんど変えなかった。

ミュール・マロイがいった。「やあ、大尉」彼はようやく中身が見えてきたプレゼントの包みを開くのを邪魔されたときのように、半ばほっとし、半ばがっかりした気持ちだった。ラビ・アコースタは弱々しく笑って、何もいわなかった。

「そうやって暇つぶしをしているわけか？　火星に原住民がいないものだから、互いを改宗させることで、信仰を実践しているんだな？」

アコースタは、大尉がジョークのつもりでいっているのはわかっているといったように、軽く身体を揺すった。「火星での生活があまりに退屈なので、こうしておしゃべりをしているのです。入ってきてくれて大歓迎ですよ。われわれを訪ねてくることなど滅多にないところからして、何かニュースでもあるんじゃありませんか？　交替のロケットが、一週間早く到着することになったとか？」

「まさか」ファスベンダー大尉はブツブツいった（どうやら大尉は、プライドにかけて聖職者の前でも言葉を慎まないらしい、とマロイは思った）。

「だったら、イスラエル人でなくドイツ人の分遣隊を送るさ。わたしは自分の立場がわかっている。どの国にとっても、不正規戦において交替で分遣隊を送るのは、政治的にきわめて得策といえよう。だが、わたしは近々、正規守備隊を二倍にするか、二つのドイツの分遣隊を常に交替させるかのどちらかにしようと思う。そのときには、誇りをもってパキスタン人を連れてこよう……くそっ、新しい国家には、軍隊の伝統を発展させる時間がないのだ！」

「マロイ神父」ラビは穏やかに尋ねた。「旧約聖書でいう、第六の書をご存じかな？」

「またおしゃべりを始めようっていうのか？」ファスベンダーが文句をいった。

「ラビ・アコースタは『ヨシュア記』のことをいっているのです、大尉。残念ながら、戦の伝統を持たない国家も部族もありません。あなたがたのプロシア人の祖先は、ヨシュアの作戦からヒントを得たのでしょう――その点では、カレンの犬がメイヴ女王の軍を倒したときには、クーリの牛争いからヒントを得たのかもしれません。それと、ぼくはいつも思うのですが、有利な立場にあるなら、あなたの戦術家に一、二シーズン、クォーターバックをやってもらっても罰は当らないでしょう。アイゼンハワーがフットボールをやっていて、ジム・ソープ（幅広く活躍した米国のスポーツ選手）と試合していたのはご存じですか？　それに……」

「しかし、わたしには」アコースタが口を挟んだ。「あなたがここにおしゃべりをしにきたとは思えませんね、大尉」

「そうとも」ファスベンダー大尉は、不意に鋭い声でいった。「わたしのおしゃべりでも、きみらのおしゃべりでもない。こんな日が来るとは思わなかった……」彼は言葉を切り、別の言葉を探した。「つまり、こういいたいんだ。聖職者は軍の一部だ。きみたちは二人とも軍の将校だ。正確にいえば火星兵団イスラエル軍の一員だ。だが、これはきわめて異例のことだ。きみたちに……」

「民間伝承にあるように、神をたたえ、弾薬を運べと命ずることができですか？　わが民族には先例がありますし、マロイ神父のほうもしかりです。ただし、教会の創始者を誰とみなすかには異説があるようですが。何の用ですか、大尉？　待って、わかりましたよ。異星の侵略者に包囲されて、身体的に健全なあらゆる人間を駆り出し、神聖な砂漠を守らせようというのでしょう。違いますか？」

「ううむ……くそいまいましい……」ファスベンダー大尉の顔が真っ赤になった。「……その通りだ！」彼は怒鳴った。

状況があまりにもマイクロコミックス的な陳腐さだったため、説明を聞くよりも現実味を感じるほうが先だった。ディートリッヒ・ファスベンダーの説明能力はさほど高くなかったが、その真剣さそのものが、信ずるに値した。

「わたしも最初は信じられなかった」大尉は認めた。「だが、その通りなんだ。わが偵察員が……やつらの偵察員に出くわしたんだ。それで小競り合いが起こった。二人が死んだが、一匹を殺した。やつらの小火器は、われわれのものによく似た金属爆発の推進力を使うものだった。やつらの船に、われわれのA弾頭に対抗するどんな武器が積まれているかは、神のみぞ知るだ。だが、火星のために戦わねばならず、それできみたちに協力してほしいのだ」

二人の聖職者は、無言で彼を見た。アコースタはやや及び腰の、戸惑った顔で。マロイは大尉が黒板に戦略図を描くのを期待しているかのように。

「とくにラビ、きみにだ。神父、きみの信徒のことは心配していない。われわれは今回の交替に、カトリックの聖職者を入れた。それは隊員のほとんどが、ポーランド人とアイルランド系アメリカ人だからだ。彼らはよく戦うだろう。そしてきみには、あらかじめ野外ミサをやってほしい。そんなところでいいだろう。ああ、それと、あのばかな砲手のオルスゼウスキは、A弾頭に聖水を振ってほしがっている。きみなら何の問題もなくやってくれると思う。

だが、きみたちイスラエル人は事情が違うんだ、アコースタ。彼らは規律の意味を知らない——われわれが軍隊で使う規律の意味ではないぞ。彼らは火星に、在郷軍人が抱くような思いを抱いていない。しかも、その多くが……くそっ、迷信というと言葉がよくないが、ある種の……その——きみに対する尊敬——きみは畏敬というかもしれないが——を持っているのだ。彼らはきみのことを、奇跡を起こす人といっている」

「そうですよ」ミュール・マロイがあっさりといった。「彼はぼくの命を助けてくれたんです」

彼は今も、あの日に見えない、途方もない力を感じていた（のちに、それがあらゆる分析器械を壊してしまったのを呪いながら、専門家が〝力場《りきば》〟と呼んだものだ）。そのとき彼は、警備隊の助けも呼べないほどドームから遠く離れた場所で、あの隘路《あいろ》にはまってなすすべもなかった。それは火星に来て一週間目のことで、うっかり遠出しすぎたのだ。低い重力の上で軽々と歩けるのを楽しみ、惑星の創造者のことと、大昔の学生時代のことをかわるがわる考えていた。あの日彼は、一番有名な全米代表のラインバッカーをブロックし、ローズボウルで最も印象的な番狂わせを演じたのだ。見出しを飾ったのはシビリャコフのタッチダウンだった。しかし、彼とシビリャコフは、なぜタッチダウンが成功したかを知っていたし、彼は内なる興奮を感じていた……それは罪深い高慢か、それとも単なる自己認識だろうか？　やがて、彼はどんな強力なラインよりもがっちりと食い止められていた。時は経ち、火星の誰にも彼の居場所がわからなくなった頃、偵察員がやってきてこういった。「イスラエルのラビがわれわれを送ってきたのです」その後、シャイム・アコースタは、最初で最後の言葉をぽつりといった。「きみがどこにいるのかわかった。ときどきこんなことが起こるのだ」

今、アコースタは肩をすくめ、謙遜するように優雅な手を振った。「科学的にいえば、大尉、わたしにはときおり、感覚を超えた力が使えるらしいのです。おそらく、超常能力というようなものでしょう。テルアビブのライン（米国の心理学者。超心理学の先駆者）信奉者は、わたしに大きな関心を抱いています。しかし、わたしの力は、研究所の命令ではなかなか発揮されないのです。とはいえ〝奇跡を起こす人〟というのはいささか大げさですな。いつか、本物の奇跡を起こすルウォウのラビの話をしましょう」

「奇跡と呼ぼうが超能力と呼ぼうが、きみには何かがあるのだろう、アコースタ……」

「ヨシュアの話をするまでもないでしょう」ラビは微笑んだ。「まさか、戦いに勝つために、わたしに奇跡を起こさせようというのではないでしょうね？」

「それをいったのは」ファスベンダーは鼻息荒くいった。「きみのお仲間だ。きみが……聖人だと、固く信じている。だが、ユダヤ教には聖人はいないんじゃないのか？」

「意味論としてはよい質問です」シャイム・アコースタは穏やかにいった。

「そう、預言者だ。ほかに何といおうと勝手だが。そしてわたしは、きみのお仲間を男にしてほしいのさ。背筋を伸ばし、勝利へと向かうようにさせたいのだ」

「そうなりますかな？」アコースタはにべもなくいった。

「それは神がご存じだ。だが、彼らがやる気にならない限り、勝利はない。つまり、きみ次第なのだ」

「何がです?」

「敵は奇襲をかけてくるかもしれないが、わたしはそうは思わない。わたしの見たところ、やつらはわれわれと同じくらい驚き、混乱していると思う。そして、状況を考える時間を必要としているはずだ。われわれは、明日の未明に攻撃を仕掛ける。そこで、きみたちイスラエル人が闘志を持って参加できるように、彼らを呪ってくれ」

「わが同胞を呪えと?」

「くそっ、くそっ、もうひとつくそっ《ポッタウゼンド・ザパルメント・ノッホ・アインマール》!」ファスベンダー大尉の英語は非の打ちどころがなかったが、この状況に十分適した言葉はなかったようだ。「彼らを呪うのだ! あいつら……エイリアン、侵略者、何と呼んでもかまわんが、やつらを呪ってくれ!」

彼は二人の聖職者の機嫌を損ねることなく、罰当たりな言葉を使うことができた。二人は突然、彼が真面目そのものだということに気づいた。

「正式な呪いですか、大尉?」シャイム・アコースタが尋ねた。「呪われよ、マラナ・タ(主を愛さないものは呪われよ、主よ来たりませの意)と? たぶんマロイ神父が、鐘と聖書、ロウソクを用意してくれるでしょうね?」

ミュール・マロイは居心地が悪そうだった。「こんな話を読んだことがおありでしょう、大尉」彼は認めた。「大昔、彼らはやったのです……」

「きみらの宗教が、それに反対することはないだろう、アコースタ?」

「たしかに……先例はあります」ラビが穏やかに認めた。

「では、上官から命令する。方法は任せよう。やり方は心得ているだろうからな。何か必要なものがあれば……どんな鐘が要るんだ？」

「あれは冗談です、大尉」

「これは冗談ではないぞ。明日の朝、きみのお仲間を前に、連中を呪うんだ」

「祈りましょう」ラビ・シャイム・アコースタはいった。「導くために……」だが、大尉はすでに出ていった後だった。彼は聖職者仲間に向き直った。「ミュール、きみも祈ってくれるかい？」いつもは生き生きとした両手が、今はだらんと垂れている。

ミュール・マロイはうなずいた。音もなく部屋を出て行くアコースタを見ながら、彼は念珠《ロザリオ》を探った。

ここで、ごく小規模な二つの人間の軍隊が、どのような時を過ごしているかを想像して楽しんでもらいたい――ひとつは、半ば忘れ去られた前哨地の守備隊、もうひとつは、小さな斥候《せっこう》軍――彼らは見知らぬ敵に備えて一夜を過ごしていた。明日には、おそらく数世紀にわたる銀河の歴史を決める戦いが待っている。

二人の人間は、距離測定のサンプルをコンピューターに打ち込んでいた。

「あのいまいましいファスベンダーめ」ひとりがいった。「やつは、おれたちの指令官にこういったんだ。〝きみらは規律という言葉の意味を知らない……！〟とね」

「プロシア人め」もうひとりがブツブツいった。顔はアイルランド人で、言葉にはアメリカなまりがあった。「地球は自分たちのものだと思ってるんだ。これを切り抜けたら、プロシア人を全員テキサスに放り込んで、戦わせてやる。それから、その州をキルケニー（アイルランド南東部の州）と呼ぶんだ」

「最後のはどういう意味なんだ?……オーケー。ファスベンダーのいう〝規律〟など、平和なものだ——一面ピンクの砂漠の中で、きちんと見せるための軍隊式の規律さ。それに何の得がある? ファスベンダーの曽祖父は二度の世界大戦に負け、おれたちは何もないところに新たな国を作った。アラブ人に、おれたちに規律がないかどうか訊いてみるといい。イギリス人に……」

「ああ、イギリス人か。ちなみにおれの曽祖父は、アイルランド共和軍《IRA》の一員だった……」

二人の人間は、波動砲の電極をつないでいた。

「この辺境の地に派遣されただけでもひどいのに、司令官が卵食いのナングリア人とはな」

「しかも、最初の報告をしてきたのはトリルディアの斥候だ。そこから何を読む?……オーケー」

「〝トリルディア人は嘘つきで、ナングリア人はそれを無理やり真実にする〟」最初の男が引用した。

「さあ、兄弟」望遠レンズの補正装置を調整しながら、人間がいった。「グッドマンはわれわれに、あの怪物は本物だと請け合った。トリルディア人だろうがナングリア人だろうが、われわれは愛のもとに互いに結束して、やつらを一掃しなくてはならない。グッドマンは戦闘前に、われわれを祝福してくれると約束した……」

「グッドマンは」最初の男がいった。「自分が生まれた卵を食うんだぞ」

「ラビが」酸素ヘルメットを確認しながら、人間がいった。「祝福をあげるだと。ファスベンダーのくそったれめ。おれはやつの考えるようなユダヤ教徒じゃない。たまたまイスラエル人として生まれた、理性と分別ある無神論者だ」

「そしておれは」相棒がいった。「父親の信ずる神を信じ、そのためイスラエルの国に忠誠を誓っているルーマニア人だ。モーセの神を信じないユダヤ教徒がいるか？　それでもユダヤ教徒だというなら、ファスベンダーと同じだ」

「やつらはおれたちよりも優位に立っている」最初の男がいった。「やつらはここで息ができるんだ。この酸素ヘルメットは三時間で切れてしまう。そうなったらどうする？　ラビの祝福に頼るのか？」

「父親の信ずる神といったろう。なのに、おれの曽祖父は、イスラエルを復興させるために戦い続けていると思っていた。ほかの多くの連中と同じように、自分は身も心もエルサレムに帰さなければならないと考えたのは、その息子だったのだ」

「そうとも、われわれは正統派の大復興をやったんだ。それで何を得た？　司令官の命令の前にラビの祝福が必要な歩兵たちか」

「ほとんどが命令を受けて死ぬんだ。祝福を受けて死ぬ者がどれだけいると思う？」

「戦争で死ぬ者に、ろくな死に方をする者はいない……」人間は、トルニシュリの包囲戦を描いたヴァルクラムの一大叙事詩を読み上げた。

「……そもそも（人間は、マイクロフィルム版のシェイクスピア『ヘンリー五世』を読み上げた）血を流すのが目的の戦争に、慈悲もへったくれもあるものか」

「……そして、ろくな死に方をしないとすれば（ヴァルクラムはそう書いていた）、彼らを戦争に駆り立てたグッドマンの罪はいかばかりか……」

「それで、なぜいけないのだ？」シャイム・アコースタは、長い指を振ってそう問いかけた。ブリープ（アコースタでさえも、それをバブル・ジープと呼ぶほど言葉に厳密ではなかった）は砂漠の上を走り、侵略者の船を見下ろす丘を目指していた。ミュール・マロイはしっかりとした手つきでハンドルをさばき、何もいわなかった。

「ゆうべは、道をお授けくださいと祈った」ラビは自己弁護するかのように、きっぱりといった。「ここのところ、妙な考えが浮かぶのでね。だが、今朝はほとんどそれがない。結局わたしも軍の将校なのだ。上官にも部下にも義務を負っている。そして指導者たるラビとしては、教えや儀式を決める役目を務める必要がある。この件は間違いなく、わたしの権限に属するだろう」

不意にブリープが止まった。

「どうした、ミュール？」

「何でもありません……しばらく目を休ませたくて……あなたはなぜ、聖職者になったのです、シャイム？」

「なぜって？　こうした選択へと導く、遺伝や環境の要素は計り知れないほど大きい。われわれにそれがわかるかね？　二十年前には、それしか道はないと思っていたのだ。今は……そろそろ出発したほうがいいぞ、ミュール」

ブリープがまた動き出した。

「呪いとは、やけにメロドラマ的で古臭い響きだ。だが本質的に、聖職者がいつもやっている勝利の祈りと何が違う？　わたしにいわせれば、きみが野外ミサでやったのと同じだ。間違いなく、きみの信徒たちはみな、勝利を神に祈っていた――それにファスベンダー大尉が指摘したように、そのことで彼らはより優れた兵士になった。教えを説くわたしでさえ、呪いの効力に教義上の確信はないと認めよう。侵略者の宇宙船が、稲妻に打たれて破壊されるとは思っておらんよ。だがわたしの部下は、わたしに多大な忠誠心を持っているし、彼らの士気を高められるものなら何でもやるつもりだ。結局、あらゆる軍隊は、聖職者にそれを求めているのだ。われわれはもはや従軍聖職者ではなく、士気の起爆剤なのだ――キリスト教青年会《YMCA》の秘書を高尚にしたようなものさ。まあ、わたしの場合はヘブライ教青年会《YMHA》だがね」

ブリープがまた止まった。

「きみの目がそんなに繊細だとは知らなかったぞ」アコースタは辛辣にいった。

「あなたにはもう少し、考えるお時間が必要かと思ったのです」マロイは思い切っていった。

「よくよく考えたさ。ほかに何か、きみにいったかね？　いいか、ミュール、すべては整っているのだ。二分以内に呪いをかけなければ、ファスベンダーはかんかんに怒るだろう」

ミュール・マロイは何もいわず、ブリープを走らせた。

「なぜわたしが聖職者になったかって？」アコースタが話を戻した。「何の不思議もないさ。問題は、なぜわたしが、少しも向いていないこの職にとどまっているかだよ。ミュール、きみだけには白状するが、わたしは望ましい魂の謙虚さも、忍耐心も持ち合わせていない。教会だの軍の分遣隊だのといった、退屈な仕事以外のことがしたくて仕方がないのだ。何もかも捨てて念力に集中すれば、理解できぬまま追い求めている目標に導いてもらえるのではないかと考えることもある。だが、それはあまりにも突飛な考えだ。わたしは教えを知っているし、儀式を愛している。だがラビ、つまり指導者にはあまり向いていないのだ。なぜなら……」

三たび、ブリープが止まった。そして、ミュール・マロイがいった。「なぜなら、あなたは聖人だからだ」

シャイム・アコースタが反論する前に、彼は続けた。「あるいは、ファスベンダーの言葉を借りれば、預言者だからです。いろんな聖人や預言者がいる。アッシジのフランチェスコやヨブ、ルツといった、穏やかで謙虚、辛抱強い人たちもいます——それとも、女性を数に入れてはいけませんか？　また、神の火つけ役をする者もいます。すばらしい知性と固い意志を持ち、歴史を揺さぶって、神に選ばれた人々のための世界を作るのです。罪を通して救済に至る聖人たちは、同じ意志の固さを持つルシフェルの誇りの裏返しなのです」

「ミュール……！」アコースタが抗議した。「きみらしくもない。きみがそんな言葉を口にするはずがない。教区学校でもそんなことは教わらなかったはずだ……」

マロイは聞いていなかった。「パウロ、トマス・モア、シエナのカタリナ、アウグスティヌス」彼は朗々たる調子でいった。「エリヤ、エゼキエル、マカベウスのユダ、モーセ、ダビデ……あなたは預言者なのです、シャイム。ライン信奉者のもっともらしいたわごとになど耳を貸さずに、自分の力がどこから生まれたかを考えてください。どうやってぼくを助けたか、ゆうべ徹夜で祈りを捧げたときの〝奇妙な考え〟とは何だったのか。あなたは預言者です——そして、神の子である人間に、呪いをかけるのではありません」

不意に、マロイはハンドルの上に身を伏せた。ブリープの中に沈黙が訪れた。シャイム・アコースタは、この状況で何をしてよいのかわからないといったように、両手を見つめた。

「お二人さん！」通信機越しのファスベンダー大尉の声は、いつもよりもしゃがれていた。

「そろそろやる気になって、丘に登ってくれ。もう零時二分二十秒だぞ！」

アコースタは機械的にスイッチを押して、いった。「すぐにやります、大尉」

ミュール・マロイは身じろぎをして、目を開けた。「ファスベンダーですか？」

「そうだ……だが、そう急ぐことはない、ミュール。わたしには理解できない。いったいなぜ……」

「ぼくにだってわかりませんよ。こんなふうに意識を失ったのは初めてです。医者は、ウィスコンシンでの試合で負った頭の怪我が悪いといいましたが――もう三十年前のことなのに……」

シャイム・アコースタはため息をついた。「元のミュールに戻ったようだ。だが、さっきは……」

「何です？　ぼくが何かいいましたか？　なにか大事なことをいおうとしていたような気はしましたが」

「テルアビブで聞いたような気がする。意識下へのテレパシー伝達だろうか？　意識的に知るのを恐れる思考を客体化しているのか？　そう、きみはあることをいったのだ、ミュール。そしてわたしは、ロバが口をきいたときのバラム（メソポタミアの占い師。バラク王の命でイスラエルを呪いに出かけるが、乗っていたロバにいさめられる）のような心境に……ミュール！」

アコースタの目はこれまでになく黒々と輝き、両手は熱心に動いていた。「ミュール、バラムの物語を覚えているか？　モーセの第四の書にある……」

「民数記の？　覚えているのは、ロバがしゃべったことだけですよ。ラバ《ミュール》との洒落《しゃれ》ですか？」

「ベオルの息子バラムは」ラビが、静かに強調するようにいった。「モアブの預言者だった。イスラエル人はモアブを侵略しつつあり、バラク王はバラムに、彼らを呪えと命じた。ロバはしゃべっただけでなかった。もっと重要なことに、それは足を止め、バラムが主の言葉を聞くまで旅の供をするのを拒んだのだ……。

きみのいう通りだ、ミュール。きみが口にしたことを覚えていようがいまいが、わたしを説得したのが神の言葉なのか、わたしの自我の反映なのかはともかく、ひとつだけ正しいことがある。侵略者もまた、われわれが昨日、語り合った意味において人間なのだ。偵察隊は彼らが裸で、この寒さと気候をものともしないといっていた。彼らがもっと前にこの惑星を偵察し、住みやすいと判断したとしたら、監視装置をそばに置き、われわれを罠にかけるだろう。というのも、われわれは以前の火星文明の痕跡を見つけていないからだ。

火星はわれわれには向いていない。普通には暮らしていけない。科学的調査では、ここは不毛の地ということになっている。そして無気力な、だらけた守備隊を置いているのは、惑星のエゴが事実に直面して〝宇宙の覇者〟としてのシンボルを捨てるのをよしとしないという理由でしかない。あの人間たちはここで、おそらく豊かに暮らすことができるだろう。そして最後には、われわれの世界も同じようによくなり、互いに適した惑星に住むわれわれが、理解し合うようになるだろう。きみのいった通りだ。人間を呪うことなどできない」

「お二人さん！」

アコースタは器用に手を伸ばし、通信機のスイッチを切った。「同意してくれるか、ミュール？」

「つ……つ……つまり、引き返せというのですか、シャイム？」

「とんでもない。こうなった上は、ファスベンダーと顔が合わせられるか？　進むのだ。すぐに。丘の上へ登れ。バラムの物語の続きを知らんのか？　彼は同じ神の子を呪うのを拒んだだけでは終わらなかった。バラムはな。彼らを祝福したのだ」

ミュール・マロイは思い出した。また、その先も覚えていた。蓄音機の針が聖書という溝を滑り、民数記の第三十一章をなぞった。それはバラムの物語の短いエピローグだった。

そこでモーセは主のためにミデアンびとに報いるに十分な男たちを集め……部族の長、男子をみな殺しにした……ベオルの子バラムも、剣《つるぎ》にかけて殺した。

彼はシャイム・アコースタのこわばった顔を見た。ついに自分の人生の形を知った男の、歓喜とあきらめがない交ぜになった表情だった。彼もまた、第三十一章を思い出しているのだろう。

そして、聖書にはロバがどうなったのか書かれていなかったなと思いながら、ミュール・マロイはブリープを発進させた。

書評家を殺せ

Review Copy

部屋を照らす唯一の明かりは、五角形の中で燃える炎だけだった。

顔を影に隠した男がいった。「しかし、なぜそいつを殺したいんだ？」

依頼者がいった。「おまえに何の関係がある？」

「こういうことだ」男は言葉巧みにいった。「われわれの……実験を成功させるのに必要な、精神的な親近感を築くために、そこに込められている感情をすべて知りたいのだ。完全な知識なくしては、父《アブ》を説得できない」彼はもっともらしく聞こえるように願った。

依頼者がいった。「以前、あの男に致命的な仕打ちを受けたのだ。だから殺さねばならん」

「それで、なぜこんな手を使うんだ？　もっと直接的にやらないのか？」

「高飛びができないのでね。ニューヨークを離れられないんだ。川を越えると――何というか、息が吸い取られる気がして……」

強迫神経症だな、と男は思った。広場恐怖症の一種だろう。「だが、手紙で殺すのは前にもあったろう？」彼は指摘した。

「このやり方はなかった。やつは非常に頭がいいのだ。推理小説も書いている。いきなり届いた小包を開け、見知らぬ人物から送りつけられたチョコレートを食べたりはしない――ところで、どうしていつもチョコレートなんだろうな？――やつは頭の回る悪魔なんだ」

「だが、ひょっとしたら――」

依頼者がぱっと立ち上がると、五角形の炎で影が激しく揺れた。「金は払ってるんだぞ。それじゃ足りないのか？　まるでわたしにやめさせようとしているみたいだな」

「とんでもない」影の中の男はいった。だが、それは図星だった。自分には力があり、それを使って大金を稼げることは知っている。けれど、どれだけ当てにならないかも知っているので、一瞬、依頼者に思いとどまらせたい気持ちが起こるのが常だった。「それでも、理由を聞かせてくれるか……？」これも手法のひとつだった。雲行きが怪しくなって、依頼者がへそを曲げたときに、私的なことを知っておけば金を返せといわれずに済む場合が多いのだ。

依頼者はまた腰を下ろした。「わかった。話そう」五角形の中の明かりが、むき出しになった歯と、口の端で光るよだれを照らし出した。「やつはわたしの本の書評を書いた。よくできた書評でもあり、最低の書評でもあった。ひどく機知に富んだ文章だったので、有名になってしまったのだ。ベネット・サーフ（米国の出版業者、編集者）やハーヴェイ・ブライト（『ニューヨーク・タイムズ』の書評家）が自分のコラムに引用した。わたしの本のことで人々が目にするのは、それがすべてだ。それが本を殺したのだから、今度はやつが殺されなければならない」

影の中の男は、人知れず笑みを浮かべた。山とある書評のひとつで、しかもよその町の新聞に載ったものだ。だが、その名文が災いして、本が売れなかったのはその影響に尽きるというスケープゴートにたやすく仕立てられてしまったのだ。この依頼者は完全にいかれてる。だが、いかれてるのと同じくらい金になるのだから、気にすることがあるだろうか？

「それで、血を火にくべなきゃならないことはわかっているな?」

「やつのことはいろいろと調べた。くせも、どう反応するかもわかっている。彼の家には火があり、それを使うに違いない」依頼者が口ごもると、よだれが落ちて、五角形の中の炎にきらめいた。「わたしが……それを知ることはできるのか? その場にいるかのように?」

「これはあんたの血じゃないのか?」男は簡潔にいった。

男はそれ以上何も話さず、依頼者を五角形の中に招じ入れた。かたわらに黒々としたものをたたえた容器を置き、手首をその上にかざして、切ったところから血が中にしたたるようにした。続いて、炎の中にひとつかみの粉をまき、呪文を唱えはじめた。


サンフランシスコ・タイムズ社に送られてきたその本に、取り立てて目立つところはなかった。茶色い紙に包まれたボール箱で、通常の書籍郵便料金分の切手が貼ってあった。宛名は簡潔で、タイプされた住所のほかには何も書かれていなかった。

カリフォルニア州サンフランシスコ
サンフランシスコ・タイムズ社
書評課御中

ミス・ウェンツは小包を開け、包み紙を捨てた。妙な形の表紙を見て、本を開き、印刷されたメモを読んだ。

本書についてご高評たまわりたく、ここに謹呈《きんてい》いたします。なお、切り抜きを一枚同封いたしましたので、お目をお通しいただければ幸いです。

価格も発売日も知らせない出版社に文句をいってから、彼女は本の扉を開いた。その目が、わずかに飛び出した。

『血は死なり』
死という暴力に秘められた
生の未来を描く
深遠な物語集
ヒエロニムス・メランヒトン編

ニューヨーク
コラジン・プレス
一九五五年

ヒエロニムス・メランヒトンの名も、コラジン・プレスも聞いたことがなかったが、新聞社には何が送られてきても不思議ではない。書評課にいれば、信じられないという感情を忘れてしまう。ミス・ウェンツは肩をすくめ、真面目にファイル用のカードを作りはじめた。まるで、それが本物の本であるかのように。

それを中断させたのは、彼女が（ひそかに）〈グレート・マン〉と呼んでいる男だった。ミシシッピー以西で最も影響力のある書評家だ。彼はさっそうとやってきて、新しく届いた荷物の山にさっと目を走らせ、『血は死なり』を見て眉をひそめた。

「今度は何だ？」そういって片手で本を取り上げ、親指でページをぱらぱらやった。悪意のある人々は、彼はそれだけで二百五十字の完璧な書評を書くとうわさする。「くだらん」彼はそっけなくいった。「左側の棚に置いておけ」手紙を持って奥の部屋に行きかけたが、一瞬立ち止まって親指を見ると、ハンカチを探ってインキのしみを拭った。傷ついた表情は、まるで実験用のモルモットに引っかかれた生物学者のようだった。

ミス・ウェンツは『血は死なり』を左側へ置いた。オフィスの壁の一面には、背の高い一対の本棚があった。左側には、貸本のロマンス小説、自費出版の詩集、ロサンゼルスで出版された宇宙の秘密、その他、こき下ろす価値もない本がごたまぜに並んでいる。『血は死なり』は『幻想のかけら』と『神秘主義者サン＝ジェルマン伯』の間におさまった。

ミス・ウェンツはタイプライターに戻った。そして、いつも通り熱心に返事を待つ多数の相手に〈グレート・マン〉は持ち込み原稿は読まない旨の手紙を打つのだった。ふと、彼女は顔を上げて、無意識に「はい」といっていた。けれど、そこには誰もいなかった。月曜日には書評担当者がひっきりなしに出たり入ったりする。確かに物音を聞き、姿を目にして、人がいるのを感じた……。

タイプを打ちながら、電話がかかってくるか、〈グレート・マン〉が手紙の口述にでも来てくれないかと思った。変わり者の作家がふらりと迷い込んでくるのでもいい。人の気配のするこの部屋に、ひとりいるよりましだ……。

ひそかに〈神父〉と呼んでいる人物が入ってくると、彼女は心から歓迎した――あまりに熱烈な歓迎ぶりに、『タイムズ』紙の宗教書担当の書評家はすっかりうろたえてしまった。この青年はまだ助祭で――神学校を出てから一年も経っていないが、すでに独身の聖職者に仕掛けられる罠に気づいていた。徐々に、女嫌いというよりは女性恐怖症になっていった彼は、以前にも増してパウロの手紙を読み込んでいた。『タイムズ』のオフィスは天国のように安全だと思っていたが、ここもやはり――。どぎまぎして赤くなった顔をそむけ、彼は右側に並んでいる本を真剣に眺めた。

彼は海軍付き司祭の書簡集、瞑想に関する博学な論文、『祈りは報い』という威勢のいいタイトルの、サイズは小さく活字の大きい本を取り出した。あきらめたようなため息をついて（というのも、これらの中にはどこかに教訓があるだろうから）テーブルの上に本を置き、もう一度ぼんやりと本棚を見た。そして薄笑いを浮かべて、『血は死なり』に手を伸ばした。

「何て冒瀆的なタイトルだ！」彼はそういって、ページをめくった。「これはぼくの分野じゃないかな?」

「どれです? ああ」ミス・ウェンツは『血は死なり』を見た。「それは反対側に置くはずだったんです。あの方はこういうものがお好きじゃありませんから」

「でも、こっちに置いてあった」彼はやんわりと抗議した。

「確かに、はねられた本のほうに置きましたわ」彼女は立ち上がり、正しい位置に戻した。

「ほら、今はここにあります」

〈神父〉は自分の指を見て、眉をひそめた。「何だ、このひどいインキは! これを見てごらん」

ミス・ウェンツは引き出しに手を伸ばした。「ティッシュをどうぞ」

けれど、拭っても汚れは消えなかった。それと格闘しながら、学生時代の言葉づかいに戻りたいと思っていると、マーク・マロウが入ってきた。

マーク・マロウを指すのに使われる言葉は、たいていは〝独創的〟で、ときに〝ずば抜けた才能〟ということもあった。人々はいつでも、彼の仕事にどれほど心酔しているか、どれほど楽しんだかを口にする。彼らは「マロウ? ああ、大した男だよ」という以上に簡潔な言葉を聞いたことがない。マロウは必要な装身具とともに、きちんと整えたヴァン・ダイクひげに洒落た帽子、派手なボウタイを身につけていた。サンフランシスコでは少々大げさだが、これにスパッツと杖を加えてもよさそうだ。足取りは弾むようで、唇にはいつも笑みを浮かべているので、常に歯が見えていた。

それは警告として意味があった。というのも、マーク・マロウは決して吠えることはなかったが、嚙みつくことが人生の主な要素だったからだ。彼が職業として選んだ批評界で、その判断に疑問を挟む者はほとんどいない。スターレット（ヴィンセント・スターレット。米国の作家、評論家）、クイーン、サンドー（ジェイムズ・サンドー。コロラド大学教授、評論家）は、定期的に彼と手紙を交わし、その見識に一目置いていた。だが、手ぬるすぎると彼を非難した人間はひとりもいない。正直な彼は、必要とあらばべた褒めすることもあったが、その言葉はいかにも押しつけられ、無理やり書かされたものに見えた。一方けなすほうは、簡にして要を得た辛辣さの粋であり、外科医のように正確なメスさばきで生き血を絞った。

彼はそれを楽しんでいた。

マロウは〈神父〉に会釈し、ミス・ウェンツに微笑みかけ、自分のために取って置かれた一週間分の推理小説の山をにらみつけた。それから、右側の一般書を眺め、興味に値する本を二冊ほど選んだ。それから動きを止め、驚いたように口笛を吹いた。一冊の本を取り出し、扉を見ていった。「罰当たりな本に違いない！　失礼ないい方を許してくれるかな、神父さん？」

さっきからその意見と同じだった〈神父〉はいった。「もちろん」

「ジェローム・ブラックランドか。それとも、ここでいわないほうがいいかな。この本はわたしがやるから、そう書いておいてくれないか、ミス・ウェンツ。気晴らしにはぴったりだ」

ミス・ウェンツは思わず顔を上げ、怒ったような鋭い声を出した。「どうしてそこに戻ってるの？」

「ここにあったが」マロウはいった。

「わかります……でも、山積みの聖書にかけて誓いますけど、わたしはそれを、一度ならず二度、左側へ置いたんですよ。そうでしょう？」

〈神父〉はうなずいた。「ぼくも見てました」

「それなのに……まあ、いいでしょう。あの方はこの本を評してほしくなさそうでしたけれど、特にご興味がおありなら……」

「なぜなんです？」〈神父〉が訊いた。

マロウは常軌を逸した本の扉を突き出した。「ヒエロニムス・メランヒトンという、信じがたい名前を見たか？」

「もちろんペンネームでしょう。この手の神秘的に見せかけた文学を書く人たちは、たいていペンネームを使いますからね」

「一世紀後には、聖ヨハネというペンネームを使うような輩《やから》か？」マロウは陰険に尋ねた。

「まあ、このペンネームの裏に誰が隠れているのか、わたしにはわかる。訳してみたらどうなる？」

〈神父〉は、神学校で習ったギリシア語の知識を総動員した。「ジェローム・ブラック……ランドでしょうか？」

「そうとも。ニューヨークの裕福な変人だ。黒魔術やら何やらに凝って、とうとう半ば小説、半ば自伝という怪書をものした。それはウィリアム・シーブルック（米国のオカルト研究家）やモンタギュー・サマーズ（英国の神学者、オカルト研究家）が、懐疑主義者に見えるような本だったよ。わたしには面白かった。これも面白そうだ――くそっ！」彼は言葉を切り、親指を見つめた。「血が出てる。この恐ろしい本に嚙みつかれたか？　いいや……血じゃない。本のせいだ。いったい、どういうインキを使っているんだ？」

〈神父〉は当惑しているように見えた――実際、当惑していた。奇妙な印刷物から彼の手についたしみは、黒い色をしていた。だがマーク・マロウのは、血のような赤だった。それは筋が通らないように思えた。きっと、単純な理由があるに違いない――マロウの身体にあって自分にはない何らかの化学物質が反応したのだろう……。それでも不安のあまり、頃合を見てそそくさとオフィスを出ていった。

マロウは〈グレート・マン〉にかけ合おうと奥の部屋へ行き、『血は死なり』を残していった。今回はそこに置かれたまま、本は彼の帰りを待っていた。ミス・ウェンツはまたタイプに戻ろうとしたが、やはり部屋に誰かがいるような気がした。マロウが本の詰まったブリーフケースを手に出ていくと、ようやく部屋は元通りになった。

マーク・マロウはベイブリッジを走る列車（一九五〇年代までベイブリッジの下段は列車が走っていた）でゆったりとくつろいでいた。通勤時間帯で、電車は満員だった。けれど、経験と工夫によって、彼は常に席を獲得していた。夕刊にざっと目を通した後、それをズボンの上に広げ、ブリーフケースを膝に乗せて、一週間分の本を引っかき回した。同席の太った会社員は、その巨体で座席の半分以上を占めているようだったが、民間部隊で鍛え上げられたマロウの筋肉は、その侵害を無意識のうちにかわしていた。

ベイブリッジを渡るときには、(車に比べて低い位置を走る、見晴らしのよくない)列車からでも、最初は景色の美しさに胸躍らせるものだ。だがいつも乗っている人々は、そのとき港に泊まっている船から何らかの推理をしようとでも思わない限り、窓の外に目もくれなかった。シムノンの新刊を旅の供に選んだマーク・マロウは、そのすばらしい景色に見向きもしなかった(というのも、マロウは推理小説を読むのが心底好きで、低俗でしかないという評価を嫌っていたからだ)。

彼は最初のページを三回繰り返して読み、その努力が無駄だと知った。何かがシムノンをブリーフケースに戻し、別の本を取り出させようとしている。あの奇妙な表紙の本だ。手がひとりでに動くと、同時に驚いたことに、会社員の圧迫がすっかり消え失せていた。事実、男は席を離れてしまったようだった。

マロウは微笑んで本を広げた。扉のもったいぶったばかばかしさは楽しかったし、本文もそれに恥じないものだった(会社員は女性に席を譲るようなタイプには見えなかった)。とらえがたいものを表現しようとする者に、表現の才がないのは仕方がない(女性もまた、席を譲られて遠慮するタイプには見えなかった)。コラムでちょっと取り上げてもいいだろう。このひどいインキさえなければ、面白い本なのだが……(混雑した車内で、席は最後まで空いていた。マロウはそのことに気づかなかった。あたかも、そこに誰かが乗っていたかのように)。

〈神父〉はまだ少し混乱していた。あんなささいな体質異常を、あれこれ心配するなんてばかげている。事実、次の日曜日の説教では、現代の物質主義者が何もかも化学反応だと切って捨てるのを非難するつもりではなかったか？

だが、平和と慰めの源は常にあった。〈神父〉は聖書を下ろし、詩篇を開こうとした――九十一節あたりがいいだろう。が、彼は驚いて本を取り落とした。

あまりにもあっという間の出来事だったので、とうてい信じられなかった。

親指のしみは黒かったはずだ。それが聖書に触れたとたん、血のような赤に変わった。マーク・マロウの手についたしみとまったく同じだ。それから、シューッというような音がして、一瞬、激しい熱さを感じた。

今では、親指のしみは消えていた。

ホールステッド博士のオフィスには誰もいなかった。〈神父〉は受話器を取り、急いで『タイムズ』の電話番号を回した。「書評課を」と告げ、しばらくしてから切迫した口調でいった。「ミス・ウェンツ？　マロウの家の住所を教えてくれませんか？」

マーク・マロウはよく食べた。自分で料理をする気になったときには、いつもそうだ。夕食は簡単なものだった。舌平目と炊いた米（サフランを少々）、それにトストサラダ。だが、多くのレストランがしのぎを削るサンフランシスコでも食べられないほど美味だった。

まあまあのシャブリ（本来はフランスのシャブリで産出される辛口の白ワイン）を夕食とともにボトル半分空け、食後にはブランデー（どちらもカリフォルニアのブドウ園の産だが、決して悪くなかった）を飲んだため、マロウはほろ酔い加減《メロウ》になっていた。そんな不快ないい回しにも、天邪鬼《あまのじゃく》な喜びを感じる。洞察に富んだシムノンの文章は、この高揚した気分をさらに高めてくれるだろう。

　彼は暖炉の前に腰を落ち着けた。バークリーの丘は静かだった。いいや、静かというのはあまりにも大人しすぎる表現だ。しんとした――いいや、もっと強く――静まり返っていた。森閑《しんかん》とし、しじまの中にあった。

　今、この世には暖炉と、ゴロゴロいう胃と、手の中の本があるだけ……その本は『血は死なり』で、暖炉の炎は赤いしみのついた手を照らし出していた。

マーク・マロウは自分をののしったが、食後のけだるさで椅子を動くことができなかった。彼は本を開き、少し読んだ。まぶたが半分下りてきた。わけのわからないたわごとほど眠気を誘うものはない。だが、その目がぱっと見開き、思いがけない客を迎えようとした。

　部屋には誰もいなかった。

　彼はまた悪態をついたが、本気で怒っているわけではなかった。腹がこなれ、眠気が誘われるのを確かめて、そろそろ何か読むものがほしいと思った。立ち上がって、『血は死なり』を書評中の書棚に持っていき、そこに収めると、シムノンを出して椅子の肘掛けに置いた。それから洗面所へ行ったが、出てくるときには、わけもなく背後に目をやっていた。

〈神父〉は健脚の持ち主だった。バスの終点から先、丘を登るのに、それが役に立った。

いったい、どう話せというんだ？　〈神父〉は自分に問いかけた。どうしようというんだ？　それに答えることはできなかった。ただ、自分が行動を起こさなければならない出来事に直面していることはわかっていた。

ローマ教会では、悪魔祓《ばら》いは司祭にとって最下層の仕事だと信じられていた。ローマの司祭はその手続きを教えられているのか、それとも名前だけが伝わっているのだろうか。恥ずかしそうに手をポケットに入れ、中に収まっている瓶に触れた——ローマ教会へ立ち寄り、聖水を満たしてきた小さな瓶だ。

目の前の明かりは、マーク・マロウの家に違いない。正面の窓からは、読書用の照明と暖炉の光が見えた。明かりのついた窓は平和そうで、いい兆候に思えた。

そのとき、赤い色が目に入った——部屋と窓、そして〈神父〉の両目が、赤一色に染まった。

洗面所から戻ってきたマーク・マロウは、部屋に入るのを一瞬ためらった。ここから逃げ出し、ドアに鍵をかけてベッドにもぐりこみたいという、ばかげた衝動に襲われていた。彼はひとり微笑み（それはめったにない現象だった）、勇敢にも椅子へ向かった。椅子に深く腰かけ、シムノンを手に取る……すると、その活字がふたたび彼の指を赤く染めた。彼は激怒して立ち上がり、いまいましい本を炎に投げ込もうとした。

それを放る前、部屋は一瞬、期待に引き締まった。影は、どのような光にかき消されるかを知って震えた。暖炉の炎は、新しい燃料を求めて縮んだ。一瞬、時間が止まった。

その一瞬は過ぎ去り、時間がふたたび部屋に戻ってきた。本は炎を見つけ、炎は血を見つけた。そして血は、死である生と生である死を見つけた。なりをひそめていた影は目もくらむような光景となり、炎と血と本と一体になった。そして、影と炎と血と本であったものが、飛びかかってきた。


〈神父〉が入ってきたとき、部屋は暗かった。一瞬、目もくらむほどの光を感じたが、健全な宇宙のバランスはふたたび暗さを求めた。

スイッチを触ってもいないのに明かりがついたが、それでもバランスは取り戻された。この光景をしっかりと見るために、まばたきはしなかった。そこにはマーク・マロウの死体があり、マーク・マロウと誰かの血が流れていた。

〈神父〉は何をしなければならないかに気づいた。聖水の瓶を開け、血の上に注ぐ。血が襲いかかってきたが、ひるまなかった。そこに立って見ていると、聖水と血はひとつに混じり合って、水になった。彼は瓶に蓋をした。中味はただの水になっていて、マーク・マロウの死体の周りには、人間ひとり分の血しかなくなっていた。

彼は家を出た。少しずつわかりかけてきた。人間の理性は、二人分の血を流す死体を受け入れることはできない。そして、彼の存在によってバランスを取り戻せることもわかっていた。今では、マロウの死は単に恐ろしい、不可解な殺人事件にすぎなかった。だが一方で、彼には耐えがたい知識が人類にもたらされたのかもしれなかった。なぜそれが……起こる前に来られなかったのか、彼にはわからなかった。マーク・マロウは、ちょっとした、罪のない意地悪さのせいで、より大きな邪悪さに対して脆弱《ぜいじゃく》になっていたのかもしれない。

彼にはわからなかった。自分に背負わされた知識に耐えられるかどうかわからない。できるのはただ、マーク・マロウの魂に祈りを捧げることだけだ——そして、ブラックランドという男の魂に。

常に影に顔を隠した男は、ジェローム・ブラックランドの葬儀に参列するだけの礼儀は持っていた。依頼者のために、いつもそうするのだった。それはプロとしての倫理だった。

プロの倫理をもっと極めるなら、血という生命力を印刷用のインクに使ったときの危険性をブラックランドに警告するべきだったかもしれない。だが、なぜそんな必要がある？　半分は魔法が成功しないのだし、いたずらに依頼者を遠ざけても仕方がない。

そして彼もまた、ブラックランドとマロウのために、自分なりの祈りを捧げた。

人間消失

The Anomaly of the Empty Man

「こいつは、おまえのために取っておいた」エイブラハムズ警視が、皮肉たっぷりにいった。

「またしても変わった事件さ」

おれは遅刻し、息を切らせていた。どういうわけか、マーケット・ストリートでダウンタウン商業組合の年一回のパレードに巻き込まれてしまい、一瞬、巨大な風船人形に囲まれて一日を過ごさなければならないのかと覚悟した。だが、エイブラハムズ警視のいう〝ラム向きの〟事件があるとなっては、ゴム製のガリバーたちにかまってはいられない。

そして、サンフランシスコというのは、そういう事件が起こる町だ。ほかのどこにも、一八九六年に殺人を犯した執事フランク・ミラーのような動機で犯罪を起こすやつはいないだろうし、一九五二年に道化師ミスター・ウィルがやったような銀行強盗を思いつくやつはいないだろう。ジョー・ジャクソンの『サンフランシスコ・マーダーズ』を読めば、この町独特の味があることがわかる。そんな事件が起こると、エイブラハムズはおれを引っぱり込むのだった。

エイブラハムズはそれ以上説明せず、アパートメントのドアを開けた。おれは先に立って中に入った。床に転がっているものさえなければ、なかなかいい部屋だった。

二つの壁は、ほとんど窓だった。そのひとつからは、金門海峡《ゴールデン・ゲート》のすばらしい眺めが見わたせる。もうひとつの窓からは、晴れていればファラロン諸島が見える。そして、今日は晴れだった。

残りの二つの壁面は、レコードとレコードプレーヤーに埋めつくされていた。初期のオペラのレコードに関するスタンボーのコレクションのことは話に聞いていた。別の用件で来ていたら、失われた美声聴きたさによだれを垂らしていただろう。

「もしここから、筋の通った説明が引き出せるものなら」警視はブツブツいった。「大歓迎だ——いつもの報酬でな」つまり、〈ルポのピザハウス〉での夕食ということだ。トマトとフレッシュバジルを使ったピザ・ケーラスに、ルポのスペシャル・カラマリ（イカ）、そのすばらしいソースをすくうためのサワーブレッド。「全部、発見したときのままにしてある」

おれは飲みかけのハイボールを見た。氷がとけ、ソーダの気は抜けて、ほとんど色がなくなっている。円筒形の灰をつけたまま燃え尽きている煙草。真空掃除機——この優雅な居間にしては、驚くほど実用的な品だった。レコードプレーヤーはスイッチが入ったままで、今も規則正しい七十八回転を繰り返していた。だが、ターンテーブルにレコードはなかった。

それからもう一度、床の上のものに目をやった。

それは死体よりも厄介なものだった。X印をつけた地点にあるはずのものの、趣味の悪い、一滴の血も流れていないパロディだ。衣服がバラバラに散らばっているなら、まだ自然に思える——独身者のアパートメントなら、クロゼットにきちんとかかっているほうが不自然だ。だが、こいつは……。

ガウンの襟《えり》の上に、眼鏡が置いてあった。シャツの両袖《りょうそで》は、きちんとガウンの袖に収まっている。シャツのボタンは襟までかかっていて、薄絹のネクタイは襟のボタンのところできっちりと結び目ができていた。シャツの裾《すそ》は、ジッパーを上げてベルトも締めたズボンの中にたくし込まれていた。ズボンの折り返しの下には、生きた人間が履いているのと同じ角度で靴が置かれ、そこから靴下のへりが覗いていた。

「シャツの下には下着も着ている」エイブラハムズ警視は憂鬱そうにいった。「ズボンの下にはパンツも穿《は》いているんだ。完璧な衣装一式。身なりのよい紳士の服装だ。ただ、中身がない」

まるで、ジェームズ・スタンボーが、肉体だけを溶かして無生物は残す溶剤をかけられたかのようだった。あるいは、生きた人間だけが超次元に吸い込まれ、服だけが抜け殻となって残ったか。

おれはいった。「現場の灰皿を使っても構わないか?」

エイブラハムズはうなずいた。「おまえのために手をつけなかったんだ。写真はもう撮ってある」煙草に火をつけていると、彼はレコードプレーヤーに近寄り、スイッチを切った。「このぐるぐる回るおもちゃは気に障る」

「おれには何もかもが気に障るね。まるでマリー・セレスト号事件（一八七二年ボストンから船出したマリー・セレスト号が、四週間後に太平洋上で無人で発見された事件）のストリップ版だ。といっても、一枚一枚脱いでいくわけじゃない。突然フッと男が消えてしまう。それまで彼は、アパートメントできちんと服を着て、煙草を吸い、酒を飲みながらレコードを聴いていた。次の瞬間、素っ裸になって――それで、本人はどこで何をしているんだ?」

エイブラハムズはこれ以上高くする必要のない鼻を引っぱった。「日本人のボーイに、服を調べさせた。ジェームズ・スタンボーの服は、ひとつ残らずこのアパートメントにあるそうだ」

「発見したのは？」

「ボーイのカグチだ。ゆうべは休みだったそうだ。今朝、いつものようにコーヒーとプレーリー・オイスター（生卵に塩、胡椒、ウスターソースなどで味つけしたもの）の用意をしようとここへ来た。そして、これを見つけたんだ」

「血痕は？」あえて訊いてみた。

エイブラハムズは首を振った。

「来客は？」

「この建物には十個の部屋がある。その三つで、ゆうべパーティがあった。エレベーター係がどの程度の役に立つか、わかるだろう」

「酒は？」

「サンプルを採って、鑑識に回した。最高級のスコッチだということしかわからなかったよ」

おれは真空掃除機を見て、顔をしかめた。「こいつが何でここにあるんだ？　クロゼットの中にでもしまってあるはずじゃないか」

「カグチも不思議がっていたよ。見つけたときには、まだ温かかったとまでいっていた。さっきまで使っていたみたいにな。袋の中を見てみたが、スタンボーが吸い込まれていなかったことは請け合おう」

「動機は？」

「スタンボーは遊び人だからな。たぶんおまえも、ハーブ・カーエン（『サンフランシスコ・クロニクル』紙のコラムニスト）のゴシップ記事を読んだことがあるだろう？　それに、カグチからも話を聞いた。相手の兄弟、父親、夫……動機はありすぎるほどだ」

「それにしても、なぜこんなことを？」おれは考え込んだ。「そいつを消すのはいい。だが、どうしてこんな抜け殻を残していったんだ……？」

「なぜというだけじゃないぞ、ラム。どうやってということもある」

「どうやって？　そんなのは簡単だろう――」

「やってみろ。袖の中に袖を入れ、ズボンの中にパンツを入れて、しっくりとなじませ、しかも人が身につけているかのように見せるんだぞ。別の服を使ってわたしもやってみた。だが、うまくいかなかった」

おれには考えがあった。「着させようとするからいけないんだ」気取っていった。「脱がせればいいのさ。見てろよ」おれは上着とシャツのボタンを外し、ネクタイをゆるめ、そのまま一気に脱いだ。「ほら、袖の中に袖が入ってる」ジッパーを下ろし、パンツごとズボンを脱いだ。「ほら、ズボンの中にパンツだ」

エイブラハムズ警視は、口笛で『ストリップ・ポルカ』のリフレインを吹いた。「職業を間違ったな、ラム」彼はいった。「あとは、シャツの裾をズボンとパンツの間に入れて、すべてをきちんと収めることだ。それに、この中を見てみろ」彼は靴の片方を取り上げ、懐中電灯で中を照らした。「金属の鳩目《はとめ》に引っかかって、靴下にかぎ裂きができている。それで靴下がへたらずに、爪先がそこにある印象を与えるんだ。紐を解かずに靴から足を抜いて、その結果を見るといい」

もう一度服を着ながら、自分がとんでもない間抜けになったような気がした。

「ほかに思いつくことは？」エイブラハムズがにやにや笑った。

「思いつくのは、これからどこへ行くべきかということだけさ」

「いつの日か」警視がこぼした。「おまえが妙案を仕入れにどこへ行くのか突き止めてやるからな」

おれはつぶやいた。「老婆が象使いにいったのと同じさ。話したって信じちゃもらえないよ」

モントゴメリー・ブロック（地元の人間にはモンキー・ブロックと呼ばれている）は、グラント・アヴェニューの中華街と、コロンバス・アヴェニューのイタリア＝メキシコ＝フランス＝バスク人街の周辺にある、オフィスやスタジオがひしめき合う古くて騒々しい場所だった。目指すスタジオは、長い通りを歩き、イタリアの新聞『コリエレ・デル・ポポロ』のはす向かいに公証人ティン・ヒュー・ユー博士のオフィスがあるという、実にアメリカ的な曲がり角を越えたところにあった。

ヴァーナー医師のスタジオは、今日は比較的静かだった。スラフコ・カテニッヒは相変わらず大理石の塊をハンマーで叩いている。十分に叩いているうちに、石本来の姿が現れるという説に従っているようだ。イルマ・ボリジアンは発声練習の真っ最中で、ときおりピアノの鍵盤を叩いて音程をチェックしていた。おれの耳には怪しく聞こえたが、彼女は大いに納得しているようだった。この二人のほかに、初めて見る青年が二人、熱心にフェンシングをやっている。それが、ヴァーナーズ・ヴァラエティーズの目下のメンバー全員だった。

　イルマは赤い顔をしてアーアーアーと声をあげ、フェンシングの青年たちは剣をカチカチいわせ、スラフコは岩を壊している。その騒音の真ん中で、老人は高さ五フィートの書見台の前に立ち、毅然《きぜん》として鵞《が》ペンを走らせ、大げさなピリオドを打ちながら『非科学の構造』を執筆していた。決して完結することのない、この珍奇な論文は、ロバート・バートン（英国の神学者、著述家）とチャールズ・フォート（米国の超常現象研究家）を足して二で割ったようなものだった。

　彼はあいまいな目つきでこっちを見た。〝あと一行〟と焦るでもなく、〝悪いが、このページは終わらせなくてはならないんだ〟と制するでもなく、その中間の〝あと一パラグラフ、不滅の文章を残させてくれ〟といいたげな目だ。おれは椅子をつかみ、イルマが歌うのを眺め、スラフコが彫刻をする音に耳を傾けた。

　ヴァーナー医師を描写するのは不可能だった。年は七十歳から百歳の間といえる。また、白子《アルビノ》のライオンのようなたてがみと、葉巻を吸ったことのないケンタッキー大佐のようなヤギひげを持っている（「髪が白髪になったら、煙草とひげは互いに相反する悪習なのだ」というのを聞いたことがある）。また非常に背が高く、白く年老いた手はイギリス人らしからぬ動きを見せ、ありえないほど青い瞳には人をどぎまぎさせるような光があった。だが、そういってもまだ、タージ・マハルとは丸天井を持つ四角い白大理石の建物であるというのと同じ程度の説明にすぎない。

ようやく、おれの前にやってきた医師は、目を輝かせ、手を動かしていた。だが、スタンボーのアパートメントと空っぽの男の話が終わる頃には、すっかり違っていた。顔をしかめ、目はどんよりし、両手は脇にだらんと垂らしたまま立ち尽くしていた。やがて、そのままの姿勢で、しかめ面をやめて口を開き、怒鳴り声をとどろかせた。

「この田舎者め！」（イルマが傷ついたように口をつぐんだ）「この石頭！」（フェンシングをしていた男たちが動きを止め、成り行きを見守った）「想像力を使え！」ヴァーナー医師は次から次へとシェイクスピアを引用し、こっちがその継ぎ目を探しているうちに、鳩のように喉を鳴らして締めくくった。

ヴァーナーズ・ヴァラエティーズは、次の出し物を待っていた。重々しい沈黙の中、ヴァーナー医師はレコードプレーヤーへと大股に歩み寄った。スタンボーのものは意匠《いしょう》を凝らした特別製だったが、こちらは似ても似つかなかった。

今のレコードは七十八回転、四十五回転、三十三回転半とあってまぎらわしいと思うなら、二十世紀前半のレコードを見るといい。もちろん、シリンダー型もある（ヴァーナーはそれ専用の機械を別に持っていた）。当時のレコード盤は、今のような規格サイズがあるわけではなく、直径七インチから十四インチとさまざまで、その間に微妙な差異があった。中央の穴さえ、大きさがまちまちなのだ。多くの盤は現在と同じように水平に溝が切られているが、ごくわずかながら、溝に高低があって、針が横ではなく上下に移動して音を出すものがある――実際、再現される音はこちらのほうがいいのだが、どういうわけか圧倒的な人気は出なかったようだ。溝の彫りも違っていて、同じ高低のあるレコードを採用していても、ある会社のものがかけられるプレーヤーで、別の会社のものを再生することはできない。さらにややこしいのは、外側から針が進むものに対して、内側から始まるものがあるということだ。自由企業体制の暴走といえるだろう。

ヴァーナー医師はそんなことを説明しながら、自分のプレーヤーがこれまでに作られたどんなレコードでもかけられることを証明した。そして、クロスビーの海賊版の熱唱から、オリジナルのフロラドラ六重唱団《セクステット》までを聞かされた――本当はダブル・セクステット、あるいは彼が好んで使う十二重唱団《デュオデシメット》だと、注意深く指摘するのを、医師は忘れなかった。

「おまえさんも」医師は長々と話しはじめた。「今世紀最大のドラマティックなソプラノ歌手について、聞いたことがあるだろう。ローザ・ポンセル（米国のソプラノ歌手）やエリーザベト・レートベルク（ドイツ生まれの米国のソプラノ歌手）はまずまずだ。リリアン・ノルディカ（米国のソプラノ歌手）とリーナ・ゲイヤー（マーシャ・ダヴェンポートの小説の主人公。ソプラノ歌手）については、語るべきものがある。だが、これを聞け！」そういって彼は、最初の溝に針を落とした。

「ヴァーナー先生――」おれは注釈をつけてくれと頼もうとした。もっと知りたいことがある。

「いやはや……！」古いレコードが始まるノイズが聞こえてくると、彼は抗議するようにつぶやいた。何よりも青い瞳が、この理論についていけないのは愚か者だけだと語っていた。

おれは椅子に深く腰かけ、耳を傾けた。イルマも聴いていたが、ほかの連中はすぐに剣や鑿《のみ》が恋しくなったようだ。おれは初め、何気なく聴いていたが、いつしか身を乗り出していた。

ヴァーナー医師が口にした高名な歌手の歌声は、じかに、あるいは録音で聴いていた――テバルディ（イタリアのソプラノ歌手）、ルッス（イタリアのソプラノ歌手）、スーエズ（米国のソプラノ歌手）、リッテル＝チャンピ（フランスのソプラノ歌手）、また両レーマン（ドイツのソプラノ歌手リリー・レーマンとロッテ・レーマン）はいうまでもない。そして、不本意ながら、医師のいったことは正しいと思った。これぞ、ドラマティックなソプラノだ。曲は初めて聴くものだった――ラテン語の『主の祈り』に曲をつけたもので、十八世紀のものに違いない。ペルゴレージ（イタリアの作曲家）あたりだろう。今日的ではないが、神聖な詞に近づこうとする敬意に満ちた旋律の美しさには、彼らしさがあった。長く引き伸ばした荘厳な抑揚は、その声を引き立てるすばらしいものだった。そして、その声は伸ばしてもぶれることはなく、息継ぎのコントロールは驚くべきもので、その曲に見合っていた。モーツァルトやヘンデルと同じくらい難しい長いフレーズが続く間、おれはイルマに注目した。彼女は歌手と一緒になって息を止めていたが、歌手のほうが勝った。イルマはソプラノ歌手が息継ぎもせずにそのフレーズを歌い終える前に、賞賛のため息をついた。


　続いて、祈りというよりはオペラに近い曲は、調子を速めた。長いレガートのフレーズが、明るく軽やかなコロラトゥーラに変わる。音符がはじけ、輝き、明るさがあたりを満たした。それは一分のすきもない、人の及びもつかないものだった――歌手には計り知れない絶望を与え、一般の聞き手には衝撃を与えるだろう。

レコードが終わると、ヴァーナー医師はまるで自分の手柄のように、微笑んで部屋を見回した。イルマは部屋を横切ってピアノに近づき、歌手が歌い終えたばかりの信じがたい高音域を確認しようと鍵盤を叩いて、楽譜を手に無言で部屋を出ていった。

スラフコは鬘をつかみ、フェンシングの男たちは剣を取り、おれは部屋の主に近づいていった。「しかし、ヴァーナー先生」と、顎をしゃくった。「スタンボーの事件は……」

「いやはや」彼は初歩の初歩を説明しようとするように、ため息をついた。「たった今、その答えを聞いたのに気づかんのかね?」

「無論、ドランブイ（モルトウィスキーにハーブエキスと蜂蜜を入れたリキュール）は飲むだろう?」ほとんど音の聞こえない奥の部屋に入ると、医師は礼儀正しく訊いた。

「もちろん」そういうと、相手が口を開くのと同時に引用した。「ドランブイなくしては、失われた迷宮の簡単な答えもわからない」

医師は酒を注いだ。「それをいおうとしていたのだよ。どうしてわかった……?　あるいは、前にもほのめかしたことがあったかね?」

「そうです」

「すまなかった」彼は人を安心させるようなまばたきをした。「わしも年を取ったものだよ」

おれたちは儀式のように、ドランブイの最初の一口を飲んだ。

「思い起こせば」ヴァーナー医師は語りはじめた。「あれは一九〇一年の秋のことだった……」

……その恐怖が始まったのは。わしはケンジントンの開業医として地位を確立し、前の所有者の援助なくしても繁盛しており、金に困ることはなかった。ようやく自分のことに目を向け、さまざまな楽しみを追い求められるようになった。国際的でもあり、同時に島国的でもあったロンドンが、独身男に与えてくれるありとあらゆる楽しみをな。同じ頃のサンフランシスコも、それに匹敵するような質を持っていただろう。実際、その数年後にわし自身がここで経験したケーブルカーの陰謀をめぐる奇妙な事件は、なかなかやりがいのあるものだった。だが、おまえさんの世代では、五十年も昔になくなってしまったこうした楽しみを知ることはないだろう。ミュージック・ホールのユーモア、〈デーリー〉の踊り子と楽しむ温かい料理と冷たいワイン、そしてもっと金のかからない楽しみは、テムズ川での船遊び（ついでにいうと、お楽しみの相手も素朴で金がかからないというわけだ）——診療の余暇の大部分を、これらの遊びに費やしたものだ。

だが何より凝ったのは音楽だ。そして、一九〇一年のロンドンで音楽に凝るということは——いや、この話をするときには、特定できるような本名を出さぬよう常に気をつけているのだ。ここでもやはり、いとこが悲しみと愛情を込めて呼んでいたあだ名を使うとしよう。彼女はカリーナといった。

カリーナは、いうまでもなく歌手だ。今、ペルゴレージを歌っているのを聞いたろう。気品と威厳が、堕落した今日においてはある種の軽やかなソプラノでしか聞かれない技術の高さと結びついているのがわかるはずだ。だが、わしは彼女のことを、ひとりの女として語らねばならない。彼女を女と呼べればの話だが。

ロンドンでそのうわさを最初に聞いたとき、わしはほとんど気にも留めなかった。家庭を持たない男にとって（あるいは、妻子持ちにとってさえも）、女優というのはやはり、派手で長続きしない相手を婉曲に指す言葉だった。とはいえ、三つの大陸におよび、七十年にわたるわしの経験からすれば、結論は逆といえるだろう。

群れをはみ出す人物は、自然と中傷の的になるものだ。あの不名誉な、盗まれた獣の子《パーロインド・リター》の事件を、決して忘れることはできん。獣医のストゥークスはわしを責めたのだ――だが、この話はまた別の機会にしよう。カリーナに話を戻すと、あるうわさを聞いたのだ。さっきもいったように、わしはそれを単なるうわさ話として聞いていた。だが、その後、どれほど寛容な人間でも無視することのできない証拠が出てきたのだ。

最初は、ロニー・ファービッシュ＝ダーンリー青年が自らの頭を撃ち抜いたことだった。確かに賭け事での借金があり、家族はそのことを強調したが、彼とカリーナの仲は周知の事実だった。次に、マッキーバーバーズ少佐が、自らのクラバット（現在のネクタイの起源）で首をくった（むろん、柄はマッキーバーバーズ・タータンだった）。マッキーバーバーズに賭け事の借金がなかったことはいうまでもあるまい。たとえそれがもみ消されたとしても、あえて名は出さないが先祖伝来の城で焼け死んださる高名な貴族のエピソードに敷衍《ふえん》することはできない。発見されたときには黒焦げになっていたが、貴族の妻と七人の子供の死体には、慌ただしく喉を切り裂いた跡が明らかだったからだ。

それはさながら……何といえばよいだろう？……当時は死の願望という言葉になじみがなかったが、さながらカリーナがその〝保因者〟であるかのようだった。彼女とねんごろになった男たちからは、それ以上生きていたいという気持ちが失せるのだ。

マスコミは、名誉毀損に当たらない程度に、そのことに関心を持ちはじめた。新聞のトップ記事は、イギリスの美徳を狡猾《こうかつ》な外国人から守るべく、政府が介入すべきだとほのめかした。ハイドパークでも、もっぱらの話題はカリーナを国外追放せよということだった。

記憶に残るオックスフォードの大量自殺ですら、これに比べればさほどの大騒ぎではなかった。カリーナがそこにいるだけで、あたかも切り裂きジャックが見つかり、イギリス人に引き渡されたかのような危険を意味していた。われわれイギリス人は、正義を固く信じている。だが、その正義が通用しないとなると、イギリス人を奮起させるのは恐怖の対象なのだ。

アイルランド的な横道にそれることを許してもらえれば、カリーナの命を救った唯一のものは……彼女の死だった。

それは自然死だった——おそらく、彼女の人生で唯一、自然なことだったろう。彼女はコヴェント・ガーデンでモーツァルトの『コシ・ファン・トゥッテ』の公演中に倒れたのだ。ちょうど、人間が耳にした最高の『岩のように動かず』のアリアを歌い終えたところでな。

その死に関して調査が行われた。わしのいとこでさえ、無理からぬことだが個人的な関心を持ってその事件を調べた（彼は唯一、カリーナの親密な信奉者でありながら、その影響を免れた男だった。それは驚くべき意志の強さによるものなのか、あるいは同じくらい驚くべき欠陥によるものなのか、わしはいつも疑問に思っている）。だが、その死が自然なものであるのは、疑う余地がなかった。

カリーナの伝説が大きくなりはじめたのは、その死後からだった。偉大なるカリーナを一度だけ観たという若者たちは、これまで口に出さなかった、二度と彼女を観るまいと決めた理由を語りはじめた。また、頭の中身がはっきりしているとはいいがたいが、まだ何かに怯えているのは間違いない年老いた衣裳係が、口にするのも恐ろしい経験をしたと打ち明けた。奥さまの気晴らしのひとつに黒魔術があったことをほのめかし、（さっき聴いた通りの）あの早口でありながら明瞭な歌声は彼女のコントロール能力によるもので、寿命さえもコントロールできるのだと語ったのだ。

そしてそれから……恐怖が始まった。その恐怖というのは、カリーナによってもたらされた一連の自殺のことだと思っているだろう？　違うのだ。たしかにそれもあるが、それはまだ、ぎりぎり人間の理解が及ぶ範疇だ。

その恐怖は、範疇を超えていた。

想像する必要はない。すでにその目で見ているのだから。服の中から持ち主が消えたのを見ただろう。装身具一式が、もはやそれを支える骨や血や神経を失って、だらしなく重なっているのを。

その年、ロンドン全土がそれを目にした。そしてわが目を疑ったのだ。最初は、高名な音楽学者で王立音楽大学特別研究員《FRCM》のサー・フレデリック・ペインターだった。続いて二人の若い貴族、それから奇妙なことに、イーストエンドの貧しいユダヤ人の行商人と続いた。

その恐ろしい詳細をいちいち語るのはやめておこう。ただ、次の犠牲者はクロイスターラム主教だった。わしは新聞でそれを読んだ。まさにその不可能さから、切り抜きを取っておいた(このときすでに、『非科学の構造』として知られる概念が形作られていたからだ)。だが、その恐怖が身近なものになったのは、患者のひとりで、クラッツァムという名の引退した海軍将校の身に降りかかってからのことだ。彼の家族は、すぐさまわしを呼びにくると同時に、わしのいとこを呼ぶための使いを出した。

知っての通り、わしのいとこは私立探偵としてある程度の名声を確立していた。この恐ろしい事件についても、これまで一度ならず相談を受けていたが、新聞で読むのは彼がいつもの口癖に解決の道があると繰り返し語っているということだけだった。『不可能を取り除いていけば、それがどんなにありそうにないことでも、残ったのが真実なのだ』と。

わしはその頃、すでにその反対の格言を打ち立てていた。『不可能を取り除いていって、最後に何も残らなかったとしたら、〝不可能〟のうちのどれかが可能ということだ』とね。こうして、互いの格言とわれわれ自身が、擦り切れた旧式の海軍の制服を挟んで対峙したというわけだ。肩につけた金のモールから、空っぽのひざ丈の半ズボンの左足から覗く木の義足まで、完全に揃っておった。

「思うに、ホーラス」黒ずんだパイプをふかしながら、いとこはいった。「きみはこの事件を、自分のものと思っているんだろう?」

「どう考えてもきみの事件じゃない。この消失には、何かがある」

「——プロの探偵の凡庸な想像力を超えた何かが、ということか? ホーラス、たしかにきみには非凡な才能があるよ」

わしは笑った。大おじのエティエンヌが常々マセナ将軍を引き合いに出していたように、いとこは情報の正確さで知られていた。

「ぼくのボスウェルがいないから白状するが、きみがときどき、自分を満足させることを思いつき、その中にぼくが解決できなかった事件が二、三あったことは確かだ。クラッツァム大佐、サー・フレデリック・ペインター、モイシュ・リプコウィッツ、クロイスターラム主教をつなぐ要素に、心当たりがあるかい?」

「いいや」いとこが期待するような答えを口にするときには、常に用心が必要だった。

「ぼくにはわかっている! それでも、解決にはほど遠い……」彼はパイプを噛み締め、部屋の中を飛び回った。あたかも純然たる身体的行為が、悲惨な神経状態を改善してくれるかのように。しまいにはわしの前に立ち止まり、この目を鋭く見つめていった。「いいだろう。聞かせてやろう。理性的な頭にはばかげたパターンにしか見えないものでも、きみが新たに不条理の構造を築く基礎となるかもしれないからね。

ぼくは彼らの生活を、余すところなくたどった。朝食に何を食べるのか、日曜は何をして過ごすのか、あるいは嗅ぎタバコが好きなのは誰か。彼らにはひとつだけ共通点があった。全員が、最近になってペルゴレージの『主の祈り』のレコードを買っているのだ。歌うは……カリーナだ。そして、そのレコードは、服を残して消えた男と同じように、跡形もなく消え失せていた」

わしは彼に親しげな笑みを向けた。家族愛によって、紳士らしからぬ勝利感をやわらげようとしたのだ。微笑んだまま、制服とズボンとともに彼を残し、一番近い蓄音機店へ行った。そのときには、答えはもうわかっていた。クラッツァム大佐の蓄音機はサファイヤ針のタイプで、縦振動盤として知られるレコード用のものだった。コロンビアやグラモフォン・アンド・タイプライター社の横移動のレコードに対抗して、パテ社をはじめとする会社が作った縦移動のレコードだ。そして、多くの縦振動盤は、当時（確か今のラジオ録音がそうであるように）内側からスタートするように作られているのを思い出した。つまり、針はラベルの近くから盤の縁に向かって、外に進むのだ。不注意な人間なら、内側から始まるレコードを、普通のやり方でかけてしまうだろう。その結果、意味をなさない音が聞こえてくるのにすぐに気づく。だが、ある特殊な場合には……。

わしは難なくカリーナのレコードを手に入れた。それを持って、急いでケンジントンの家に帰った。調剤室の上の部屋には、横移動でも縦移動でもかけられる切り替え式の蓄音機があった。わしはレコードをターンテーブルに載せた。確かに〈内側から開始〉というラベルが貼ってある。だが、こんな注意書きなど容易に見逃してしまうだろう！　わしはあえて見過ごした。ターンテーブルを回転させ、針を下ろした……。

コロラトゥーラのカデンツァは、逆から聴くと妙なものだった。当然、レコードはミス・ボリジアンをがっかりさせたあの驚くべきラストから始まり、めくるめくようなフィオリトゥーラへと進んでいった。衣裳係が強調したコントロール能力が発揮されている部分だ。だが逆からだと、それはまだ見ぬ惑星の音楽のようだった。それ自体一貫していて、われわれの知らない理論に基づいて、無視しない限り抗うことのできぬ美しさを形作っていた。

そして、あの装飾楽句の言葉。ソプラノ歌手の中でも珍しく、カリーナは悪魔のように明快な発音をしていた。そして、その言葉は最初、ただネマ……ネマ……ネマ……といっているだけのように聞こえた。

〝アーメン〟を逆から歌ったその美しい言葉が繰り返されるうちに、わしは文字通り、われを忘れていた。

気がつくとわしは裸で、ロンドンの夜気に震えていた。かたわらには、ホーラス・ヴァーナー医師の体形そのままに、きちんと整えられた服があった。

だが、そう自覚したのも一瞬のことだった。それから、声ははっきりした言葉になった。

〝オーラム・ア・サン・アレビル・デス・メン……〟

それは彼女の歌う『主の祈り』だった。魔術では、（特にラテン語の場合は）逆から発声する祈りの言葉ほど効力のあるものはないというのは周知の事実だ。魔術的な行為の最後に、カリーナはこのレコードを残したのだ。それを手にした者が、不注意により逆回しにかければ、まじないが効力を発揮すると知っていたのだ。このときもやはり、その効果が表れていた。

わしは宇宙にいた……果てしなく暗い、温かく湿った宇宙に。音楽はどこかへ行ってしまった。わしは宇宙にひとりぼっちで、宇宙そのものが生きていた。そして、その湿った、温かい、暗い生命によって、宇宙はわしから、わし自身の生命を奪おうとしていた。それから、宇宙にひとつの声が響いた。その声はいつまでも〝イーム・ヴル！　イーム・ヴル！〟と叫んでいた。そして、うめき、あえぐような切迫した声にもかかわらず、それがカリーナのものであるのがわかった。

当時、わしは若かった。主教の最期はすみやかで慈悲深いものであったに違いない。だが、若く力強かったわしでさえ、この宇宙が、わしの生命をとことん吸い尽くすつもりだとわかった。身体が服から吸い出されたのと同じように、身体から魂が吸いだされるだろう。そこで、祈ったのだ。

その頃のわしは、神に祈るような男ではなかった。だが、神を喜ばせるものとして教会が教えた言葉は知っていた。それで、この悪夢のような死の中の生から救い出してくれるよう、全身全霊をあげて祈ったのだ。

すると、ふたたび裸で、服のそばに立っていた。蓄音機のターンテーブルを見ると、レコードは消えていた。裸のまま調剤室へ行き、自分で鎮静剤を調合した後、この指を信じて服のボタンを外した。それから服を着て、蓄音機店へ戻った。そこで、悪魔の『主の祈り』をありったけ買い、店主の目の前ですべて割った。

金もあり、親類も多かったが、ロンドンじゅうにあるレコードをかき集めるには数週間かかった。たった一枚だけ、わしは残しておいた。今聴いたのがそうだ。これのほかに、存在しないことを願っていたのだが……。


「だが、明らかに」と、ヴァーナー医師は結んだ。「そのスタンボー氏はどこからか手に入れたようだな。彼の魂を……そして身体を安らげたまえ」

おれは二杯目のドランブイを飲み干していった。「ぼくは、あなたのいとこの熱心な信奉者です」ヴァーナー医師は、上品に問いかけるように青い目を向けた。「あなたは、ご自分を満足させるものを真実だとおっしゃっているのです」

「オッカムの剃刀《かみそり》さ」ヴァーナー医師はそうつぶやいて、つるりとした頬をなでた。「答えは、問題に含まれたあらゆる要素を、簡潔に説明するものでなくてはならない」

「でも」おれはだしぬけにいった。「説明になっていない！　今度こそ、あなたをぎゃふんといわせますよ。ある〝要素〟が完全に抜け落ちています」

「どれだね……？」ヴァーナー医師が優しい声でいった。

「あなたが初めてじゃないはずだ。その……宇宙に向かって祈ろうと考えたのは。主教だって祈ったに違いありません」

束の間、ホーラス・ヴァーナー医師は黙りこくった。それから、何たる大ばか者だというように、おれにむかって目をしばたたかせた。「だが、わしだけが」彼は静かにいった。「あの……宇宙において、あらゆる音が、『主の祈り』とおなじく逆回しだったことに気づいたのだ。イーム・ヴル！　と叫ぶ声は、ラブ・ミー！　を後ろから発音したのではないか？　わしの祈りだけが通じたのは、わしだけが祈りの言葉を逆からいわねばならないと見抜いたからなのだ」

おれはエイブラハムズに電話し、考えがあるから、スタンボーのアパートメントで確かめたいといった。

「いいとも。こっちも考えがあるんだ。三十分後にそこで会おう」

おれが訪ねていったとき、エイブラハムズは廊下にいなかった。だが、警察の封印は破られていて、ドアが少し開いていた。おれは中に入り、はっと立ち止まった。

最初は、スタンボーの服がまだ置きっぱなしになっているのかと思った。だが、それは見間違えようもなく、エイブラハムズ警視のきちんとしたグレーの私服だった——ただし、エイブラハムズはその中にいなかった。

おれは、あの〝恐怖〟について何かいったように思う。空っぽのスーツを見て、それから戸口に立っているエイブラハムズに気づくまでには、かなりの時間が経っていたようだ。

彼はスタンボーのガウンを着ていた。彼にはひどく短かった。そのグロテスクな格好と、手にぶら下げたアンドロイドのおもちゃのようなものが目に入った。

「悪かったな、ラム」彼はにやりとした。「劇的な効果を出したい衝動に抗えなかったんだ。

入れよ。床の上の、空っぽの男をよく見てみろ」

おれは見た。服はきっちりと重なり、すでに不可能と思われていたはずの、実際に着ていた人間が吸い出されたかのような効果を出していた。

「わかったろう」エイブラハムズがいった。「真空掃除機のことを思い出したんだ。それに、ダウンタウン商業組合のパレードのことをね」


翌朝早く、ふたたびスタジオを訪ねた。ヴァーナーズ・ヴァラエティーズにはスラフコしかおらず、割合静かだったせいか、ヴァーナー医師は『非科学の構造』の手稿に何も書き加えようとせず、じっと見ていた。

「いいですか」おれはいった。「第一に、スタンボーのレコードプレーヤーは、縦振動盤用のものではありませんでした」

「普通の機械でも、再生することはできる」ヴァーナー医師は穏やかにいった。「奇妙な効果が生まれるがね——音がかすかになり、異様に響き合い、重なり合うために、呪文の力がますます強まるのだ」

「それに、カード目録を見てみました。誰の歌にせよ、ペルゴレージの『主の祈り』のレコードは持っていません」

ヴァーナー医師は青すぎる目を見開いた。「むろん、カードはレコードとともに消えたのだ」彼は抗議した。「魔法も現代風に進化するのだ」

「待ってください」おれは急に声を張りあげた。「ぼくは何て頭がいいんだろう！　エイブラハムズでもこれは思いつかなかった。今度こそ、ぼくが事件を解決してみせますよ」

「それで？」ヴァーナー医師は落ち着き払っていった。

「いいですか、内側から始まるレコードを逆にかけることは不可能なんです。ありえない話だ。螺旋《らせん》型に刻まれた溝を思い描いてください。一番外側の溝に針を置けば、そこにとどまったままになるでしょう——普通のレコードで、一番内側の溝に針を置いたときと同じようにね。逆回しにするには、変速レバーのようなものを使って、ターンテーブルを逆回転させなければならない」

「だが、わしのプレーヤーではそれができる」ヴァーナー医師は穏やかにいった。「そうすると、きわめて興味深い音が聴けるのだ。間違いなく、スタンボー氏もそうしたのだろう。うっかりそのスイッチを入れたに違いない。酒を飲んでいたしな……聞かせてくれ。おまえさんが見たときに回っていたターンテーブルは……時計回りだったか、反時計回りだったか？」

おれは思い出そうとした。くそっ、それがわかっていれば。たぶん、時計回りだったと思うが、はっきりとはいえない……代わりに尋ねてみた。「じゃあ、クラッツァム大佐やクロイスターラム主教も、逆回りに変えられる変速レバーを持っていたということですか？」

「もちろんだとも。それに、スタンボー氏のような熱心なコレクターなら、やはり持っているはずだ。フォノグラミア社は、小さくて無名の会社だが、優れた芸術家が専属契約で吹き込んでいる。その盤は、そのように作られていた」

おれは透き通った空色の目を見た。逆回りのフォノグラミア社のレコードが、あらゆるコレクターの垂涎《すいぜん》の的になっているとは思えない。もしそうなら、今頃伝説になっているはずだ。

「それに、エイブラハムズは実際にどうやったかを見せてくれました。真空掃除機がヒントになったんですよ。スタンボーは男性のサイズと形の風船を買いました。パレードに使われていた巨大な風船の弟みたいなものですよ。それから空気を抜き、服は完璧なまま中には縮んだゴムの塊が残るようにした。そして、シャツのボタンを外すことなく抜き取ったんです。エイブラハムズは、その手の風船を作っているのが、サンフランシスコのある会社しかないことを突き止めました。そこの販売員が、スタンボーが買いにきたと証言しています。そこでエイブラハムズは同じものを買い、同じようにぼくに一杯食わせたってわけですよ」

ヴァーナー医師は眉をひそめた。「それで、真空掃除機は?」

「真空掃除機を逆に使えば、大きな風船を膨らますことができるんです。そして普通に使えば、空気を抜くことができる。急に空気を抜けば、風船が壊れてしまうかもしれませんからね」

「販売員がスタンボーをはっきり覚えていたというのか?」

鋭い青い目に見つめられて、おれは身じろぎした。「ええ、わかるでしょう、写真を見てもらって……」

「わかるとも」彼はわざと長い間を置いた。「で、レコードプレーヤーは? なぜ動いたままだったのか?」

「たまたまでしょう。スタンボーの身体が、スイッチに当たったったんですよ」

「そのスイッチは、たまたま入るように、本体から突き出ていたのか？」

おれは機械を思い描いてみた。スイッチは、手を伸ばさなければ届かない奥にあった。「いや」おれは白状した。「そうじゃありませんでした……」

ヴァーナー医師は寛容に微笑んでおれを見下ろした。「それで、スタンボーがこんな芝居がかったことをした動機は？」

「あまりに多くの男たちに脅されていたからです。わざと謎めいた仕掛けを作って、単に雲隠れしただけの事実をごまかしたんですよ。エイブラハムズは緊急手配を敷きました。二、三日中には見つかるでしょう」

ヴァーナー医師はため息をついた。ほとほと愛想が尽きたというふうに、宙で手を振る。そしてレコード棚に近づき、一枚を抜き出してターンテーブルに乗せ、スイッチを調整した。

「来い、スラフコ！」彼は大声で呼んだ。「ラム氏はゴム風船が真相だということにしたいようだから、われわれは彼に非常な栄誉を与えようじゃないか。別の部屋に引っ込んで、彼をカリーナのレコードと二人きりにしてやろう。思い上がった唯物主義者なら、きっと逆回しにかけてみて、その効果を試そうとするだろう」

スラフコは石を叩く手を止め、いった。「え？」

「来い、スラフコ。だがその前に、ラム氏に別れの挨拶をしておけ。二度と会えなくなるかもしれないからな」ヴァーナー医師は戸口で立ち止まり、心から気づかうようにおれを見た。「いいかね」彼はささやいた。「逆からいうのを忘れるなよ……？」

彼は出ていき、同じく（うめき声を精一杯丁寧な別れの挨拶として）スラフコも出ていった。おれはカリーナとその場に残された。ヴァーナー医師の突拍子もない物語を、きっぱりと否定するチャンスだ。

医師の話では、真空掃除機がその場にあったことがまったく説明されていない。

そしてエイブラハムズ警視の説では、回り続けていたターンテーブルの謎が一切解決されていない。

おれはヴァーナーの機械のターンテーブルのスイッチを入れ、慎重にトーンアームを下ろし、奇妙な丸い針を一番外側の溝に置いた。

衝撃的な最後の音色が、アルトで聞こえてきた。カリーナの歌い方は少しもよどみなく、この音程でも〝ネマ〟という発音が聞き取れた。それは、ラテン語の〝アーメン〟を逆からいったものだ。

それから、急に音が歪み、一分間七十八回転のターンテーブルが急に止まった。スイッチを見たが、入ったままだ。振り返ると、ヴァーナー医師がおれの前に立ちはだかっていた。手には、引き抜いたプラグをぶら下げている。

「いかん」彼は穏やかにいった――その穏やかさには、どんなに激しい怒鳴り声にも感じたことのない、威厳と力があった。「いかんよ、ラム。きみには妻と二人の息子がいる。この老いぼれが疑われた鬱憤《うっぷん》を晴らすためだけに、その命をもてあそぶ権利はない。

彼は静かにトーンアームを上げ、レコード盤を取ると、ジャケットに入れて棚に戻した。イギリス人らしからぬ器用な両手は、落ち着かなげに動いていた。

「エイブラハムズ警視が、スタンボー氏を捕まえることができたら」彼は断固とした口調でいった。「このレコードを逆から聴くがいい。それまではだめだ」

そして、スタンボーはまだ見つかっていない。

スナルバグ

Snulbug

「何という呪文を使ったんだ」悪魔がいった。「せいぜいこんなのしか呼び出せないとはな」

失敗だ。ビル・ヒッチェンズはそう認めないわけにはいかなかった。相手は五角形の真ん中で途方に暮れているようだった。基本的な姿形には、十分迫力がある――髪の毛は蛇、曲がった牙、鋭い爪と、何もかも揃っている――だが、その背丈は一インチにも満たなかった。

ビルは精一杯の期待をこめて呪文を唱え、粉を振りまいたのだ。稲妻と雷鳴を予期していたのが、弱々しくまたたく光と湿ったゴロゴロという音しか出てこなかったときにも、まだ望みは捨てなかった。五角形の上をじっと見つめ、恐る恐る待っていると、床から哀れを誘う小さな声が「呼んだか」といったのだった。

「もう長いこと、おれのような出来損ないを呼ぶのに時間と能力を無駄にしたやつはいなかった」悪魔は続けた。「どこでその呪文を覚えた？」

「適当に作ったんだ」ビルは控え目にいった。

悪魔は、自分を魔術師と思いこんでいる連中の悪口をいった。

「だけど、ぼくは魔術師じゃない」ビルは説明した。「生化学者なんだ」

悪魔は肩をすくめた。「最悪だな」彼は嘆いた。「生化学者と比べたら、精神科医のために働いたときのほうがまだましだった。生化学者がどんなものかは知らんがね」

ビルは好奇心を抑えきれなかった。「精神科医のために、何をしたんだ?」

「小人に追われていると訴える患者におれを見せて、おれが小人を追い払ってやるといったのさ」悪魔は銃を撃つような格好をした。

「それで、追い払えたのかい?」

「もちろん。ただし、おれよりは小人のほうがましだと思ったようだがね。そううまくはいかないものさ。何だってそうだ」彼は悲しげにいった。「どうせあんたもそうだろう」

ビルは腰を下ろし、パイプに煙草を詰めた。結局、悪魔を呼び出すのはそう恐ろしいことではなかった。静かで、どこかくつろいだ感じがする。「いいや、きっとうまくいく。ごく簡単なことなんだ」

「みんなそう思うんだ。人間ってやつは――」悪魔はものほしそうに、ビルがマッチでパイプに火をつけるのを見た。「だが、とりあえず聞いておこう。何が望みだ?」

「塞栓症の実験をする研究所がほしいんだ。それがうまくいけば、血中の塞栓を突き止め、危険な状態になるずっと前に、安全に取り除くことができる。前の上司で、変わり者の神秘学者のルーベン・コーツビーは、それは現実的じゃない――つまり、自分にはまったく儲けがないから――といって、ぼくをくびにした。ぼくはみんなから変人と思われているから、誰も相手にしてくれない。ついては、一万ドルほしいんだ」

「そらきた!」悪魔は満足げにため息をついた。「うまくいかないといったろう。おれの手に余る問題だ。必要に応じて金を出せるのは、おれより三階級上の悪魔からだ。だから、いったこっちゃない」

「だけど」ビルは抗議した。「ぼくのすばらしい計画を、まだ聞いていないじゃないか。いいか——ところで、名前は何ていうんだ?」

悪魔は口ごもった。「あれをもうひとつ持ってるか?」

「あれって?」

「マッチだ」

「あるとも」

「悪いが、ひとつつけてくれるかね?」

ビルは燃えているマッチを五角形の中央に放った。悪魔は、今ではすっかり冷たくなった灰から勢いよく飛び出し、炎の中に飛び込んで、たっぷりのシャワーを浴びる人間のように勢いよく身体をこすった。「これだ!」彼は嬉しそうにあえいだ。「こっちのほうがいい」

「それで、名前は?」

悪魔はまたしても沈んだ顔になった。「名前? 本当に知りたいのか?」

「何かの名前で呼ばなきゃならないだろう」

「ああ、その必要はない。おれは帰る。金の話とは縁がないんでね」

「でも、まだ何をしてほしいか説明していない。名前は?」

「スナルバグだ」悪魔の声は、ほとんど聞き取れないほど低くなっていた。

「スナルバグ?」ビルは笑った。

「そうだ。片っぽの牙には穴が開いてるし、蛇の髪は抜けてしまう。だが、スナルバグ（『リア王』の哀れなトムに憑依する悪霊のひとり）という名前に比べたら大したことはない」

「わかったよ。じゃあ聞いてくれ、スナルバグ、未来へ行くことができるか？」

「少しだけならな。だが、あまり好きじゃない。記憶が混乱するんでね」

「なあ、きれいな蛇の髪の友人よ。好き嫌いの問題じゃないんだ。その五角形の中に取り残されて、マッチを投げてくれる人もいない生活をどう思う？」スナルバグは身震いした。「そうだろう。で、未来へは行けるのか？」

「少しだけならといったじゃないか」

「それと」ビルは身を乗り出し、コーンパイプを激しく吹かしながら、肝心なことを訊いた。「物を持ち帰ることはできるのか？」答えがノーなら、あれだけ熱心に、創意に富んだ呪文を唱えたのも水の泡だ。そして、これが失敗に終わったら、〈ヒッチェンズ塞栓症診断〉が歴史の舞台に華々しく登場し、年間数千人の命を救うという夢も消えてしまう。

スナルバグは質問よりも、温かなパイプの煙のほうに興味があるようだった。「もちろん」彼はいった。「できるからといって――」言葉を切り、哀れむように見上げた。「まさか――あの使い古された手を使う気じゃないだろうな？」

「いいか、おまえはいう通りにすればいい。ぼくのことは心配するな。物を持って帰ることはできるんだな？」

「もちろん。だけど、いっておくが――」

ビルはそれをさえぎった。「だったら、この五角形から解放され次第、明日の新聞を持ってこい」

スナルバグはマッチの炎の上に座り、しっぽの先で悲しげに額を叩いた。「わかってる」彼は泣き声でいった。「わかってるさ。これまでに、三回は同じことをいわれた。おれの力はたかが知れてる。ちびだし、変な名前だ。だから、こんなばかげた使い走りをやらされるんだ」

「ばかげた使い走りだって？」ビルは立ち上がり、がらんとした屋根裏部屋をうろつき始めた。「いわせてもらうが、それは心外だな。このアイデアは、何週間もかけて考えたんだ。そいつがあったら、何ができるか考えてみろ。一国の進路を揺さぶり、人類を支配できる。ぼくがやりたいのは、その無限の流れを人道主義的な研究というひとつの水路へと導くことなんだ。そのための一万ドルを手に入れることを、ばかげた使い走りだというのか！」

「あのスペイン人は」スナルバグはぶつぶついった。「呪文はお粗末だがいいやつだった。この小鬼を温めてくれる丈夫で快適な火鉢を持っていた。いいやつだったよ。それがおれに、明日の新聞を持ってこいといったんだ——警告してるんだぞ——」

「わかってるさ」ビルは気短にいった。「頭の中で、あらゆる悪い可能性を考えた。そこで、おまえを五角形から解き放つ前に、三つの条件を出すことにする。そうやすやすと罠にはかからない」

「わかったよ」スナルバグはあきらめたようにいった。「聞こうじゃないか。どうせ無駄だろうがね」

「ひとつ。新聞にはぼくの死亡記事や、その他ぼくに関する悪い記事が出ていないこと」

「待てよ」スナルバグが抗議した。「それは約束できない。今日から明日の間にあんたが死ぬことになっていたら、おれに何ができる？　あんたが新聞社をつぶせるほどの大物には見えないがね」

「礼儀をわきまえろ、スナルバグ。主人に敬意を払え。だが、教えてやろう。未来へ行って、ぼくが死ぬとわかったらどうするかってことだな？　いいとも。そうだな、もしそうだとしたら、戻ってきてぼくに教えるんだ。別の計画を練ろう。新聞は持ってこなくていい」

「人間ってやつは」スナルバグはいった。「自分からごたごたを起そうとするんだな。続けてくれ」

「二つ。新聞はこの町の、英語で書かれたものに限る。おまえや、おまえのお仲間が、オムスクだのトムスクだのから『デイリー・ヴスクックト』を持ってこないとも限らないからな」

「そんな面倒なことはしないよ」スナルバグはいった。

「それから三つ。新聞は、この時空連続体、一連の宇宙の螺旋、〝もしもの輪〟に属するものでなくてはならない。何と呼んでもいいけどね。新聞は、ぼくが経験するはずの明日のものでなくてはだめだ。別の、ぼくにとっては仮定の明日ではいけない」

「もう一本マッチをくれ」スナルバグがいった。

「この三つの条件で足りると思う。どこにも抜け穴はない。これで、ヒッチェンズ研究所は現実のものになる」

スナルバグはブツブツいった。「今にわかるさ」

ビルは鋭い刀を取り出し、冷たい鋼《はがね》で正式に五角形の線を切った。だが、スナルバグは二本目のマッチの炎に出入りし、嬉しそうにしっぽを振って、自由の身になったことに少しも気づかないようだった。

「出ろ!」ビルがいらいらしていった。「じゃないと、マッチを取り上げるぞ」

スナルバグは切れ目のところまで来たが、まだぐずぐずしていた。「二十四時間ってのは、長旅だ」

「おまえならできるさ」

「どうかな。いいか」彼が頭を振ると、小さな死んだ蛇が床に落ちた。「おれは万全の体調じゃないんだ。このところ、いろいろあってね。しっぽに触ってみな」

「何だって?」

「ほら。関節のところを爪で叩いてみろ」

ビルはにやりと笑って、いわれた通りにした。「何も起こらないぞ」

「そう、何も起こらない。反射神経がだめになってしまったんだ。二十四時間に耐えられるかどうかわからない」彼が考え込むと、蛇たちが丸まってひとつの塊になった。「いいか。あんたがほしいのは明日の新聞なんだろ? 明日の新聞なら、今からきっかり二十四時間後のものでなくてもいいだろう?」

「もう正午か――」ビルは考えた。「そうだな、明日の朝刊でいい」

「オーケー。今日の日付は?」

「八月二十一日だ」

「よし。では、八月二十二日の新聞を持ってこよう。だが、このことはいっておく。いいことにはならないぞ。何にもならない。では、行ってくる。やあ、ただいま。ほら」スナルバグは角のように尖った手に紐を持っていた。紐の先には新聞があった。

「待てよ、おい!」ビルがいった。「どこへも行っていないじゃないか」

「人間ってやつは」スナルバグは感情を込めていった。「愚かなものだ。現在から未来へ行くのに、なぜ時間を取られなくちゃならない? この時点から出発し、この時点に戻ってくればいい。いまいましい新聞を探すのに二時間がかかったが、その二時間とここでいう二時間は違うんだ。人間ってやつは——」彼は鼻を鳴らした。

ビルは頭をかきむしった。「わかったよ。新聞を見てみよう。おまえの警告はわかっている」彼はすばやくページをめくり、死亡記事を確認した。ヒッチェンズの名はない。「すると、おまえが行った時間には、ぼくは死んでいないんだな」

「ああ」スナルバグは認めた。「死んじゃいない」彼はできるだけ悲しげな含みを持たせていった。

「じゃあ、何だっていうんだ? ぼくが——」

「おれは火の精の血を引いている」スナルバグはこぼした。「みんなはおれが、母親と同じ水の精だと思い、冷たい水を張った保育器で育てた。火の精の血が濃いことに、誰も気づかなかったんだ。それで、おれは発育不全になり、使い走りしかできなくなった。それが、今度は預言者のまねごととは！　新聞を読んで、どれほど役に立つかを見てみろ」

ビルはパイプを置き、死亡記事から一面に戻った。そこに役に立つ記事が載っているとは期待していなかった――次の海戦でどっちが勝ったとか、どの都市が爆撃されたかを知ったところで、何の利益があるだろうか？――だが、彼は科学者らしく几帳面だった。そして、今回はその几帳面さが報われた。一面には、黒々とした大きな活字でこう書かれていた。

市長暗殺される
第五列（敵国に入り込むスパイ）、改革者を殺害す

ビルは指を鳴らした。これだ。これぞチャンスだ。パイプを口に突っ込み、急いで上着を引っ掛けて、値のつけられないほど貴重な新聞をポケットにねじ込むと、屋根裏部屋を飛び出そうとした。だが、そこで足を止め、あたりを見回した。スナルバグのことを忘れていた。正式な解任というのはあるのだろうか？

陰気な悪魔は、どこにもいなかった。五角形の中にも、外にもいない。痕跡もなかった。ビルは眉をひそめた。これは手順通りじゃないぞ。彼はマッチをすり、パイプの火皿の上にかざした。

コーンパイプの中から、嬉しそうなため息が聞こえた。

ビルはパイプを口から離し、中を覗いた。「そこにいたのか？」彼は感心したようにいった。「火の精の血が濃いといっただろう」スナルバグが、火皿から顔を出した。「おれもついて行く。おまえさんがどんなばかをやるか、見てみたいんでね」火のついた煙草に頭を引っ込め、新聞のことや呪文のこと、さらに山ほどの嫌味をつぶやいた。人間ってやつは。

グラントン市の改革的な市長は、そのスケールの大きさで国内でも有名だった。ヒステリックになったり、赤狩りやストライキ破りをすることなく、危険分子を排除する狙いを定めた計画を粛々《しゅくしゅく》と進め、グラントンは急速に、国内で最も治安のいい、アメリカ的な市へと変貌した。彼はまた、国家や州、市の補助金を芸術と科学に注ぐよう一貫して提唱している――ヒッチェンズ研究所への寄附を引き出すには、絶好の相手だ。だが、疑り深い側近たちに囲まれていたので、ビルは計画書すら見てもらえなかったのだ。

今度は大丈夫だろう。きわどいところで市長を暗殺から救う――それだけでも、悪魔を呼び出した甲斐があったというものだ――それから彼に「ミスター・ヒッチェンズ、どんなお礼をしたらよいでしょう？」といわれたところで、研究所の壮大な計画を披露するのだ。失敗などありえない。

パイプの火皿からは何の音もしなかったが、ビルの頭の中では「そうかな？」という声がはっきりと鳴り響いた。

彼は市庁舎の前で車を急停止させ、ドアも閉めずに飛び出した。大理石の階段を猛烈な勢いで駆け上がり、一気に四階まで行き、四つの部屋を通り越したところで、ようやく勇気ある人間が彼を呼び止めた。「どうかしたのか?」

その男は、身体の大きな、猪首《いくび》の私服警官だった。その巨体を前にすると、ビルは自分がスナルバグくらいの大きさになったような気がした。「まあ待て」大男は太い声でいった。「どこかで火でも出たか?」

「暗殺者の銃の中でね」ビルはいった。「止めなくては」

猪首は言葉通りの返事が返ってくるとは思わなかった。一瞬、躊躇したすきに、ビルは彼を押しのけ、〈市長室――関係者以外立ち入り禁止〉と書かれたドアに向かった。だが、大男は頭の鈍さを肉体で補った。ビルがドアを開けようとしたとき、五本指の分厚い肉の塊が、襟首をつかんで引っぱった。

ビルは机の下から這い出て、猪首の左手をかわし、ドアにたどり着いた。だがまたしても引っぱられ、テーブルから降りて、右手をかわしてドアにたどり着き、シャンデリアからひらりと飛び降りた。

猪首はドアの正面に立ちはだかり、脚を広げてバランスを取ると、警官用のオートマチック銃をホルスターから抜いた。「中へ入るんじゃない」念を押すように、彼はいった。

ビルは折れた歯を吐き出し、目の周りの血をぬぐって、壊れたパイプを拾い上げた。「いいか。今は十二時三十分だ。十二時三十二分に、赤毛のせむし男が通りの向かいのバルコニーに現れ、開いた窓から市長に狙いをつける。十二時三十三分には、市長は命を落として机に倒れる。彼を安全なところへ避難させるのに、あんたが協力してくれない限りはね」

「ほう？」猪首はいった。「誰がそんなことをいった？」

「ここに書いてある。ほら。新聞だ」

猪首は大笑いした。「まだ起こってもいないことが、どうして新聞に載ってるんだ？　悪人じゃないにしても、少なくとも頭がおかしいみたいだな。さあ、行っちまえ。人騒がせなやつめ。その新聞を売り歩くといい」

ビルは窓を見た。市長室の向かいにバルコニーがある。そこに出てきたのは――。

「待ってくれ！」彼は叫んだ。「信じないというなら、窓の外を見てみろ。バルコニーが見えるか？　赤毛のせむし男は？　ぼくのいった通りじゃないか。早く！」

猪首は思わず目をやった。せむし男が執務室を覗いている。その手の中で、不意に金属がきらりと光った。「おまえには」猪首はビルにいった。「後で相手になってやる」

せむし男がライフルを肩にかけようとしたところで、猪首のオートマチックが火を吹き、ビルは市庁舎の前で車を停め、飛び出した。駆け足で四つの部屋を通り越したところで、ようやく勇気ある人間が彼を呼び止めた。

その男は、身体の大きな、猪首の私服警官だった。彼は太い声でいった。「どこかで火でも出たか？」

「暗殺者の銃の中でね」ビルはそういって、猪首が戸惑っているのをいいことに、〈市長室――関係者以外立ち入り禁止〉と書かれたドアに向かった。だが、ドアを開けようとしたとき、大きな手が襟首をつかんで引っぱった。

ビルが三度目の挑戦でシャンデリアから機敏に飛び降りると、猪首はドアの正面に立ちはだかり、脚を広げて銃を抜いた。「中へ入るんじゃない」彼ははっきりといった。

ビルは折れた歯を吐き出し、説明した。「――十二時三十三分には、市長は命を落として机に倒れる。彼を安全なところへ避難させるのに、あんたが協力してくれない限りはね。わかったか？　ここに書いてある。新聞だ」

「どうして新聞に載ってるんだ？　ばかやろう。その新聞を売り歩くといい」

ビルはバルコニーを見た。「信じないというなら、見ろ。赤毛のせむし男が見えるか？　ぼくのいった通りじゃないか。早く！　さもないと――」

猪首は目をやった。せむし男の手の中で、不意に金属がきらりと光った。「おまえには」と、ビルにいった。「後で相手になってやる」

せむし男がライフルを肩にかけようとしたところで、猪首のオートマチックが火を吹き、ビルは市庁舎の前で車を停め、飛び出した。駆け足で四つの部屋を通り越したところで、誰かが彼を呼び止めた。

それは、身体の大きな猪首の私服警官だった。彼は太い声でいった――。

「そろそろ」スナルバグがいった。「気が済んだか？」

市庁舎の前に停めたロードスターに座って、ビルは心の中でうなずいた。服にはしわもなく、目は血を流してもいないし、歯も無事だ。そして、コーンパイプもそのままだった。「それで」

彼はパイプの火皿に向かっていった。「いったいどういうことなんだ?」

スナルバグは蛇の生えた頭を覗かせた。「もういっぺん火をつけてくれないかな? 寒くなってきた。ありがとう」

「何があったんだ?」ビルはもう一度いった。

「人間ってやつは!」スナルバグは嘆いた。「思慮というものに欠けている。わからないのか? 新聞が未来のものである限り、それが唯一の可能性なんだ。たとえばあんたは、市長が危険にさらされているという予感がして、命を救うこともできたかもしれん。だが、おれが新聞を持ってきたからには、これが事実なんだ。事実に反することはできない」

「しかし、人間の自由意志はどうなるんだ? ぼくがやりたいことはできないのか?」

「できるとも。あんたのすばらしい自由意志で、新聞を持ってきたんじゃないか。その意志を取り消すことはできない。それに、どっちにしても、あんたの意志は今も自由だ。何回でも好きなだけ、シャンデリアにぶら下がるといい。そうしたいんだろ。新聞に書かれていることを変えようと、あの手この手を尽くすところまではできる。あんたに思慮というものが芽生えるまで、繰り返すしかないだろうな」

「だけど、それじゃあ――」ビルは言葉を探した。「まるで……運命とか、宿命とかと同じくらいひどいじゃないか。もし、ぼくの魂が――」

「新聞もだめ。時間論理もだめ。今度は魂ときたか! 人間ってやつは――」スナルバグは火皿に引っ込んだ。

ビルは悔しそうに市庁舎を見上げ、あきらめたように肩をすくめた。それから、新聞のスポーツ面を広げ、注意深く読みはじめた。

何エーカーもある駐車場に車を停めると、スナルバグがまた顔を出した。「今度は何だ？」彼は訊いた。「大したことじゃないだろうが」

「競馬場だ」

「ああ――」スナルバグはうめいた。「そいつを忘れてた。誰も彼も似たり寄ったりだ。揃いも揃って思慮がない。大穴を見つけたんだろ？」

「そのとおりさ。第四レースでアルハザードに二十倍がつく。ここに五百ドルある。ぼくの全財産だ。それでアルハザードの単勝を買えば、一万ドルになるって寸法さ」

スナルバグはブツブツいった。「あんたの下手な呪文を聞いて、メリーゴーラウンドで遊んでるのを見せられるだけじゃ足りないってわけか。今度は大穴に賭けるのを見ようとは」

「だが、ここには抜け穴はないはずだ。未来を変えようとしているわけじゃないからな。ただ、それを利用させてもらうだけだ。ぼくが賭けようと賭けまいと、アルハザードはレースに勝つ。五百ドルの馬券を買ったら、仕上げをごろうじろだ。ヒッチェンズ研究所だ！」ビルは元気よく車を降り、悠々と、楽しげに歩いた。が、ふと立ち止まり、パイプに向かっていった。

「なあ！　どうしてこんなにいい気分なんだ？　何が悪いんだ？」

スナルバグは陰気にため息をついた。「何が悪いんだ？」

「そうじゃないが。つまり、ぼくは市長室で、あの乱暴者にこてんぱんにやられたんだぞ。なのに、痛みも何もない」

「ないに決まってる。その出来事は起こらなかったんだからな」

「でも、あのときには感じた」

「そうとも。未来には、それは起こらなかった。あんたは考えを変えた、そうだろう？　あそこへ行くのはやめたんだろ？」

「そうさ、でも、そう決めたのはぶちのめされた後だった」

「いやいや」スナルバグはきっぱりといった。「それはぶちのめされない前のことさ」そして、またしてもパイプに引っ込んだ。

遠くでバンドの音楽と、騒々しくしゃべり続けるアナウンサーの声が聞こえる。人々は二ドルの窓口に群がっていたが、五ドルの窓口もなかなかの繁盛ぶりだった。だが、塞栓症研究所の設立を約束する五枚のすばらしい馬券が待っている五百ドルの窓口には、ほとんど人がいなかった。

ビルは赤い鼻をした見知らぬ男を引き止めた。「次のレースは？」

「第二レースだよ」

やったぞ、とビルは思った。時間はたっぷりある。そしてこれから――彼は百ドルの窓口に急ぎ、今朝銀行から下ろしてきた五枚の札を出した。「アルハザード、単勝で」

窓口の係員はけげんな顔をしたが、金を受け取り、馬券を取りにいった。

ビルは赤い鼻をした見知らぬ男を引き止めた。「次のレースは?」

「第二レースだよ」

やったぞ、とビルは思った。それから叫んだ。「おい!」

赤い鼻をした見知らぬ男が、足を止めていった。「どうかしたかい?」

「いや」ビルはうめいた。「何でもない」

男はためらった。「前に、どこかで会わなかったか?」

「いいや」ビルはせっかちにいった。「会うところだったが、会わなかったんだ。気が変わった」

男は首を振り、馬に入れ込んで頭がおかしくなったかとつぶやきながら去っていった。

ロードスターに戻るのももどかしく、ビルはコーンパイプを口から離し、にらみつけた。「わかったよ!」彼は怒鳴った。「今度は何が悪いんだ? どうして、またメリーゴーラウンドに乗っちまったんだ? 未来を変えようとなんかしていないぞ!」

スナルバグは顔を出し、牙を見せてあくびをした。「警告もした。説明もした。それにまた警告もした。なのに、また最初から説明しろという」

「だけど、ぼくが何をした?」

「何をしたって? 賭け率を変えたんだよ、このとんまめ。あんな大金を競馬場で穴馬に賭けたら、賭け率が変わるんだ。新聞に書かれている二十倍にはならないだろう」

「ばかな」ビルはつぶやいた。「じゃあ、すべてに当てはまるんだな? この新聞の株式欄を調べ、明日の相場を見て五百ドル投資しても――」

「同じことだ。あんたが買えば、相場は変わってくる。警告しただろう。どうにもならないのさ」スナルバグはいった。「あんたには手も足も出ない。無駄な努力だ」まるで喜んでいるようだ。

「そうかな?」ビルは考え込んだ。「いいか、スナルバグ。このぼくは、人間というものをとても信頼している。この宇宙には、人間に解けない問題はないんだ。そして、ぼくは平均よりは頭がいい」

「よくいうよ」スナルバグはあざ笑った。「人間ってやつは――」

「今や、ぼくには責任がある。一万ドルだけの話じゃない。人間の名誉を回復しなければならないんだ。解決できない問題だといったな。ぼくにいわせれば、解決できない問題などない」

「大きく出たな」

ビルの頭は猛烈に回転した。絶対に未来を変えることができないなら、未来から利益を受けることができようか? どこかに答えがあるはずだ。そして、ヒッチェンズ塞栓症診断法を考案した男なら、こんなささいな問題など解けるに決まっている。人間は挑戦から逃げるわけにはいかない。

彼は何も考えずに煙草入れに手を伸ばし、パイプの中味を足元に落とした。ごくかすかな音を立てて、スナルバグが車の床に落ちた。

ビルは苦笑して見下ろした。小さな悪魔のしっぽが狂ったようにうごめき、蛇がいっせいに立ち上がった。「あんまりだ！」スナルバグが叫んだ。「つまらん用事をさせるだけではあきたらず、侮辱だけでもあきたらず、地獄行きの魂のように放り出すとは。もう我慢できない。おれをくびにしてくれ！」

ビルは大喜びで指を鳴らした。「くびか！」彼は叫んだ。「わかったぞ、スナリー。完璧だ」

スナルバグは戸惑ったように彼を見上げ、蛇は多少大人しくなった。「うまくいきっこない」悟りきったようにいって、蛇の髪を悲しげに振った。


ビルは大急ぎでコーツビー研究所へ行った。そこはつい最近まで働いていた場所で、彼は今まさに、R・Cの研究室の控え室にいた。

だが、猪首の警官とは渡り合えても、若い娘にぶっきらぼうに「コーツビーさんがお会いになるかどうか、確かめて参ります」といわれると、何もできなかった。待つほかない。

「それで、次なるすばらしいアイデアというのは何だね？」スバルバグは、明らかに最低の案を予想しているようだった。

「R・Cは変人なんだ」ビルがいった。「占星術者であり、ピラミッド学者、ブリティッシュ・イスラエリット——米国改革派教会員——その他もろもろ。彼なら……そう、おまえの存在すら信じるだろう」

「だからどうした」スナルバグはいった。「エネルギーの無駄だ」

「彼ならこの新聞を買うだろう。いくらだって払うさ。オカルトをもてあそぶのがこの上なく好きなんだ。ひと儲けできそうな幻想が詰まった未来の断片に、抗しきれるはずがない」

「だったら、急いだほうがいい」

「どうして？　まだ二時半じゃないか。時間はたっぷりある。それに、あの女が戻ってくるまで、待っているほかないだろう」

「とりあえず、パイプを温めてほしいね」

ようやく、女が戻ってきた。「コーツビーさんが、お会いになるそうです」

ルーベン・コーツビーは机の後ろで、特大の椅子から身体をはみ出させるように座っていた。ビルが入ってくると、巨大なプディングの上の子どものような小さな顔をほころばせた。「気が変わったのかね？」その言葉は、シロップを垂らす音のようにゴボゴボと聞こえた。「それはよかった。K‐39ではきみが必要なんだ。きみがいなくなってから、研究所も変わったよ」

ビルはうまい言葉を探した。「そうじゃないんです。R・C。今ではぼくも独立し、ちゃんとやってます」

子どものような顔が曇った。「厚かましいやつだな。わしと張り合おうってわけか？　で、何の用だ？　わしの時間を無駄にしたいのか？」

「とんでもない」自信たっぷりに見せようと危なっかしく努力しながら、ビルは机の端に腰かけた。「R・C」ゆっくりと、印象づけるようにいう。「未来がわかるとしたら、どれくらい出す気がありますか？」

コーツビー氏は勢い込んでいった。「わしをからかってるのか？　出ていけ！　おまえは追い出されたはずだ――待て！　そういえば――妙な本を読んでいたな。魔術の指南書か何かを」

子どものような顔が熱心そうに輝いた。「どういうことだ？」

「いった通りですよ、Ｒ・Ｃ。未来がわかるとしたら、どれくらい出す気がありますか？」

コーツビー氏は口ごもった。「どうやって？　タイムトラベルか？　ピラミッドか？　王の間でも見つけたか？」

「それよりずっと簡単なことです。ほら」――彼はポケットから新聞を出し、紙名と日付の欄だけが見えるように折り畳んだ――「明日の新聞です」

コーツビー氏はそれをひったくろうとした。「見せろ」

「いいや。だめですよ。先に条件を話し合わないと。けれど、たしかにここにあるんです」

「いかさまだ。印刷屋で作った偽物だろう。信じるものか」

「わかりました。Ｒ・Ｃ、あなたがそんなに疑り深い人だとは思いませんでしたよ。けれど、あなたの誠意がその程度のものなら――」ビルは新聞紙をポケットに入れ、戸口へ向かおうとした。

「待て！」コーツビー氏は声を低くした。「どうやってそれを手に入れた？　魂を売ったのか？」

「そんな必要はありません」

「どうやった？　魔法か？　まじないか？　それとも儀式か？　教えてくれ。それが本物だと証明してくれ。そうしたら、条件を話し合おう」

ビルはぶらぶらと机に行き、灰皿にパイプの中味を空けた。

「おれは発育不全の使い走りだ。名前はスナルバグだ。それだけでは飽き足らず——今度は証明に使われるとは！」

コーツビー氏は、灰皿の中でかんかんに怒っている小さな悪魔に心を奪われた。彼が畏敬のまなざしで見ている前で、ビルはパイプを差し出してその住人を入れ、煙草を詰め、火をつけた。炎の中で気持ちよさそうにスナルバグがうめくのを、氏は感心して聞いた。

「間違いない」彼はいった。「条件は？」

「一万五千ドル」ビルは値切られることを想定していった。

「そうふっかけるな」スナルバグが警告した。「急ぐんだ」

だが、コーツビー氏は小切手帳を取り出し、そそくさとサインした。小切手に吸い取り紙を当て、手渡す。「これで交渉成立だ」彼は新聞紙をひったくった。「ばかな若造だな。一万五千ドルだと！　ふん！」そういいながら、すでに経済面を開けていた。「明日の市場でどれだけ儲けられるか考えたら、一万五千ドルなど惜しくもない。はした金だ」

「急げ」スナルバグがせっついた。

「さよなら」ビルは礼儀正しくいった。「それと、ありがとうございます——」だが、ルーベン・コーツビーは聞いていなかった。

「何をそんなに急《せ》かすんだ？」エレベーターで、ビルは訊いた。

「人間ってやつは」スナルバグはため息をついた。「なぜ急ぐのか、考えたこともないのか。すぐに銀行へ行って、その小切手を金に替えるんだ」

それでビルは、スナルバグに絶え間なくせっつかれながら、市庁舎やコーツビー研究所に駆けつけたのと同じくらい急いで銀行へ向かった。数分の一秒の差で何とか間に合った。ドアはすでに閉まりかけていたが、三時きっかりに滑り込んだ。

彼は小切手を金に替え、行員が金額の大きさに目を丸くするのを見た。さらに口座名義をウィリアム・ヒッチェンズからヒッチェンズ研究所へと変える間、ぞくぞくするような喜びを味わった。

車に戻った彼は、ようやく静かなところでパイプに話しかけることができた。「さて」家まで車を走らせながら、彼はいった。「何をそんなに急いでいたんだ？」

「やつは支払いを差し止めるからさ」

「メリーゴーラウンドに乗せられたと知ってか？　だが、ぼくは何も約束したわけじゃない。明日の新聞を売っただけだ。それで金儲けができるとは保証してない」

「それはそうだ。だが――」

「たしかにおまえは警告した。だが、何が悪いんだ？　R・Cは欲が深いかもしれないが、悪い男じゃない。支払いを差し止めることはないさ」

「そうかな？」

車が信号で止まった。交差点で、新聞売りの少年が「新聞！」と叫んでいる。ビルは何気なく見出しを見て、さらにもう一度読むと、すぐに五セント玉を出して新聞を買った。

脇道に入り、車を止めて、新聞に目を通した。一面に「市長暗殺される」とある。スポーツ面ではアルハザードが二十倍で勝った。死亡記事も、昼に読んだのと同じだ。日付欄を見る。八月二十二日。明日の日付だ。

「いっただろ」スナルバグが説明した。「遠い未来へ行くほど身体が強くないんだ。おれは決して優秀な悪魔じゃない。それに、記憶の乱れはときどきひどくなる。だから、明日の日付の新聞が手に入るだけの未来に行ったんだ。それに、どんなばかでも火曜の新聞が月曜の午後に出ることは知っている」

一瞬、ビルはめまいがした。魔法の新聞、一万五千ドルの新聞が、どこの街角でも売られている。R・Cが支払いを差し止めるのも当然だ！　それから、ふと気づいた。そして笑い出した。とうてい止めることはできなかった。

「気をつけろ」スナルバグが叫んだ。「パイプが落ちるじゃないか。何がそんなにおかしいんだ？」

ビルは涙を拭いた。「ぼくが正しかったんだ。わからないのか、スナルバグ？　人間をなめちゃいけない。ぼくの呪文はお粗末だった。おまえしか呼び出せなかったんだから。そしておまえは、いんちき同然の新聞を持ってきて、それを利用しようとしたぼくはメリーゴーラウンドに乗せられてしまった。この魔法が何の役にも立たないという点では、たしかにおまえが正しい。

だが、魔法以外の部分、人間の心理を利用し、弱点を知って、それを活用したことで、シロップのような声を出すあの男から、まさに彼が禁じた研究への資金を手に入れたんだ。やつの人生で、人間のためにこれほどの善行を積むことは、この先ないだろう。ぼくは正しかったんだ、スナルバグ。人間をなめちゃいけない」

スナルバグの蛇がくねくねと動き出し、軽蔑するようにからみ合った。「人間ってやつは！」彼は鼻を鳴らした。「今にわかるさ」そういうと、むっつりとしながらも満足げに首を振った。

星の花嫁

Star Bride

わたしはずっと知っていた。同じ学校に通っていた頃から、いつの日か彼がわたしを愛してくれることを。そしてどういうわけか、自分が愛されるのはいつも二番目だということもわかっていた。それは少しも構わない。けれど、こんなことになるとは思ってもみなかった。わたしよりも彼に愛されたのが、征服した惑星の原住民の娘だとは。

想像できなかったのも無理もない。学生時代はまだ〝征服〟や〝帝国〟の時代ではなかったのだから。月へ行くロケットのうわさをしていたあの頃は、まさかあのロケットができてから、こんなに早く物事が進むとは思わなかった。

すべてが始まったとき、わたしをさしおいて彼が一番に愛しているのは〝宇宙〟そのものだと思っていた。けれど、それも長くは続かなかった。今では、宇宙がわたしから彼を奪うことはないし、彼女もまた、真の意味では奪えなかった。なぜなら、彼女は死んだから。

でも、こうして川辺に座り、彼の話を聞いていても、彼女を憎む気にはなれない。彼女も女だから。そして、同じく彼を愛していた。そのために死んだのだ。

彼は昔ほどその話をしなくなった。いい兆候だと思う。話をするのは熱がひどいときか、連邦評議会に思いやりのある植民地政策を訴えてきたときだけだ。それは、熱のときよりも厄介だった。

彼はそこに座り、彼女の星を見上げていった。「だけど、彼らは人間なんだ。ああ、最初はぼくもみんなと同じ考えだったさ。征服隊の報告を受けた後ですら、化け物が出てくるんじゃないかと思っていた。だが、ぼくたちとほとんど同じ外見だということがわかった。そして、男女混成の乗組員を禁ずるという古い規則の中、宇宙船で数カ月を過ごした後で……」

彼は話さなければならない。精神科医はその点を、とても注意深くわたしに説明した。今ではそうたびたびではないことに感謝するばかりだ。

「植民地行政府の者は、みんなそうしていた」彼はいった。「故郷で待っている女性によく似た娘を選び、ヴルンの風習にのっとった結婚式を挙げた――もちろん、植民地行政府に認められたものじゃない。少なくとも、表向きにはね」

その人がわたしに似ていたかどうか、彼に訊いたことはない。

「けれど、美しい儀式だった。評議会にはいつも、その点を訴えているんだ。征服前のヴルンのほうが、ずっと高いレベルの文化を持っていることを認めるべきだと。彼女はこんな詩や音楽を教えてくれた……」

今ではわたしも、それをそらんじることができた。どの詩も、どの音楽も。奇妙で、物悲しくて、想像したこともない調べ……それでいて、想像しうるあらゆるものと、どこか似通っていた。

「彼女と暮らしてみてわかったんだ。彼女と一緒にいて、その一部になることで、緑の肌と白の肌が同じベッドで寝ることは、少しもグロテスクでも、奇怪でもないということがね」

いいえ、それはこれまでの話。今はもう、彼がその話をすることはない。わたしを愛しているのだから。「みんなも理解すべきだ！」彼女の星を見上げて、彼はいった。

精神科医の説明では、彼は自分の罪悪感を、評議会と植民地政策に転嫁しているということだった。けれどわたしには、なぜ彼が罪悪感を持たなくてはいけないのかわからない。しかたがなかったのだ。彼は戻りたがった。戻ろうとしていた。なのに、途中で宇宙熱にかかってしまったのだ。そうなったら当然、一生涯この惑星を離れることはできない。

「彼女は妙な名前だった。ぼくは一度も正しく発音できなかった――全部が母音なんだ。だからぼくは、星の花嫁と呼んだ。彼女はばかげているといったけどね――惑星は違っても、ぼくらは太陽という同じ星系に属しているのだからと。これが原始人の反応といえるかい？　つまり、平均的なヴルンの科学文明レベルは……」

そして、彼がここに座って見上げている限り、やはりそれは彼女の星なのだ。わたしには、そんなふうにまっすぐ物を見られない。そして彼は、彼女のことを星の花嫁と呼んだ。

「子供が生まれるまでには戻ると約束したんだ。彼女の神と、ぼくの神に誓った。両方の名の下に。神はそれを聞き届けたはずだ。彼女は、ひとことこういった。〝あなたが戻らなかったら、わたしは死ぬわ〟。それだけだ。〝わたしは死ぬわ〟と。その後、二人で地元のワインを飲み、ひと晩じゅう民謡を歌って、明け方にベッドに入った」

彼女に宛てた手紙のことは、話すまでもなかった。それでも彼は語った。熱が下がり、カレンダーを見た彼が、最初に考えたのはそのことだった。それでわたしは、彼のために手紙を書き、投函した。その手紙には植民地統治のスタンプが押されて帰ってきた。そこには〝死亡〟とだけあった。

「彼女がどんな死に方をしたのかわからない」彼はいった。「子供が生まれたのかどうかもわからないんだ。ひとりの原住民について、植民地行政府に訊いてみるといい！　彼らは目を覚まさなければならない……」

それから彼は、いつものようにしばらく口をつぐんだ。水辺に座ったまま、青い星を見上げ、奇妙な題名の悲しい民謡を歌った。『セントルイス・ブルース』、『バーバラ・アレン』、『ラヴァー・カムバック・トゥ・ミー』。

少しして、わたしはいった。「わたしはこの星を出ることができるわ。いつか、わたしがいなくても大丈夫なくらい回復したら、わたしはヴルンへ――」

「〝地球〟だ」彼はいった。あたかも、ただの奇妙な響きの単語ではなく、愛の言葉であるかのように。「彼らはヴルンをそう呼ぶんだ。彼女は自分を地球人だといった。そしてぼくを、〝わたしの火星人さん〟と呼んだ」

「地球へ行くわ」その言葉は決まってうまく発音できなくて、彼はいつも少し笑った。「そして、あなたの子供を探し出し、連れて帰るわ」

すると彼はこっちを見て微笑むのだ。それからしばらくして、わたしたちは運河を離れ、彼女の青い星に背を向けて家へ帰る。それでようやく、わたしは死んだ原住民、白い肌をした地球の〝星の花嫁〟にさえ勝てない、二番目の存在であることに耐えられるのだ。

たぐいなき人狼

The Compleat Werewolf

教授はメモを見た。

冗談はやめて――グロリア

ウォルフ・ウルフはそのメモを黄色いボールのようにくしゃくしゃと丸め、窓から春の陽光に輝くキャンパスへと投げ捨てた。それから、いくつか候補を考えた後、流暢《りゅうちょう》な中期高地ドイツ語で冒瀆的な言葉を吐いた。

学部図書館の予算案をタイプしていたエミリーが顔を上げた。「すみません、ウルフ教授、何とおっしゃったのでしょうか。中期高地ドイツ語はあまり得意ではないので」

「ただの出まかせさ」ウルフはそういって『英独哲学ジャーナル』を放り、続いて電報を放った。

エミリーはタイプライターから顔を上げた。「どうかなさったのですか。ヘイガーに関する研究論文が、評議会に却下されたとか？」

「人類の知識に貢献する、あの記念碑的な論文がか？　いいや。そんな大したことじゃないさ」

「でも、ひどく動揺されているみたいで――」

「職場妻のつもりか！」ウルフはせせら笑った。「そうなると、ものすごい一妻多夫だな。学部全体をきみが掌握しているわけだから。出てってくれ」

エミリーの浅黒い小さな顔が義憤《ぎふん》に赤くなり、平凡さは消え失せた。「そんなおっしゃりようはないでしょう、ウルフさん。わたしは力になりたいと思っただけなのに。それに学部全体なんかじゃありませんわ。ただ――」

ウルフ教授はインク壺を取り上げ、電報とジャーナルを見た後、ガラス製の壺をまた下に置いた。「いいや。自制心を失いたければもっといい方法がある。悲しみというのは、粉々にするよりも容易にまぎれてしまうものだ。二時にヘルブレヒトと会う約束をしておいてくれないか？」

「どちらへ行かれるんです？」

「どこでもいいだろう。じゃあな」

「待ってください。お手伝いできるかもしれません。学生たちにお酒をふるまって、学部長に叱られたのを覚えているでしょう？　たぶんわたしなら――」

ウルフは戸口に立ち、印象づけるように片手を伸ばして、中指と同じ長さの変わった人差し指を突きつけた。「マダム、きみは学問の上で欠くべからざる人だ。学部の存続の支えであり、頼みなんだ。だが、今は学部のことなどくそくらえだ。そこはこれからも、きみの計り知れない献身を求め続けるだろうけどね」

「でも、あなたはおわかりになっていないんですわ——」エミリーは声を震わせた。「ええ、そうですとも。決しておわかりにならないわ。ただの男なんですもの——いいえ、男ですらないわ。ただのウルフ教授。ウーウーだわ」

ウルフはぎくりとした。「何だって？」

「ウーウー。みんなそう呼んでいます。あなたの名前がウォルフ・ウルフだから。学生たちもみんな。でも、そんなことには気づかないでしょう。そうですとも。ウーウー、それがあなたよ」

「そいつは」ウォルフ・ウルフはいった。「この上ない打撃だな。心は張り裂け、世界は粉々になってしまった。キャンパスを遠く離れて、バーを探すとしよう。だが、それだけじゃ足りない。このわたしがウーウーと呼ばれるとはね。では失敬！」

くるりと背を向けた彼は、戸口で大きな柔らかい塊にぶつかった。それは「ウルフ！」というあいさつと取れなくもないが、むしろ「うっぷ！」という当然のうめき声とも取れる声を漏らした。

ウルフは部屋に後戻りし、フィアリング教授を迎えた。でっぷりとして、鼻眼鏡をかけ、杖をついている。年上の男は自分の机へよたよたと向かい、腰を下ろすと、長いため息をついた。「おいおい」彼はあえぎながらいった。「やけに急いでいるじゃないか」

「すみませんでした、オスカー」

「まあ、若いからな——」フィアリング教授はハンカチを探そうと手探りしたが、ないとわかると、よれよれになったネクタイで鼻眼鏡を拭いた。「しかし、なぜそんなに急いで出ていこうとしたんだね？　それに、なぜエミリーが泣いているんだ？」

「泣いてる？」

「おわかりになりました？」エミリーはあきらめたようにいった後、濡れたハンカチを口に当てて「ウーウー」とつぶやいた。

「それから、なぜ『英独哲学ジャーナル』が、キャンパスを歩く何の罪もないわたしの頭上に飛んできたんだ？　念動力でも会得《えとく》したのかい？」

「すみません」ウルフはぶっきらぼうに繰り返した。「ちょっと腹が立っていたもので。グロッケのばかばかしい議論に我慢ならなかったんです。では」

「待ちたまえ」フィアリング教授はハンカチの入っていたためしのないポケットを探り、黄色い紙片を取り出した。「これは、きみのものではないかね？」

ウルフはそれを引ったくり、あっという間に紙吹雪にしてしまった。

フィアリングはくすくす笑った。「グロリアがここの学生だったときのことは、よく覚えているよ！　つい昨晩も、『月光と音楽』に出演する彼女を見て、あの頃を思い出していたのさ。学部じゅうが大騒ぎだったな！　そうとも、わしももう少し若ければ――」

「もう行きますよ。ヘルブレヒトのことを頼むよ、エミリー」

エミリーは鼻をくすんといわせ、うなずいた。

「なあ、ウルフ」フィアリングはさっきよりも真面目にいった。「口うるさいことをいうつもりはないがね、きみは物事を深く考えすぎる。機嫌を損ねたり、酒を飲んだりするよりも、心を鎮《しず》めるもっといい方法があるはずだ」

「誰がそんなことをいってるんですか――」

「いう必要があるかね? なあ、もしきみが――きみは信心深いほうではないだろう?」

「あるはずないでしょう」ウルフはきっぱりと否定した。

「きみさえその気なら……こんなことをいってもよければ、ウルフ、今夜、神殿へ行ってみないか? 特別な礼拝があるんだ。きみもきっとグロ――ごたごたのことを忘れるだろう」

「お気持ちはありがたいのですが、結構です。その神殿というのには、一度行ってみたいと常々思っているのですが――いろんなうわさを聞いていますのでね――今夜はやめておきます。いつかまた」

「今夜は特に面白いんだがね」

「なぜです? 四月三十日が、どんな特別な祝祭日だというんです?」

フィアリングは白髪頭を振った。「学者が自分の専門分野以外ではてんで無知なのは、嘆かわしいことだ……だが、場所は知っているね、ウルフ。今夜、来るのを期待しているよ」

「ありがとうございます。しかし、わたしの悩みは超自然的な解決を必要としていませんから。ゾンビ(ラム酒に柑橘類のジュースやアンズ酒を加えたカクテル)なら大歓迎ですが。といっても、役に立つ死体のことじゃありませんよ。ではさようなら、オスカー」戸口まで行く途中で、彼は後から思いついたようにいった。「さよなら、エミリー」

「その短気さ」フィアリングがつぶやいた。「その性急さ。若いってのはすばらしいじゃないか。そう思わないかい、エミリー？」

エミリーは何もいわなかったが、あらゆる悪魔に追い立てられるかのように、予算案のタイプに没頭した。事実、その多くに追い立てられていたのである。

日が沈もうとする頃、ウルフの泣き言はまだ続いていた。バーテンが酒場にあるすべてのグラスを磨き終えても、繰り言は終わらなかった。バーテンはこれまで経験したことのない退屈さと、ゾンビを際限なく飲み続ける客を賞賛する気持ちに引き裂かれていた。

「彼女が中間試験で赤点を取ったときの話はしたっけ？」ウルフは噛みつくようにいった。

「まだ三度しか聞いていませんね」バーテンダーはいった。

「だったら話そうじゃないか。わかるだろう、普段はこんなことはしないんだ。専門家としての道徳的規範というものがあるからね。だが、これは違うんだ。無知だから知らないんじゃなくて、そういうことを知っておくべき娘が知っておくべきことを知っているタイプの女性じゃないから知らないんだ。わかるか？」

バーテンは、カウンターの端にひとりで腰を下ろし、ジントニックをちびちび飲んでいる太った小男を値踏みするように見た。

「彼女のおかげでそれが見えたんだ。おかげでいろんなことが見えたし、今でも彼女が見せてくれた物事を見ることができる。教授が女子学生に手出しするのとはわけが違うんだ。わかるか？　違うんだよ。すばらしいことだ。まったく新しい人生が始まったようだった」

バーテンはカウンターを横歩きして、端までやってきた。「お客さん」と、小声でいった。

奇妙なひげを生やした小男は、ジントニックから顔を上げた。「何です？」

「あの酔っ払い教授の話をあと五分聞かされたら、この酒場をぶち壊しちまうかもしれません。あそこへ行って、わたしの代わりに相手をしちゃくれませんか？」

小男はウルフの方を見て、背の高いゾンビ・グラスを握った手に目を留めた。「喜んで」彼はうなずいた。

バーテンはほっとして、大きくため息をついた。

「彼女は若さだった」ウルフはバーテンが立っていた場所に向かって、熱心に語っていた。「だが、それだけじゃない。違うんだ。人生であり、興奮であり、喜びであり、エクスタシーであり、その他もろもろだった。わかるか――」彼は言葉を切り、誰もいない空間を見つめた。「驚いたな！」彼はいった。「この目の前で。驚いた！」

「何かおっしゃいましたか？」太った小男が、隣のスツールから声をかけた。

ウルフは振り返った。「ああ、いたのか。期末レポートをチェックしに、彼女の家へ行ったときのことは話したっけ？」

「いいえ。でも、聞かせてくださいますよね？」

「なぜわかった？　そう、あの夜――」

小男はちびちびと酒を飲んでいたが、ウルフがためらいがちな火遊びをした夜のことについて要領の得ない話を終えたときには、グラスは空になっていた。ほかの客も入ってきて、カウンターの三分の一は埋まっていた。

「――そして、そのときから――」ウルフはだしぬけに言葉を切った。「あんたじゃない」彼は抗議した。

「わたしですよ」

「だが、あんたはバーテンだったはずなのに、バーテンじゃない」

「わたしは魔術師です」

「ああ、それで合点がいった。で、さっきもいったように――おい、さっきはなかったのにひげが生えてるぞ」

「何ですって？」

「ひげが生えてるといったんだ。その頭みたいにね。まるで房飾りだ」

「これが好きなんです」

「それに、グラスが空だ」

「別に構いません」

「いや、そうはいかない。グロリア・ガートンにプロポーズして断られた男と飲めるなんて、滅多にないことだ。お祝いをすべきだ」ウルフはカウンターをバンバン叩き、指を二本立てた。

小男は、その指が同じ長さなのを見た。「いいえ」彼は穏やかにいった。「やめておいたほうがいいでしょう。自分の酒量は知っています。これ以上飲めば――そう、何かが起こりますよ」

「起こればいい!」

「いいえ、本当に。わたしはむしろ――」

バーテンが飲み物を持ってきた。「やってください」彼はいった。「この人をおとなしくさせておいてくださいよ。いつか礼をしますから」

小男はしぶしぶジントニックに口をつけた。

教授は何杯目かのゾンビをがぶりと飲んだ。「わたしの名はウーウーだ」彼はいった。「たいていは、ウォルフ・ウルフと呼ばれるがね。本当はウーウーなんだ。あんたの名は?」

相手は一瞬動きを止め、アラビア語のような言葉を解読しようとした。それからいった。

「大オジマンディアス」

「妙な名前だな」

「わたしは魔術師だといったでしょう。とはいえ、長いこと職にはついていません。劇場支配人ってやつは変わっていますね。本物の魔術師には用がないらしいんです。わたしの十八番さえ、やらせてくれないんですから。思い起こせばあの晩、ダージリンで――」

「よろしく、ミスター……ミスター――」

「オジーで結構です。みなそう呼びますから」

「よろしく、オジー。それで、その女性だがね。グロリアのことさ。わかってるか?」

「ええ、もちろん」

「ドイツ語の教授なんか眼中にないとさ。もっと華やかな相手がほしいってわけだ。俳優とか、Gメンだったら——わかるか？」

大オジマンディアスはうなずいた。

「そりゃいい！　わかるかね。いいぞ。だが、くどくど話してどうする？　わかってるんだろ。ならいい。もうたくさんだ」

オジマンディアスはひげに縁取られた丸顔を明るくした。「そうですとも」彼はそういって、大胆にもこうつけ加えた。「飲みましょう」

二人はグラスを合わせ、酒を飲んだ。ウルフはうっかり古期低地フランコニア語で乾杯したが、属格の使い方に許しがたい誤りを犯してしまった。

隣にいた二人の男が『野花』を歌いだしたが、憂鬱そうな尻すぼみに終わった。「必要なのは」山高帽をかぶったひとりがいった。「テノールだ」

「必要なのは」ウルフがいった。「煙草だ」

「いいでしょう」大オジマンディアスがいった。バーテンは二人の目の前にビールを置いた。オジマンディアスはカウンターの向こうに手を伸ばし、バーテンの耳から火のついた煙草を取って、友人に手渡した。

「どこから出てきたんだ？」

「わたしにもよくわかりません。ただ、どうやったら手に入るかがわかるのです。魔術師だといったでしょう」

「ああ。なるほど。てじゅなしか、、、、」

「いいえ。手品師じゃありません。魔術師です。ああ、いかん！　またやっちまった。ジントニックを二杯以上飲むと、つい自慢してしまうんです」

「信じられん」ウルフは冷静にいった。「魔術師なんていないんだ。オスカー・フィアリングや彼の神殿と同じだ。結局四月三十日の何が特別だったんだ？」

ひげを生やした男が眉をひそめた。「後生ですから、そのことは忘れてください」

「いいや。あんたが信じられない。あの煙草は手品で出したんだろう。魔法なんかじゃない」

その声が高くなった。「あんたは偽物だ」

「頼みますから」バーテンが小声でいった。「静かにさせてください」

「わかりましたよ」オジマンディアスは苛立ったようにいった。「手品にはなりえないものをお見せします」隣の二人組が、また歌いだした。「この二人はテノールを探していましたね。さあ、お聴きください！」

すると、えもいわれぬほど美しいアイルランド語のテノールが、二重唱に加わった。歌っている連中は、声の出どころには関心がない様子で、新しい声にこれ幸いと張り切った。その結果、バーはグリークラブが団体で立ち寄った夜以来の、美しいハーモニーを聞くことになった。

ウルフは感心したようだったが、やがて首を振った。「これだって魔術なものか。腹話術だろう」

「実をいえば、イースター蜂起で死んだ街頭歌手なんです。いい人でした。あんないい声は聞いたことがありませんでしたが、あの夜ダージリンで――」

「嘘だ！」ウルフ・ウォルフは大声をあげ、けんか腰でいった。

オジマンディアスはふたたび、相手の長い人差し指をじっと見た。教授の黒々とした眉が、鼻の上でまっすぐにつながっているのを見た。だらしなく置いた手をカウンターから持ち上げ、手のひらを詳しく調べた。目立つほどではないが、毛が生えている。

魔術師は満足げに笑った。「それで、あなたは魔術をばかにするのですね！」

「魔術をばかにして、何が悪い？」

オジマンディアスは声を低くした。「なぜなら、毛深いお友達、あなたは人狼だからですよ」

アイルランド人殉教者が『トラリーの薔薇』を歌い出し、二人の生者がうまいこと加わった。

「わたしが、何だって？」

「人狼です」

「だが、そんなものはいやしない。どんなばかでも知ってる」

「ばかというのは」オジマンディアスはいった。「利口が知らないことをたくさん知っているものですよ。人狼はいるのです。常に存在し、おそらくこれからも存在しつづけることでしょう」彼は静かに、自信たっぷりにいった。まるで地球は丸いといっているかのように。「そして、見間違えようのない三つの特徴があります。眉がつながっていること、長い人差し指、毛の生えた手のひら。あなたはその三つを全部そなえている。名前さえも、その事実を物語っています。苗字にはいわれがあるものです。スミス氏は、祖先の誰かが鍛冶屋《スミス》だったのです。フイッシャー氏は、漁師の出身です。そしてあなたの名はウルフだ」

その口調はとても静かで、説得力があったので、ウルフは口ごもった。

「だが、人狼ってのは、人間が狼に変身するんだろう。わたしはそんなことをした覚えはない。本当にないんだ」

「哺乳類というのは、子を産み、育てる動物をいいます。そうはいっても、処女もまた哺乳類です。一度も変身したことがないからといって、人狼でないということはありません」

「だが、人狼は――」だしぬけに、ウルフは目を輝かせた。「人狼か！　そいつはGメンよりもいいぞ！　グロリアに見せつけてやれる！」

「どういう意味です？」

ウルフはスツールを降りた。新たなすばらしい考えに興奮して、すっかり酔いがさめてしまったようだ。彼は小男の袖をつかんだ。「さあ、静かなところへ行こうじゃないか。そこで、あんたが魔術師だってところを証明してもらおう」

「でも、どうやって？」

「どうすれば変身できるのか、教えてくれ！」

オジマンディアスはジントニックを飲み終え、最後にもう一度、後悔したようにためらった。

「兄弟」彼はいった。「話は決まりました！」

オスカー・フィアリング教授は、〈黒い真実の神殿〉の奇妙な彫刻をほどこした聖書台の後ろで、よく通る声で祈禱《きとう》を終えようとしていた。「そして、あらゆる夜の中で今夜、闇の中で成長する黒い光の名において、感謝を捧げよう！」彼は羊皮紙で装丁した本を閉じ、こぢんまりとした会衆《かいしゅう》に向き直ると、激しい口調で呼びかけた。「下級神に感謝を捧げたい者は？」

髢《かもじ》を入れた未亡人が立ち上がった。「感謝します！」興奮した金切り声で続けた。「わたしのミン・チョイは病気で、死にかけていました。彼女の血を下級神に捧げたところ、お慈悲により回復したのです！」

祭壇の上では電気工がスイッチを確かめ、不機嫌にいった。「故障だ！　どれもこれも！」

グロテスクで恐ろしげな衣裳と格闘していた男が、手を止めて肩をすくめた。「連中はたんまり金を払ってるんだぞ。故障なんてことになったら、どうなる？」

背の高い、やせた老人が、よろよろした足で立ち上がった。「感謝します！」彼は叫んだ。「偉大な事業をなしとげさせてくれた、下級神に感謝を捧げます。磁気爆弾に対する保護膜は、試験の結果、成功であることがわかりました。わが国と科学、そして神のおかげです」

「故障だ」電気工がつぶやいた。

衣裳に身を包んだ男が、祭壇のほうをちらっと見た。「故障だと！　あいつは物理学科のチジックだぞ。そういう男が、こんなものを鵜呑みにするなんて！　しかも、その言葉を聞いてみろ。政府の設置計画にまで話が及んでいるんだぞ。第五列の連中の耳に入ってるに違いない」

会衆が感謝を捧げ終えると、神殿に沈黙が訪れた。フィアリング教授は聖書台に身を乗り出し、静かな、印象的な口調で語りはじめた。「闇の兄弟よ、知っての通り今宵は四月三十日、メイ・イヴである。教会が殉教者聖ワルプルギスに捧げた夜（聖女ワルプルギスの記念日である五月一日の前夜、ドイツで魔女の集会が行われたといわれる）

である。われわれはさらに深い目的でこの夜を別のものに捧げよう。この夜は、そしてこの夜だけが、下級神にわれわれの感謝をじきじきに伝えることができるのだ。中世がその欲望を曲解した放埓《ほうらつ》な乱痴気騒ぎでも、みだらな行いでもなく、賛美と、暗黒から生まれた、深く、暗い喜びを」

「帽子を持ってろよ」衣裳の男がいった。「またも出番だ」

「エカ！」フィアリングが怒鳴った。「ドヴィ、トリ、チャト！　パンチャ！　シャス、サプタ！　アシュタ、ナヴァ、ダシャ、エカダシャ！」間《ま》があった。ここは常にきわどい瞬間だった。大学町の学者たちに、完璧なサンスクリット語によるこの祈りが、一から十一までの数を数えたにすぎないと知られるかもしれないからだ。だが、誰も騒ぎ出さなかったので、彼はよりふさわしくラテン語で続けた。「われらの招きに応じてただちに現れよ《ベル・ヴォタ・ノストラ・イプセ・ヌンク・スルガト・ノビス・ディクトゥス》、バール・ゼブブ！」

「バール・ゼブブ！」会衆が唱和した。

「合図だ」電気工はそういって、スイッチを引いた。

明かりがまたたき、消えた。稲妻が聖地を切り裂く。突如として、暗闇の中から鋭い吠え声と苦痛の鳴き声、長々と続く勝利のおたけびが聞こえた。

今では、青い光がぼんやりともっていた。そのかすかな明かりの中、電気工は隣にいた衣裳の男が、血を流した手を押さえているのを見て驚いた。

「いったいどうした――」電気工はささやいた。

「知るもんか。合図を受けて、恐ろしげな格好をすっかり整えて出ていったら、何が起こったと思う？　ものすごく大きな犬が現れて、おれの手に嚙みついたんだ。何だって台本を変えたんだろう？」

青い光の中、会衆は房のようなひげを生やした太った小男と、その隣に立つ見事な灰色の狼を見ていた。「下級神、万歳！」コーラスがまた聞こえはじめ、ひとりのオールドミスがこうつぶやくのをかき消した。「でも、去年のよりずっとすてきだわ」

「同胞よ」大オジマンディアスがいうと、あたりはしんと静まり返った。沈黙の中、人々は下級神の言葉を待った。オジマンディアスは一歩前に出て、慎重に唇で舌を挟むと、自分の経歴の中でもっとも熟れた、みずみずしい野次《ラズベリー》を口にして、狼もろとも消え去った。

ウォルフ・ウルフは目を開け、あわててまた閉じた。静かで落ち着いたバークリー・インに、遠心室があるとは思わなかった。不公平だ。暗闇の中に横たわり、めまいが止まるのを待って、ゆうべのことを思い出そうとした。

バーのことはちゃんと覚えていた。ゾンビのことも。バーテンのことも。すごく同情的な男だったが、突然房のようなひげを生やした小男に変わっていた。そこから妙なことになった。煙草とか、アイルランド人のテノールとか、人狼とか。突拍子もない話だ。どんなばかだって――。

ウルフはぱっと起き上がった。人狼だって。シーツを払い、脚を見下ろして、ほっとため息をついた。確かに毛深い。テニスのしすぎで黒くなっている。だが間違いなく人間の脚だ。

起き上がり、懸命に不安を抑えつけると、床に無造作に散らかしておいた服を拾いはじめた。小人の一団が頭蓋骨に穴を開けようとしていたが、気にしなければそのうちいなくなるだろう。ひとつだけわかっていることがある。これからは上向きになるということだ。相手がグロリアであろうとなかろうと、失恋しようとしまいと、悲しみが去るだけでは終わらない。こんな気分で、自分が人狼だと想像してみたら――。

だが、どうしてこんなに事細かに想像できるんだ？　服を着ているうちに、断片的な思い出が次々とよみがえってくるような気がした。房のようなひげを生やした男とストロベリー峡谷へ行き、魔法のために寂しい、孤立した場所を選び、その言葉を学んだ――。

何てこった。その言葉さえ思い出せる。自分を変身させ、また元に戻す言葉を。

酔った頭で作り上げたのだろうか？　そして、ぼんやりとしか思い出せないあのことも、自分の想像なのだろうか――あのすばらしい、魔法のような変身の自由。変身のときに一瞬感じた痛みと、しなやかで、足の速い自由な獣になったときの、果てしない幸せ。

鏡に映った姿を見てみた。保守的なグレーのシングルスーツに余分なしわが寄っているほかは、いつも通りの自分だった。物静かな学者。たぶん、おおかたの人間より少しばかり背が高く、少しばかり衝動的で、少しばかりロマンティックだが、やっぱりただの――ウルフ教授だ。

残りの部分はナンセンスだと思ったが、自分の中の衝動的な部分が、事実を証明する方法はただひとつだと告げていた。それは、あの言葉だった。

「いいとも」ウォルフ・ウルフは自分にいった。「見せてやろう」そして、言葉を口にした。

その痛みは、思ったよりも鋭く、激しかった。アルコールで痛みが鈍っていたのだろう。一瞬、出産の痛みにたとえられるような、激しい苦痛に襲われた。それはやがて去り、嬉しい驚きとともに四肢を伸ばした。だが、しなやかで足の速い、自由な獣というわけにはいかなかった。保守的なグレーのシングルスーツに取り返しのつかないほどからめ取られ、なすすべもなくよろめいている狼だった。

立ち上がって歩こうとしたが、長い袖につまずいて、鼻先から倒れた。足で服を破いて逃げ出そうとしたが、ふと動きを止めた。人狼であろうがなかろうが、やはり自分はウルフ教授なのだ。そして、このスーツは三十五ドルした。スーツをびりびりに破くよりも安く、自由になる手段はあるだろう。

彼は流暢に、朗々と低地ロシア語の悪態をついた。どの人狼伝説も、こんな困難には触れていなかった。話では、人間が——ボンッといって——狼に変わり、それから——バンッといって——また人間に戻るだけだった。人間でいるときには服を着て、狼でいるときは毛皮に包まれている。ちょうど、ハイパーマンがエンパイア・ステート・ビルの上でバーク・レントに戻ると、その場で普段着に替わっているのと同じだ。誤解を与えるのもはなはだしい。今になって、大オジマンディアスに言葉を教わる前に、服を脱がされたことを思い出した——。

言葉！　それだ。言葉を唱えて元に戻ればいい——アブサルカ！——そうすれば、ぴったり合ったスーツを着た人間に戻れるのだ。そうしたら服を脱いで、好きなことをすればいい。どうだ？　理性はすべてを解決する。「アブサルカ！」彼はいった。

あるいは、いったつもりだった。頭の中では、アブサルカと口にするためのあらゆる手続きを踏んだものの、出てきたのは耳障りな鳴き声だけだった。そして彼は、保守的な服を着た哀れな狼のままだった。

それは服よりも深刻な問題だった。解放される手段がアブサルカと口にすることだけだとしたら、そして、狼である以上、何も話せないとしたら、いつまでもこのままということだ。宙ぶらりんのままだ。オジーを見つけて、頼まなくては——だが、グレーのスーツに身を包んだ狼が無事にホテルを出て、知りもしない居場所を突き止めることができるだろうか？

彼はのっぴきならない状況に追い込まれ、途方に暮れていた。彼は——。

「アブサルカ！」

無残にしわくちゃになったグレーのスーツに身を包んだウォルフ・ウルフ教授は、房のようなひげを生やした大オジマンディアスに微笑んだ。

「おわかりでしょう」小柄な魔術師はいった。「目が覚めたら、すぐに試すだろうと思いました。困ったことになるのは目に見えていましたからね。それで、ここへ来て、元通りにしようと思いまして」

ウルフは何もいわずに煙草に火をつけ、オジマンディアスに箱を差し出した。「今、入ってきたとき」彼はようやくいった。「何が見えた？」

「狼になったあなたです」

「じゃあ、やっぱり——本当に——」

「そうですとも。あなたは立派な狼でした」

ウルフはしわくちゃになったベッドの上に腰を下ろした。「たぶん」思い切って、ゆっくりといった。「信じたんだと思う。わたしが信じれば――けれど、そうなったら、いつも自分がばかにしていたものをすべて信じることになってしまう。神とか、悪魔とか、地獄とか、それから――」

「そう哲学的にならなくても結構ですが、神はいますよ」オジマンディアスは、ゆうべ人狼は実在するといったときと同じ、静かで確信に満ちた口調でいった。

「で、神がいるなら、わたしには魂があると？」

「もちろんです」

「それで、もし人狼だったら――おい！」

「何が問題なんです？」

「それで、わたしが人狼だとすれば――おい！」

「どうかしましたか？」

「わかった、オジー。あんたは何でも知っている。教えてくれ、わたしは地獄に落ちるのか？」

「なぜです？　人狼だから？　まさか。いいですか、人狼には二種類あります。呪いをかけられ、自分ではどうにもならないもの。彼らは何もいわなくても狼に変身してしまいます。それと、あなたのように自発的なもの。たしかに、自発的な人狼のほとんどは地獄に落ちます。

それは血に飢え、人を食い殺す邪悪なものだからです。しかし、人狼だから邪悪だというわけではなく、邪悪だから人狼になるのです。あなたは面白半分に変身しているだけだ。女性の気を引くのによい方法だと思ってね。これは無邪気そのものの動機であり、人狼だからといって、それが損なわれることはありません。人狼は必ずしも怪物である必要はないのです。ただ、わたしたちの耳に入ってくるのが、そういう連中だというだけのことです」

「しかし、人狼だといわれたときには、変身したこともなかったんだぞ。どうして自発的だとわかる？」

「誰もが変身できるわけではないのです。舌を丸めたり、耳を動かしたりするのと同じですよ。できるかもしれないし、できないかもしれない。こうした能力と、たぶん遺伝的な要素もあるのでしょう。そのことについては、誰も本格的に研究していないようですが。かつて潜在的な人狼だったあなたは、いまや顕在化したのです」

「じゃあ、問題はないのか？　単なる楽しみのために人狼になれて、危険はないと？」

「もちろん」

ウルフは高らかに笑った。「グロリアに見せてやろう！　退屈で魅力のないこのわたしが！俳優やGメンとなんて、誰でも結婚できる。だが人狼とは――」

「あなたの子供も、そうなるかもしれませんよ」オジマンディアスは陽気にいった。

ウルフはうっとりと目を閉じ、それから、驚いたように開けた。「知ってたか？」

「何をです？」

「二日酔いがすっかり消えてしまった！　すごいことだ。こいつは――そう、こいつは実用的だ。ついに、完璧な二日酔いの対処法が見つかったぞ。ちょいと狼に変身して、また元に戻れば――ああ、それで思い出した。どうやって戻ればいい？」

「アブサルカです」

「わかってるよ。だが、狼になったら発音できないだろう」

オジマンディアスは残念そうにいった。「それは白魔術だからです。あなたは二番目に優れた呪文しか知ることができません。なぜなら、一番は黒魔術だからです。たしかに黒魔術による人狼は、いつでも好きなときに元に戻れます。ダージリンでは――」

「だが、わたしはどうすればいいんだ？」

「そこが問題ですね。あなたのために〝アブサルカ！〟といってくれる人がいなくてはなりません。わたしがゆうべやったようにね。あるいは、覚えておいでででしょうか？　お友達の神殿でのパーティを抜け出した後――そうだ、こうしましょう。わたしはもう引退の身です。魔法を使って、人並みの暮らしはできています。本気で人狼になりたいですか？」

「どっちにしても、グロリアを手に入れるまではな」

「でしたら、わたしがあなたのホテルに来て、一緒に暮らしましょうか？　そうすれば、いつでも近くにいて、〝アブサルカ！〟といってあげられます。それで相手をものにできたら、彼女に教えればいいじゃありませんか」

ウルフは手を差し出した。「それはいい。握手しよう」それから、腕時計に目をやった。「しまった！　今朝の講義を二コマもすっぽかしてしまった。人狼はいいが、人間は食うために働かなくちゃならないからな」

「ほとんどの人間はね」オジマンディアスは落ち着き払って宙に手を伸ばし、硬貨を取り出した。彼は悲しげにそれを見た。モルドール金貨だった。「妖精どもめ、金貨は違法だということが、どうしてもわからない」

ロサンゼルスからだな。訪問者の軽薄なスポーツコートと明るい黄色のシャツを見たウルフは、南カリフォルニア人に特有の軽蔑を込めて思った。

その若者は、教授がオフィスへ入ってくると礼儀正しく立ち上がった。緑の目は愛想よく輝き、赤毛は春の陽光にきらめいていた。「ウルフ教授ですか？」彼はいった。

ウルフは苛立たしげに机を見た。「ああ」

「オブリーンといいます。少しお話しさせていただきたいのですが」

「わたしがオフィスにいるのは毎週火曜と木曜の三時から四時までだ。今、忙しいんでね」

「これは学部の用事ではありません。大事なお話なんです」若者の態度は、愛想がよくて気さくだったが、急を要することが伝わってきたので、ウルフは興味を持った。二つの講義を受け持つ間、グロリアへの大事な手紙を出すのを待っていたのだ。あと五分くらい待ってもいい。

「いいだろう、オブリーンさん」

「それと、できれば二人きりで」

ウルフ自身、それまでエミリーがいることに気づかなかった。彼は秘書に向かっていった。

「わかった。エミリー――」

エミリーは肩をすくめて、出ていった。

「さてと、その大事で内密な話というのは何だね？」

「二つほどお訊きしたいことがあります。まず、あなたはグロリア・ガートンとどの程度のお知り合いなのですか？」

ウルフは動きを止めた。いえるはずがない。彼女には人狼という立場から、再度プロポーズするつもりだなんて。代わりに、こういうにとどめた――包み隠さずというわけではないが、これも事実には違いない――「数年前、わたしの教え子だった」

「わたしはだったではなく、ですかと訊いたんです。今、彼女とどの程度のお知り合いなのですか？」

「で、わたしがなぜそんな質問に答えなければならないんだ？」

若者が名刺を差し出し、ウルフはそれを読んだ。

ファーガス・オブリーン
私立探偵
カリフォルニア州許可

ウルフは微笑んだ。「それで、どういうことだ？　離婚の証拠かな？　私立探偵ってのは、普通はそういう分野を手がけるんだろう？」

「あなたもよくご存じの通り、ミス・ガートンは結婚していませんよ。わたしはただ、最近彼女と頻繁に連絡を取っているかどうかをお訊きしたいのです」

「わたしのほうも、どうしてそれを知りたいのかが訊きたいだけだ」

オブリーンは立ち上がり、オフィスの中を行ったり来たりしはじめた。「そうもったいつけなくてもいいでしょう？　答えを拒むことが、すなわちあなたとグロリア・ガートンとの関係を物語っているのではありませんか？」

「それ以外の対応をする理由が考えられないね」ウルフは苛立ってきた。

驚いたことに、探偵は緊張を解いたように、にやりと笑った。「いいでしょう。この話はそこまでです。学部のことを教えてください。ここの教員は、どれくらい前からいらっしゃるのですか？」

「講師も含めてかね？」

「教授だけです」

「わたしがここに来てから七年になる。ほかの教授たちは、少なくとも十年はいるはずだ。もっと長いかもしれない。正確な数字が知りたければ、学部長に訊きたまえ。ただし」――ウルフは心から笑った――「頭から放り投げ出されなければね」

オブリーンは笑った。「教授、われわれはうまくやっていけそうですね。あとひとつ、あなた自身から放り投げられそうな質問ですが、あなたはアメリカ国民ですか?」

「もちろんだ」

「それから、学部のほかの教授も?」

「ひとり残らずね。人並みの礼儀を持っているなら、そろそろ、このわけのわからない質問の意味を説明してくれてもいいんじゃないか?」

「だめです」オブリーンはこともなげにいった。「さようなら、教授」油断ない目が部屋を見回し、あらゆるものを鋭く観察した。部屋を出るとき、ついにウルフの長い人差し指からつながった太い眉に気づき、もう一度指を見た。部屋を出ていく彼の目には、何かにはっと気づいたような表情が浮かんでいた。

だが、そんなのはナンセンスだ。ウルフは自分にいい聞かせた。どんなに切れ者で、どんなに無意味な質問をしようと、私立探偵が狼人間の兆候に気づくなんてことがあるはずがない。おかしなことだ。〝人狼〟という言葉なら受け入れられる。「わたしは人狼だ」といっても、何の問題もないだろう。だが、「わたしは狼人間だ」というと、肌がむずむずする。奇妙だ。学術雑誌用に、含意の語源的意味の影響についての論文を書く材料になるかもしれない。

しかし、何たることだ!　ウォルフ・ウルフはもはや学者ではない。いまや人狼なのだ。白魔術の人狼で、楽しみのための人狼だ。これからその楽しみを得るのだ。彼はパイプに火をつけ、机の上の白紙を見て、グロリアへの手紙を一心不乱に書こうとした。学期の終わりに南へ行って、彼女にすばらしい真実を知らせるまで、彼女の気を引き、好奇心をひきつけておけるくらい、思わせぶりなものにしなくてはならない。それは――。

オスカー・フィアリング教授が、重い足取りでオフィスに入ってきた。「やあ、ウルフ。忙しそうだな？」

「ごきげんよう」ウォルフは上の空で答え、なおも紙を見つめた。

「一大イベントだな？　あのグロリアと会えるのが楽しみかね？」

ウルフは驚いた。「何――どういう意味です？」

フィアリングは畳んだ新聞紙を手渡した。「聞いていないのか？」

読み進むにつれ、驚きと喜びがわき上がってきた。

グロリア・ガートン、金曜日に来る
バークリーへ里帰り

スカーレット・オハラ以来の大規模な映画スター発掘の一環として、メトロポリス社の魅惑的な新進女優グロリア・ガートンが金曜日にバークリーを訪れる。

金曜日の午後、大学劇場にて、バークリーの犬という犬は、メトロポリス社の大作『森林の牙』に登場する狼犬トーカーを探す全国的なオーディションに挑戦するチャンスが与えられる。そして、グロリア・ガートンその人が、オーディションに出席する予定だ。

「バークリーには大変な恩があります」ミス・ガートンは語った。「もう一度、大学と町を見ることができるなんて、とても嬉しいことです」ミス・ガートンは『森林の牙』で人間の役を演じることになっている。

ミス・ガートンはカリフォルニア大学の学生時代、最初の映画出演のチャンスをつかんだ。彼女は演劇界の名誉ある〈マスク・アンド・ダガー〉と〈リョー・リョー・クラブ〉の一員である。

ウォルフ・ウルフは顔を輝かせた。完璧だ。学期が終わるまで待つことはない。すぐにグロリアに会って、狼の勢いで彼女を求めよう。金曜——今日は水曜だ。二日もあれば、人狼になる技術を習得し、完璧なものにできるだろう。そうしたら——。

彼は年上の教授がつまらなそうな表情を浮かべているのを見て、少し気の毒になった。「ゆうべはどうでした、オスカー？」彼は話を合わせるようにいった。「盛大なワルプルギスの夜の礼拝は？」

フィアリングは不思議そうに彼を見た。「知ってたのか？　昨日は四月三十日と聞いてもぴんとこなかったじゃないか」

「興味を引かれて、調べてみたんですよ。で、どうでした？」

「すばらしかったよ」フィアリングは弱々しく嘘をついた。しばらく間があって、彼はいった。「知っているかね、ウルフ、誰もがオカルトに期待する、本当の呪いとは何か？」

「いいえ。何です？」

「本物の力では不十分なのだ。自分にとっては十分でも、ほかの人間にとっては不十分だ。そこで、自分の能力がどれほどあるかにかかわらず、ほかの人間を信用させるためには、いかさまを使ってそれ以上に見せなくてはならない。サン＝ジェルマン伯を見たまえ。フランシス・スチュアートを見たまえ。カリオストロを見たまえ。だが、最悪の悲劇は次の段階だ。自分の力が考えていたより大きく、いかさまの必要がないとわかったときだ。これ以上力を拡大する必要がないとわかったとき――」

「何です、オスカー？」

「そのとき、きみは大変な臆病者になる」

ウルフは何か慰めの言葉をかけようとした。こんなふうに。「いいですか、オスカー。わたしはわたしです。嫌々ながらでもいかさまに戻って、幸せにおなりなさい」だが、それをいうことはできなかった。オジーだけが、あの見事な灰色の狼の真実を知っている。オジーとグロリアだけが。

渓谷の陰に隠れたこの場所からは、月が明るく見えた。静かな夜だった。そして、ウォルフ・ウルフは、ひどい舞台恐怖症にかかっていた。いよいよ、本当にやるときだ――今朝の、服がからまった大失敗は数に入れられないし、ゆうべのことははっきりと覚えていない――思い切って狼に変身するのが怖くて、できるだけぐずぐず延ばししていたのだ。

「なあ」彼は神経質そうに、魔術師に訊いた。「グロリアにも、変身のしかたを教えてやれるだろうか？」

　オジマンディアスは考え込んだ。「かもしれません。場合によるでしょう。彼女は元々素質を持っているかもしれないし、持っていないかもしれない。それにもちろん、何に変身するかはわかりません」

「狼とは限らないというのか？」

「もちろんです。変身のできる人間は、何にでも変身します。イギリスや中央ヨーロッパでは、伝統的に人狼の話がよく聞かれます。しかし、北欧では人熊が主流です。ただし、ベルセルクと呼ばれていますがね。それに東洋では、人虎がよく知られています。問題なのは、われわれは人狼のことばかり頭にあるので、知っているのはその特徴だけなのです。人虎をすぐに見分ける術を、わたしは知りません」

「じゃあ、彼女にその〝言葉〟を教えたとき、何が起こるのかわからないというわけか？」

「まったくね。もちろん、あまり役に立たないものもあります。たとえば人蟻。変身したとたん、人に踏まれておしまいということになるでしょう。あるいは、マダガスカルで出会った男もそうでした。彼に〝言葉〟を教えたら、どうなったと思います？　あろうことか人ディプロドクス（ジュラ紀の恐竜）になってしまったんですよ。変身したとたんに家は粉々になってしまい、〝アブサルカ！〟というのがもう少し遅れたら、そのひづめに踏み潰されるところでした。彼はその能力を使わないと決めました。あるいは、ダージリンにいたあの頃――。それはともかく、ひと晩じゅう裸でそこに立っているつもりですか？」

「いいや」ウルフはいった。「今すぐ変身してやる。わたしの服を、ホテルまで持って帰ってくれるだろうね?」

「いいですとも。あなたのために置いておきます。それから、夜勤のフロント係にほんのちょっとだけ魔法をかけ、狼が入ってきても気づかないようにさせておきます。ああ、ところで――部屋から何かなくなっていませんでしたか?」

「いいや、気づかなかった。なぜだ?」

「というのも、今日の午後、誰かがあなたの部屋から出てきたような気がしたものですから。確信できませんが、あそこから出てきたように見えました。赤毛で、ハリウッドっぽい服を着た若い男です」

ウォルフ・ウルフは顔をしかめた。わけがわからない。探偵から的外れな質問をされたのも気に入らないが、ホテルの部屋を探られるとは――。だが、非の打ちどころのない人狼を相手に、探偵に何ができる? 彼はにやりとし、大オジマンディアスに親しげな笑顔でうなずきかけると、〝言葉〟を唱えた。

痛みは今朝ほどひどくはなかったが、それでも相当なものだった。だが、ほとんど一瞬のうちに消え去り、全身に果てしない自由を感じた。鼻をもたげ、新鮮そのものの夜の匂いを深く吸い込んだ。非常に鋭い嗅覚を持った新しい鼻ひとつ取っても、これまでにない快感の扉を開いてくれる。親愛の情を込めてオジーにしっぽを振ると、大股に、ゆっくりとした足取りで渓谷を登りはじめた。

何時間も、存分に歩いた――狼であることを単純に、純粋に楽しむことは、最高の喜びだった。ウルフは渓谷を後にして、山に分け入り、ビッグCを越え、大学という文明世界から遠く離れた、雄大な大自然の中へ飛び込んでいった。新たな頼もしい脚は、丈夫で疲れを知らず、肺は無尽蔵の空気を送り込んでくれるかのようだった。角を曲がるたびに、土と緑と空気の新鮮な匂いをはっきりと感じ、生命は輝きと美しさに満ちていた。

だが、それも数時間のことで、ウルフはひどい孤独を感じていた。大いなる高揚感も結構だが、もしグロリアが自分と並んで歩いてくれたら――。それに、狼のようなすばらしい生き物になったというのに、誰も感心してくれなければ何が面白いだろう？　彼は人恋しくなって、町へと引き返した。

バークリーの夜は早い。通りはがらんとしていた。下宿屋にちらほらと見える明かりは、ガリ勉たちが期限間近の学期末レポートを書いているのだろう。ウルフもそのひとりだったのだ。狼の姿では笑うことはできなかったが、それを考えると、おかしくてしっぽがぴくぴくした。

彼は並木に縁取られた通りで足を止めた。あたりには誰もいないようだが、生々しい人間の匂いがする。やがて小さな泣き声が聞こえてきたので、彼はそっちへ走っていった。

アパートメントの前の灌木《かんぼく》の陰に、二歳くらいの子供が座って泣いていた。遊び着のままで震え、明らかに何時間も前から迷子になっているようだ。ウルフは子供の肩に足を乗せ、優しく揺すった。

あたりを見回した子供は、少しも怖がっていない様子だった。元気を取り戻したように、

「ハロー」といった。

ウルフは親しみを込めてうなり、しっぽを振ると、どこへでも連れていってあげるというように地面を叩いた。

子供は立ち上がり、汚れた手で涙を拭いて、大きな黒いしみを作った。「ツーツーツーツー！」彼はいった。

遊んでいるのだとウルフは思った。機関車《チューチュー》遊びがしたいのだろう。彼は子供の袖を取り、そっと引っ張った。

「ツーツーツー！」子供は頑固に繰り返した。「ダイ・ウェイ」

確かに汽笛はやんで《ダイ・アウェイ》いたが、こんな子供にしては詩的な表現すぎる。ウルフは考え、不意に、できるものなら指を鳴らしたくなった。この子は〝ドワイト・ウェイ二二二二番地〟といいたかったのだ。迷子になったときに住所がいえるように、懸命に覚えていたのだろう。ウルフは町の標識を見上げた。バウディッチとヒラガスの交差点。ドワイト・ウェイ二二二二番地なら、ほんの数ブロック先だ。

ウルフはうなずこうとしたが、筋肉がいうことを聞いてくれなかった。代わりに、しっぽを振ってわかったと伝え、先に立って歩きはじめた。

子供はにっこり笑って、いった。「いいウーウーだね」

一瞬ウルフは、本名をいい当てられたスパイになったような気がしたが、考えてみれば「ワンワン」のことを「ウーウー」ということもある。

何事もなく、子供を先導して二ブロック進んだ。こういう無邪気な人間と一緒にいるのは嬉しかった。子供には何かがある。グロリアもそう思ってくれるといいが。人を信じて疑わない子供に〝言葉〟を教えたらどうなるだろう。子犬になるかも――。

ウルフは足を止めた。鼻がひくひくし、首の後ろの毛が逆立った。目の前に犬が立っていた。大きな雑種犬で、セントバーナードとハスキーの混種のようだ。だが、喉から発するうなり声からして、ブランデーを入れた小さな樽や緊急を要する血清を彼のために運んでくる気はなさそうだった。無法者で、無頼漢で、人間と犬の敵だ。こいつをやり過ごさなければならない。

ウルフは戦う気はなかった。身体はこの怪物と同じくらい大きかったし、人間の脳を持っている自分のほうが賢いはずだ。だが、ウルフ教授の人間の肉体に、犬のけんかで負った傷はみっともないだろう。それよりも、よちよち歩きの子供をけんかに巻き込むような危険は冒したくない。道を渡るのが得策だ。だが、子供をそっちへ誘導する前に、雑種犬がけたたましく吠え、うなりながら突進してきた。

ウルフは子供の前に立ちはだかり、飛びかかる準備をした。子供に信頼されている以上、傷のことは二の次だ。人間の身体にどんな傷がつこうと、この野良犬と対決し、思い知らせてやる。だが、大型犬は途中で足を止めた。うなり声がやみ、哀れっぽい鳴き声に変わる。巨大な脇腹が、月明かりの下で震えていた。しっぽは怖気づいたように脚の間に丸まった。そして、だしぬけに向きを変え、逃げ去っていった。

子供は嬉しそうに声をあげた。「悪いウーウーは行っちゃった」小さな手を、ウルフの首に回した。「いいウーウー」それから身体をしゃんと伸ばし、しつこく繰り返した。「ツーツーツー、ダイ・ウェイ」それでウルフは歩きはじめた。狼の強靭な心臓は、女に抱かれてもこうはいかないだろうというくらい高鳴っていた。

〝ツーツーツーツー〟は、通りから広い中庭を隔てて引っ込んだところにある木造の家だった。明かりはまだついていて、歩道からでも、女の甲高い声が聞こえた。

「――夕方の五時からいないんです。あの子を見つけてください、お巡りさん。どうしても見つけてください。近所は全部探したんです。なのに――」

ウルフは壁を支えに後足で立ち、右の前足で呼び鈴を鳴らした。

「あら！　誰か来たみたい。近所の人がいうには――お巡りさん、ちょっと来てみてください――まあ！」

ウルフが礼儀正しく吠えると同時に、子供が「ママ！」と叫んだ。すると、やつれ、くたびれたような若い女が悲鳴をあげた――半分は子供が見つかった嬉しさ、もう半分は、その後ろに巨大な灰色の犬が立っていた恐怖で。子供を守るようにさっと抱き上げると、制服を着た大男に向かっていった。「お巡りさん！　見て！　この恐ろしいけだものを！　わたしのロビーをさらったんだわ！」

「違うよ」ロビーがきっぱりといった。「いいウーウーなんだ」

警官が笑った。「たぶん、この子のいう通りでしょう、奥さん。たしかにいいウーウーだ。迷子になったお子さんを見つけて、家まで連れてきてくれたんだから。骨でもやったらどうです？」

「このばかでかい、汚いけだものをうちへ入れるですって？　まさか！　いらっしゃい、ロビー」

「ぼくのウーウーも」

「いっておくけど、あんたが何時間も帰ってこないから、お父さんもお母さんも死ぬほど怖い思いをしたのよ。見てらっしゃい、お父さんが来たら――ああ、それじゃおやすみなさい、お巡りさん！」そういって、母親は泣きわめくロビーに構わずドアをピシャリと閉めた。

警官はウルフの首を軽く叩いた。「骨のことでがっかりするなよ。おれだって、ビールの一杯もご馳走になっていないんだから。おまえさん、ハスキー犬の仲間じゃないか？　まるで狼そっくりだ。飼い主は誰で、おまえさんはどうしてひとりでほっつき歩いてるんだ？」懐中電灯をつけ、かがみこんで首輪を見ようとしたが、首輪はなかった。

彼は身を起こして、口笛を吹いた。「鑑札がない。こいつはまずいぞ。おれがどうするかわかるか？　当局に引き渡さなけりゃならない。骨をもらいそこねた英雄でなかったら――いいや、どっちにしてもしなきゃならない。相手が英雄でも、法は法なんだ。さあ来い。ちょいと散歩をしよう」

ウルフはすばやく頭を働かせた。野犬収容所なんて、一番行きたくない場所だ。いくらオジーでも、そこまで探しに来てはくれないだろう。誰も引き取りには来ないし、〝アブサルカ！〟ともいってくれない。そして、クロロホルムを嗅がされるのがおちだ――ぐいと身体をねじり、毛皮をつかんでいた警官の手をほどくと、大きくひと飛びして歩道に着地し、ものすごい勢いで駆け出した。だが、警官の目が届かないところまで来ると、ぴたりと足を止め、植え込みに隠れた。

足音が聞こえてくる前に、匂いで警官がやってくるのがわかった。二百ポンドの体重で、もたもたと走ってくる。だが、やはり植え込みの前で立ち止まった。一瞬ウルフは、作戦が裏目に出たかと思った。ところが警官は、立ち止まって頭をかき、こうつぶやいただけだった。「おい！　なんか変だぞ。誰が呼び鈴を鳴らしたんだ？　子供には届かないし、犬には――ああ、そうとも」彼は結論づけた。「ばかげてる」その単音節の結論で、すべてが解決したかのようだった。

彼の足音と匂いが消えると、ウルフは別の匂いに気づいた。猫だとわかった瞬間、何者かがいった。「あなた、人獣でしょ？」

ウルフははっとして口元を引き締め、筋肉をこわばらせた。人の姿は見当たらないが、誰かが話しかけている。思わず「どこにいるんだ？」といおうとしたが、出てくるのはうなり声だけだった。

「あなたのすぐ後ろよ。暗闇の中。匂いがするでしょ？」

「だが、きみは猫だろう」ウルフはうなりながら頭に浮かべた。「しかも、話してる」

「もちろんよ。でも人間の言葉で話してるわけじゃないわ。あなたの頭の中にそう響いているだけ。もし人間の身体に戻れば、ニャーニャーいっているようにしか聞こえないわ。だけど、あなたは人獣でしょう?」

「どうして……なぜそう思うんだ?」

「だって、普通の犬みたいに、わたしに飛びかかろうとしないんだもの。それに、孔子のいったことがでたらめじゃなかったら、あなたは犬じゃなくて狼で、この辺には狼はいないのだから」

「どうしてそんなことを知ってる? きみは──」

「いいえ、わたしはただの猫よ。でも、昔、孔子っていう名前の人犬がいたの。それで、彼に教わったってわけ」

ウルフは驚いた。「つまり、人間だったのが犬に変身し、その姿でいたってことか? ペットとして生きていたと?」

「そうよ。あれは恐慌が一番ひどかった頃の話だわ。彼いわく、犬のほうが人間よりも食べ物にありつけるし、面倒を見てもらえるって」

「だが、何てひどい話だ! それほど自分を貶《おとし》めることができるのか──」

「人間は自分を貶めたりしないわ。互いに貶め合ってるのよ。ほとんどの人獣がそうやって暮らしてるわ。貶められないように変身するものもいれば、もう少し効果的に貶めるために変身するものもいる。あなたはどっち?」

「わかるだろう、わたしは——」

「シッ！　見て。面白いことになりそうよ。じっとして」

ウルフは植え込みの周囲を見回した。きちんとした身なりの中年の男が、颯爽《さっそう》と歩いてくる。明らかに夜の散歩を楽しんでいるようだ。その後ろで、痩せた人影が音もなく動いていた。ウルフが見ている前で、人影は男に追いつき、ざらついた声でささやいた。「手を上げろ！」

散歩をしていた男から、堂々とした態度が消えた。賊《ぞく》が胸ポケットを探り、分厚い財布を取り出す間、男は真っ青な顔をしてポプラの葉のように震えていた。

ウルフは、植え込みの陰にしゃがみこんで見ているだけなら、この見事な、強い身体はいったい何のためにあるんだと思った。ひらりと飛び上がり、人間のように頭のいい猫が驚く前で植え込みを飛び越え、前足を賊の顔の上に着地させた。男がのけぞり、大きな音と閃光《せんこう》、ツンとするような恐ろしい匂いがした。一瞬、ウルフは肩に鋭い痛みを感じた。だが、長い針に刺されたようなその痛みはいつしか消え去っていた。

しかし、一瞬ひるんだすきに、賊は立ち直った。「当たりそこなったか？」男はつぶやいた。「どてっ腹に一発食らわせてやろうか、このお節介め——」そして、ウルフが人狼でなかったら、まさにその通りになったはずだった。

飛び上がったウルフに、続けて三発、銃が発砲された。一瞬、これまで経験したことのないひどい痛みを腹に感じた。それから、彼は着地した。賊は頭をコンクリートで打ち、そのまま動かなくなった。

四方八方で明かりがついた。ざわめきの中で、まだロビーの母親が文句をいっているのが聞こえた。そして、さまざまに混じり合った匂いの中に、彼を檻《おり》に入れようとした警官の匂いをはっきりと嗅いだ。つまり、とっとと逃げ出さなくてはならないということだ。

町はトラブルの元凶だ。ゆっくりと駆けながら、ウルフは思った。グロリアを手に入れるまでは、狼でいる間は孤独に耐えなければ。だが用心のため、それらしい首輪をつけることについてオジーに相談してみよう。それに——。

不意に、何よりも驚くべきことに気づいた！　彼は四発も銃弾を受けていた。三発はもろに腹に当たっていたのに、傷ひとつ負っていない！　まさに人狼であることが役に立ったのだ。これほどの防弾性があったら、犯罪者は手も足も出ないだろう。あるいは——いや、だめだ。自分は楽しみのために人狼になったままでで、それ以上のことはできない。

だが、さすがに人狼でも銃で撃たれれば、痛みはそれほどでなくても疲れていた。魔法のようにすぐさま傷をふさぐうちに、気力は大いに失われていた。そして、町を離れ、山の平和と静けさに戻ってきたウォルフ・ウルフは、もはや自由を謳歌《おうか》しようという気持ちはなくなっていた。代わりにめいっぱい伸びをし、前脚の間に顔をうずめて、眠りに落ちた。

「そもそも、魔法の本質とは」スミルナのヘリオファガスはそういった。「欺くことである。そして、欺くには二種類ある。魔術師が魔法で人を欺くのと、魔法が魔術師本人を欺くものだ」

今のところ、ウォルフ・ウルフへの狼人間の魔法は、何事もなく、愉快に行われていた。だが、あらゆる魔法の裏に潜む落とし穴に気づくときがきた。その第一歩は、彼が眠ったことであった。

目覚めたウルフは混乱していた。夢の中では人間だった――グロリアも出てきた――のに、眠りから目覚めた姿は違っていたものだから、自分の身体に何が起こったかを把握するのに数分かかった。夢の中では、グロリアがブルーベリーワッフルをほおばりながらジェットコースターに乗っていたが、それでも現実と比べるとまだもっともらしく思えた。

だが、すぐに気を取り直して空を見上げた。日が昇ってから、少なくとも一時間は経っているようだ。五月ということを考えれば、六時から七時というところだろう。今日は木曜で、八時に講義がある。元の姿に戻り、ひげを剃り、朝食をとって、ウルフ教授としての日常を取り戻すまでにはたっぷり時間があった――結局、妻を養う気なら、それは大事なことだ。

通りを歩いている間、彼はできるだけ飼い犬らしくして、狼に見えないよう努力した。どうやら成功しているようだ。一緒に遊ぼうとする子供たちか、うなり声をあげ、しまいには怯えてすくんでしまう犬を除けば、誰ひとり彼に注目しなかった。

彼は堂々と〈バークリー・イン〉の階段を上がった。フロント係は魔法にかかっていて、狼には気づかないはずだ。あとはオジーを起こし、〝アブサルカ!〟といってもらって――。

「おい!　ここで何をしてるんだ!　出て行け!　しっ、しっ!」

そういったのはフロント係だった。がっしりした屈強な若者で、階段に立ちはだかり、彼を追い出そうと懸命に手を振っている。

「犬はだめだ！　行っちまえ。しっしっ！」

魔法が効いていないのは明らかだった。それに、狼の力を使ってフロント係を押しのけるわけにはいかないので、このままでは階段を上れないことも明らかだった。ウルフは少しためらった。元の姿に戻らなくてはならない。力を使って、また別の人間を傷つけるのは気の毒だった。あそこで眠らなければ、魔法にかかっていない日勤のフロント係が来る前に戻ってこられたのに。だが、背に腹は変えられない――。

そのとき、いい考えが浮かんだ。ウルフが背を向けて逃げると同時に、フロント係が灰皿を投げつけた。銃で撃たれたときはそれほど痛くなかったが、人狼の尻も飛んでくるガラスには弱いことがすぐにわかった。

解決法は極めて簡単だ。唯一の問題は、一時間待っていなくてはならないため、腹が減るということだ。腹ぺこだった。自分でも驚いたことに、乳母車に乗っている丸々太った赤ん坊に興味を示していた。身体が違えば、食欲も違うものだ。もともとは良い人狼が、やがて怪物になっていくのが理解できた。だが、そういう連中よりは意志の力も強いし、頭もいい。この計画が成功するまで、空腹は我慢できる。

管理人はすでにホイーラー・ホールの玄関の鍵を開けていたが、建物に人の気配はなかった。ウルフは見とがめられることなくやすやすと二階へ行き、教室を見つけることができた。チョークを口にくわえ、ほこりにむせそうになるのに閉口しながら、黒板消しを置く溝に前脚をかけてバランスを取り、見事にやってのけた。図表についたリングを歯でくわえるには、三度ジャンプしなくてはならなかったが、いったんそれを引き下ろすと、あとは机の下にうずくまって、餓死しないことを祈るだけだった。

いやいやながら八時に集まってきたドイツ語三一Bの生徒たちは、世界経済における金本位制の影響を描いた図表を前にしてやや戸惑いながらも、単に用務員が忘れたのだろうと考えた。机の下の狼は、彼らの雑談をこっそり聞いていた。一番前の列のかわいらしいブロンドが、ひと晩に三人の男とデートしたといううわさを聞いていたが、やがて、十分な可能性が生まれるくらいに人が集まったと判断した。机の下から滑り出ると、図表のリングを引っぱり、ぱっと離した。

図表は音を立てて巻き上がった。生徒たちはおしゃべりをやめ、黒板を見た。そこには、大きな震える字で、謎めいた言葉が書いてあった。

アブサルカ

うまくいった。これだけ人がいれば、妙に思って――トーキー映画に押されていても、字幕を読む連中はまだいるのだから――謎の言葉を声に出して読むやつが必ずいるだろう。それは数学的に確信が持てた。実際口にしたのは、デートに誘われすぎているブロンドだった。

「アブサルカ」彼女は不思議そうにいった。

すると、ウォルフ・ウルフ教授が現れ、生徒たちに向かって温かく微笑んだ。

ただし、それにはひとつ欠点があった。彼はただの人狼で、ハイパーマンでないことを忘れていたのだ。服はまだ〈バークリー・イン〉にあり、教壇の上の彼は丸裸だった。

一番優秀な生徒が二人、悲鳴をあげて気絶した。ブロンドは、値踏みするようにくすくす笑った。


エミリーは信じられない様子だったが、それでも哀れんでくれた。

フィアリング教授は同情的だったが、態度は保留した。

学科長は冷淡だった。

文学部長はよそよそしかった。

学長は冷ややかだった。

ウォルフ・ウルフは職を失った。

そしてスミルナのヘリオファガスは正しかった。〝魔法の本質は欺くことにある〟


「だけど、何ができる?」ウルフはゾンビ・グラスに向かってつぶやいた。「もうお手上げだ。手も足も出ない。グロリアは明日バークリーに来るってのに、わたしはこんなざまだ――何者でもない。つまらない、何の価値もない人狼でしかないんだ。これじゃ妻を養えるわけがない。家族を食わせていくことなどできないだろう。それに――くそっ、プロポーズすらできやしない……もう一杯くれ。あんたもどうだい？」

大オジマンディアスは、房のようなひげを生やした丸い頭を振った。「この前、わたしが二杯飲んだことから、すべてが始まったんですよ。この事態を止めたければ、飲まないほうがいいのです。しかし、あなたは健康だし、たくましい若者です。必ず仕事が見つかるんじゃありませんか？」

「どこで？　わたしは学問の経験しかないんだぞ。こんなスキャンダルを起こしたら、永遠にその職にはつけない。酔っ払ってもいないのに生徒たちの前で裸になるような男を、どこの大学が雇うというんだ？　ほかの職につくにしたって――たとえば、わたしの生徒が決してやりそうにない仕事についたとして――推薦状を出して、この三十年間、何をしてきたのかを話さなきゃならない。そして、推薦状が調べられでもしたら――オジー、わたしはもうだめだ」

「気を落としてはいけません。魔法のせいで窮地に陥ったのはわかりましたが、きっと抜け出す方法がありますよ。そう、ダージリンでのあの頃――」

「だが、どうすればいい？　人犬の孔子のように、慈悲にすがって生きるしかない。狼をペットにしたい人間がいればの話だがな」

「まあまあ」オジマンディアスは思いを巡らせた。「何かあるはずですよ」

「ばかな！　冗談だ。生活保護を受けてその日暮らしをするにしたって、少なくとも自尊心は持っていたい。それに、生活保護を受けた素っ裸の男を、好きになるやつなどいないだろう」

「いいえ。ペットの狼になれといってるんじゃありません。しかし、こう考えたらどうです。

あなたの資産は何ですか？　あなたは二つのすばらしい能力を持っている。ひとつはドイツ語を教えることですが、それは今や、問題外になってしまった」

「王手」

「そしてもうひとつは、狼に変身できること。そうです。そこに何らかのビジネスチャンスがあるはずです。それを探してみましょう」

「ナンセンスだ」

「そうでもありませんよ。どんな商売にも、市場というものがあります。それを見つけるのが肝要なのです。そしてあなたは、記録に残る最初の職業人狼となるのです」

「かもしれないな――リプレー（ロバート・L・リプレー。世界珍奇図解コラムで知られる米国の漫画家）の珍奇博物館なら、いい金で雇ってもらえるだろう。観客を喜ばせるために、一日の六回の変身でどうだ？」

オジマンディアスは悲しげにかぶりを振った。「だめです。人々は本物の魔法を求めていません。気まずくなってしまうんですよ――この世の中に、ほかにどんなものが放たれているのだろうと思ってね。すべて仕掛けがあるものだと思っていたいのです。わたしにはわかります。そんなふりをするだけの頭がなかったために、ヴォードビルをくびになったのですから。わたしは本物の魔法しか使えませんからね」

「盲導犬はどうだ？」

「あれはメスでないと」

「変身すると、動物の言葉がわかるようになる。犬の訓練士か何かになったら――いや、それもだめだな。忘れていたが、やつらはわたしを死ぬほど怖がるんだ」

だが、オジマンディアスの淡い青色の目は、それを聞いて輝いた。「あなた、冴えてますよ。ああ、いい線行ってるんじゃありませんか！　ねえ、あなたのすてきなグロリアは、何のためにバークリーへ来たんでしたっけ？」

「タレントのスカウト告知のためだろう」

「何のタレントです？」

「『森林の牙』に出る犬だ」

「その犬の種類は？」

「それは――」ウルフは目を丸くし、顎をだらりと垂らした。「狼犬だ」彼は静かにいった。

そして、二人は途方もない考えを胸に、互いに見つめ合った――言葉も出ないまま、バークリーのバーのカウンターで。


「ディズニー映画の犬のせいだ」訓練士はこぼした。「プルートーは何でもやってのける。何でもだ。だから、かわいそうな犬どもは、みんな同じことができると期待されている。あのばかどものいいぐさを聞いてみろ！　〝犬が部屋に入ってきて、赤ん坊を片足でぽんと叩き、エスキモーの扮装をしている主人公に気づいたことを知らせ、テーブルへ行き、骨を見つけて嬉しそうに手を叩く！〟そんな合図が誰に出せる？　プルートーめ！」彼は鼻を鳴らした。

グロリア・ガートンが「まあ」といった。そのひとことで、彼女は心から同情していること、その訓練士がハンサムな若者で、近いうちにまた会えること、それに、どんなスター犬でも、『森林の牙』の主役を彼女から奪えないことを伝えていた。グロリアはちょっとスカートを直し、椅子に深く腰かけた。すると、むき出しの舞台の上にある粗末な木の椅子が、まるで玉座のように見えた。

「よし、もういい」紫のベレーをかぶった男が、失格者を手で追い払い、カードを読み上げた。「犬、ウォプシー。飼い主、ミセス・チャニング・ガルブレイス。訓練士、ルター・ニュービー。入ってくれ」

助手が舞台袖へちょこまかと走り、ドアを開けると、哀れっぽい犬の鳴き声が聞こえてきた。「今日の犬はどうしちまったんだ？」紫のベレーの男がいった。「怯えて死にそうになってるじゃないか」

ファーガス・オブリーンがいった。「あの大きな、灰色の狼犬のせいだと思いますよ。どういうわけか、ほかの犬はやつが苦手のようです」

グロリア・ガートンは紫に塗ったまぶたを伏せ、いぶかしむ女王のように若い探偵を見た。彼がここにいても、別に悪いことはない。姉がメトロポリス社の宣伝部長をやっている縁で、スタジオで起こる事件を内々に手がけているのだ。その中には、彼女にかかわる事件もあった。運転手に恐喝されそうになったのだ。ファーガス・オブリーンはメトロポリス社の備品といってもいい。けれど、それでも目ざわりだった。

助手がミセス・ガルブレイスのウォプシーを連れてきた。紫のベレーの男はひと目見て悲鳴をあげた。静まり返った劇場の壁に、その悲鳴がしばしこだました。やっとのことで、彼は言葉を発した。「狼犬だぞ！　このトーカーは、狼犬に与えられた役の中で一番重要なものなんだ！　なのに、連れてきたのは何だ？　テリアだと！　テリアが必要なら、『影なき男』のアスタを呼ぶさ！」

「でも、はっきりそうおっしゃっていただいていれば――」ウォプシーの訓練士である背の高い若者が、抗議しかけた。

「帰れ！」紫のベレーの男は金切り声をあげた。「おれがキレる前に帰ってくれ！」

ウォプシーと訓練士は、こそこそと退散した。

「エル・パソでは」配役部長が嘆いた。「メキシカン・ヘアレスが来た。セントルイスじゃペキニーズだ！　狼犬を見つけたと思ったら、隅っこにしゃがんで、誰かが橇《そり》をつけるのを待ってる始末だ」

「たぶん」ファーガスがいった。「本物の狼を見つけたほうがいいんじゃありませんか」

「頭の悪い狼をか！　しまいには、ジョン・バリモアに狼の毛皮を着させるしかなくなるだろうな」彼は次のカードを取り上げた。「犬、ヨゴース。飼い主兼訓練士、O・Z・マンダース。入って」

ヨゴースが試験のために舞台に出ると、舞台袖の哀れっぽい鳴き声がやんだ。紫のベレーの男は、飼い主兼訓練士の、房のようなひげを生やした男をほとんど見ていなかった。彼の目は、すばらしい狼犬に引きつけられていた。「これで演技さえできれば……」彼は祈るようにいった。多くの男が美女を見て「これで料理さえできれば……」と願うように。

彼はベレー帽をさらに妙な角度にひっぱり、勢いよくいった。「いいでしょう、マンダースさん。犬は部屋に入ってきて、片足を赤ん坊に置き、エスキモーの扮装をした主人公に気づいたことを知らせ、テーブルへ行って骨を見つけ、嬉しそうに手を叩く。赤ん坊はここ、主人公はここ、テーブルはこれです。わかりましたか?」

マンダース氏は狼犬を見て、繰り返した。「わかったか?」

ヨゴースはしっぽを振った。

「いいぞ」マンダース氏はいった。「やれ」

ヨゴースはやった。

紫のベレーが、持ち主の嬉しそうな歓声とともに宙を舞った。「やったぞ!」彼は興奮していった。「やったぞ!」

「もちろんです」マンダース氏は冷静にいった。

プルートーに文句をいった訓練士は、鏡に映った吸血鬼のように表情をなくした。ファーガス・オブリーンは驚きで口もきけなかった。グロリア・ガートンでさえ、女王のような顔に驚きと興味を浮かべていた。

「この犬は何でもできるのかね?」紫のベレーをかぶっていた男が、喉を鳴らしていった。

「何でも」マンダース氏がいった。

「たとえば――ダンスホールの場面だ……男を倒して身体を引っくり返し、尻ポケットを探すことは？」

マンダース氏が「もちろん」という前に、ヨゴースはファーガス・オブリーンを手近な相手として実演してみせた。

「もういいぞ！」配役部長がため息をついた。「もういい……チャーリー！」彼は助手を呼びつけた。「全員帰していいぞ。もうテストは必要ない。トーカーが見つかったんだ！　すばらしい」

訓練士がマンダース氏の前へやってきた。「すばらしいどころじゃありません。超人的なことですよ。ほんのわずかな合図も送らずに、あんな複雑なことをやらせるなんて。教えてください、マンダースさん、どんな方式を使っているんです？」

マンダース氏はフープル少佐（ジーン・エイハーンの新聞漫画の主人公）のように〝カフ・カフ〟という声を出した。「職業上の秘密ですよ、お若い方。引退したら学校を作ろうと思っています。しかし、それまでは――」

「そうでしょうとも。わかります。けれど、こんなのを見たのは生まれて初めてです」

ファーガス・オブリーンが、床から何気なくいった。「その驚くべき犬は、人間と仲良くすることもできるのかな？」

マンダース氏は笑いを嚙み殺した。「もちろんです。ヨゴース！」

ファーガスは立ち上がり、服から舞台のほこりを払ったが、なかなか落ちなかった。「あなたの犬は、楽しんでやったに違いありませんよ」

「そう悪い気はしないでしょう、ミスター――」

「オブリーンです。まったく悪くありませんよ。事実、このすばらしい出来事にお祝いをいいたいくらいです。大学では酒を買えないだろうと、万一のために一本持ってきました」

「まあ」グロリア・ガートンが、どんちゃん騒ぎは自分には似合わないとほのめかすようにいった。しかし、今回は特別だ。それに、この緑の目の探偵に、ひとことといってやれるかもしれない。


簡単なことだ。ウォルフ・ウルフ＝ヨゴースは考えていた。どこかにいいところはあるものだ。狼犬として金を稼ぐのに、こんなに理想的な方法はない。人間の言葉がわかって、すばらしい動物の肉体を持っていれば、監督の意に沿った俳優になれる。これが続く限りは安泰だ。『森林の牙』が大当たりを取れば、ヨゴースの主演映画が撮られるのは間違いない。『名犬リンチンチン』を見てみろ。だが、簡単すぎる……。

彼は聞き覚えのある「まあ」という声を聞いて、グロリアに目を戻した。この場合の「まあ」は、もうお酒は結構という意味だった。しかし、彼女はいずれにせよ酒に強かったし、今回は特別に、飲んでもいいと思っているようだった。

思い出の中の彼女より、今のほうがもっときれいだった。金色の髪は今は肩まであり、思わず前足を伸ばさずにはいられないほど完璧に波打っている。身体も成熟していた。覚えていたより肉感的で、先が楽しみだ。そして、新たな身体を得た彼は、人間でいたときには十分に堪能できなかった魅力を発見した。豊かで蠱惑《こわく》的な肌の匂いだ。

「『森林の牙』に！」ファーガス・オブリーンが乾杯した。「そして、かわいい主人公《ヒーロー》が、ぼくよりひどい目に遭わされんことを」

ウルフ＝ヨゴースはひそかに笑った。こいつは愉快だ。この探偵に、ホテルを嗅ぎ回った仕返しをしてやった。

「われわれが祝うのはいいですが」大オジマンディアスがいった。「大スターを忘れてはいませんか？　来い、ヨゴース」彼は瓶を持ち上げた。

「酒も飲むのか！」配役部長が嬉しそうに叫んだ。

「ええ。乳離れしてからはこれですよ」

ウォルフはしこたま飲んだ。いい気分だ。温かく、ぜいたくで――グロリアの匂いがして。

「しかし、あなたもいかがです、マンダースさん？」探偵が勧めるのは、これで五度目だった。「本当はあなたのお祝いでしょう。メトロポリス社から四桁の小切手をもらうのは、この犬じゃない。なのにあなたは、一杯飲んだきりだ」

「二杯飲むわけにはいかないのです。それが危険量なんですよ。わたしが二杯飲めば、何かが起こります」

「奇跡の犬を訓練するほかに、まだあるというのかね？　やれやれ、オブリーン。もっと飲んでもらえ。何が起こるか見てみたい」

ファーガスは自分でぐいと飲んだ。「飲んでください。車にもう一本積んであるんです。それにぼくは、しらふでここを出ないと決めました。ほかのみんなも道連れですよ」緑の目は、すでに新たな興奮で輝きはじめていた。

「いいえ、結構です」

グロリア・ガートンが玉座を下り、小太りの男のほうへやってきた。そばに立ち、彼の腕に手を置いて「まあ」といった。それはこうほのめかしていた。犬はともかく、このパーティが自分のために開かれたのは間違いないのだから、酒を断るのは自分を侮辱することになるのだと。

大オジマンディアスはグロリアを見てため息をつき、肩をすくめ、運命に身を任せて酒を飲んだ。

「これまでたくさんの犬を訓練してきたのですか?」配役部長が訊いた。

「あいにく、これが初めてです」

「ますますすばらしい！　では、ほかに何か仕事をしているのですか?」

「ええ、そうですね、わたしは魔術師です」

「まあ」グロリア・ガートンが嬉しそうにいい、さらにつけ加えた。「わたしの知り合いに、黒魔術を使う人がいるわ」

「マダム、わたしはただの白魔術です。黒魔術は油断なりませんよ。それを使えば、ひどく危険なことになります」

「待ってください！」ファーガスが割って入った。「つまり、本物の魔術師ってことですか?

いかさ……手品じゃなく？」

「もちろんですとも」

「立派な劇場では」配役部長がいった。「トリックを使わせるようなことはないのさ」

「なるほど」ファーガスはうなずいた。「でも、マンダースさん、たとえばどんなことができるんです？」

「そう、たとえば変身――」

ヨゴースが大声で鳴いた。

「いやいや」オジマンディアスはあわてて取り消した。「それはわたしの手に余ります。しかし――」

「インドのロープ魔術は？」グロリアがけだるく訊いた。「友人がいうには、すごく難しいとか」

「難しい？　マダム、何てことありませんよ。思い起こせば、ダージリンにいたあの頃――」

ファーガスがまたぐいと酒を飲んだ。「ぼくは」と、挑戦的にいった。「インドのロープ魔術が見たいですね。知り合いの知り合いの知り合いが見たというのはありますが、せいぜいそこまでです。だから信じられないんですよ」

「しかし、単純きわまりないことですよ」

「信じられませんね」

大オジマンディアスは、小さな身体を精一杯伸ばした。「いいですとも、ご覧に入れましょう！」ヨゴースが、警告するようにコートの裾を引っぱった。「放っといてくれ、ウルフ。わたしは侮辱されたんだ！」

ファーガスが舞台裏から薄汚いロープを引きずって戻ってきた。「これでどうです？」

「上等です」

「何が起こるんだ？」配役部長が訊いた。

「シーッ！」グロリアがいった。「まあ――」

彼女はオジマンディアスをたたえるように微笑みかけた。彼の胸は、シャツのボタンの存続が危うくなるほど膨らんでいた。「紳士淑女の皆さん！」巨大な円形劇場をも満たすほどの声で、彼は高らかにいった。「これよりご覧に入れるのは、大オジマンディアスの――インドのロープ魔術でございい！　むろん」と、彼はくだけた調子で続けた。「小さな子供をバラバラにしたことはありませんが、あなたがたのどなたかは――嫌ですか？　では、それ抜きでやりましょう。ただ、そう派手なものではありませんよ。キャンキャン吠えるのをやめないか、ウルフ？」

「犬の名前はヨギだったんじゃありませんか？」ファーガスがいった。

「ヨゴースです。しかし、母親のほうが狼《ウルフ》なものですからね――さあ、皆さんお静かに！」

彼はそういいながら、ロープをぐるぐる巻きにしていた。今、舞台の中央に置かれたその束は、恐ろしいガラガラヘビのように見えた。彼はその横に立ち、熟練の専門家らしく、手を動かしながら何やらつぶやいた。それはとても早口で、超人的な目と耳を持つウルフ＝ヨゴースでもついていけなかった。

ロープの端が、ひとりでに束を離れ、空中へと上っていった。一瞬、頭をもたげてどこへ行こうかと迷うように見えたが、やがてまっすぐに、ロープの束がほどけるまで上っていった。下の端は、舞台からたっぷり一インチは浮かんでいる。

グロリアが息をのんだ。配役部長はあわてて酒をがぶ飲みした。ファーガスも同じ理由で、不思議そうに狼を見た。

「さて、紳士淑女の皆さん——切り刻める子供がいないのは、まことに残念——大オジマンディアスはこれよりこのロープをよじ登り、ロープの使い手にしかわからない場所へと参ります。先へ、上へ！ それから戻ってきましょう」彼はウルフを安心させるようにいった。

丸々とした手を頭上に上げてロープを握り、ちょっと引っぱった。勢いをつけてひざを上げ、麻でできた柱に巻きつける。そして、棒を登る猿のように上へ、上へと登っていった——そしていきなり、姿を消した。

消えてしまった。それだけだった。グロリアは「まあ」という言葉すら出せない様子だった。配役部長は上等のフランネルのズボンの尻を薄汚い舞台の床につき、あえいだ。ファーガスは小声で、歌うように悪態をついた。そしてウルフは、背骨に不吉な痛みを感じた。

ステージのドアが開き、デニムのズボンと作業シャツを着た二人の男が入ってきた。「おい！」最初の男がいった。「ここをどこだと心得てるんだ？」

「わたしたちはメトロポリス・ピクチャーズ社の者です」配役部長があわてて立ち上がり、

説明した。

「あんたがたが政府の人間だとしても、ここを掃除しなくちゃならないんだ。今夜、映画の上映会があるんだからね。おい、ジョー、こいつらを追い出すのを手伝ってくれ。それと、その犬っころもな」

「できないよ、フレッド」ジョーは敬意を込めていうと、指さした。その声は、感銘を受けたようなささやきになっていた。「グロリア・ガートンだぞ――」

「そうとも。ごきげんよう、ミス・ガートン。これはこれは、最新作は実に低俗きわまりないものでしたね！」

「皆の面前だぞ」ファーガスがつぶやいた。

「さあさあ！」フレッドが怒鳴った。「出てってください。掃除しなくちゃならないんです。それと、ジョー！　このロープを片づけろ！」

ファーガスが動き、ウルフが飛びかかる前に、有能な舞台係はロープをつかみ、ぐるぐる巻きにしてしまった。

ウルフは天井を見上げた。そこには何もなかった。まったく何もない。あのロープの先には、地球上でたったひとり、彼のために〝アブサルカ！〟といってくれる人間がいたのだ。そして、彼が降りてくる道は永遠に閉ざされた。

ウォルフ・ウルフはグロリア・ガートンの私室の床に寝そべり、彼女がこの上なく魅惑的なネグリジェに着替える官能的な場面を見ていた。

最高の状況だった。自分の夢がすべてかなった。ただひとつの欠点は、今も狼の身体でいることだった。

グロリアが振り返り、身をかがめて、顎の下をなでた。「かわいい狼犬ちゃん、どうちまちたか?」

ウルフは思わずうなり声をあげた。

「グロリアが赤ちゃん言葉を使うのが気に入らないの? もう、悪い狼ちゃんね」

まるで拷問だ。誰よりも愛する女性のホテルの部屋で、彼女が欲望に飢えた目の前にすべてをさらし、しかも赤ちゃん言葉で話しかけてくるとは! 最初、訓練士がふたたび戻ってくるまでの間——というのも、誰ひとり〝O・Z・マンダース氏〟が本当に文字通り消えてしまったと認めたくなかったからだ——グロリアが共演者の面倒を見るといったとき、ウルフは嬉しかった。だが、これは嬉しいというよりも苦痛だということが、だんだんとわかりかけてきた。

「狼って変ね」グロリアがいった。ひとりきりだとおしゃべりになるようだ。謎めいた魅力を振りまかなくていいからだろう。「わたしも一度、知り合ったことがあるわ。名前がウルフってだけのことだけど。彼は人間で、変わった人だったわ」

灰色の毛皮の下で、心臓が激しく打つのをウルフは感じた。グロリアのセクシーな唇から、自分の名前が出ようとは……しかし、ウルフがどう変わっているかを彼女がペットに聞かせる前に、メイドがドアをノックした。

「オブリーンさんという方がお見えですが」

「帰ってもらって」

「大事な用だとおっしゃっています。それに、何かごたごたが起こりそうなのですが」

「まあ、わかったわ」グロリアは立ち上がり、ネグリジェをきちんと整えた。「いらっしゃい、ヨゴ——ううん、こんな名前ばかげてるわ。これからウォルフィって呼ぶわ。すてきでしょ。いらっしゃい、ウォルフィ。わたしをあの大きな、悪い探偵から守ってね」

ファーガス・オブリーンは悪意を込めた足取りで、居間を行き来していた。グロリアと狼が入ってくると、彼は足を止め、立ち尽くした。

「それは？」彼はぶっきらぼうにいった。「援軍ですか？」

「そんなものが必要に見える？」グロリアは優しい声でいった。

「いいですか」緑の目に浮かぶ光は冷たく、辛辣だった。「あなたはずっとゲームをしてきた。それがどういうものであれ、ひとつだけゲームじゃないことがある。公明正大にいってね」

グロリアは物憂げに微笑んだ。「あなたって面白い人ね、ファーガス」

「ありがとう。しかし、あなたの活動が面白いかどうかは疑わしいものです」

「いまだに探偵ごっこをしている子供のままなのね。それで、今追いかけてる鬼は？」

「ハ、ハ」ファーガスは礼儀正しくいった。「その答えは、わたしよりもあなたのほうがよくご存じでしょう。だから、ここへ来たんですよ」

ウルフは戸惑っていた。彼にはこの会話の意味がさっぱりわからなかった。それでも危険な緊張感が、まるで匂いを嗅ぐように感じ取れた。

「いいなさいよ」グロリアが苛立ったようにいった。「それと、ドル箱女優を怒らせたことで、メトロポリス・ピクチャーズ社があなたにどれほど感謝するか、覚えておきなさい」

「映画よりも重要なことがあるんです。といっても、あなたの名がそこから出てきたとは思わないでしょうけどね。そのうちのひとつは、四十八の単位からなる連邦です。もうひとつは、民主主義という抽象的な概念です」

「それで?」

「それで、ひとつ質問があります。なぜバークリーに来たんです?」

「『森林の牙』の宣伝に決まってるじゃないの。あなたのお姉さんの考えよ」

「あなたの気まぐれで、もっといい候補地が却下されたんですよ。なぜここに飛びついたんですか?」

「あなたこそ、宣伝活動についてくることはないのよ、ファーガス。なぜここにいるの?」

ファーガスはまた歩きはじめた。「それと、バークリーに来て一番にやったことが、ドイツ語学科のオフィスを訪ねることだったのはどうしてです?」

「ごく自然なことじゃない? あそこの生徒だったんだもの」

「専攻は演劇でしょう。なのに、リトル・シアターに近寄りもしなかった。なぜドイツ語学科なんです?」彼は足を止め、彼女の前に立って、緑の目で見据えた。

グロリアは、野蛮な征服者を平然と無視する、囚われの女王のような態度を見せた。「いいわ。どうしても知りたいというなら——ドイツ語学科へ行ったのは、愛する人に会いたかったからよ」

ウルフは息をのみ、しっぽが激しく動くのを抑えようとした。

「そうよ」彼女は情熱的に続けた。「あなたはわたしの最後のベールを引きはがし、彼が一番に聞くはずの告白を無理やり引き出したのよ。彼は手紙でプロポーズしてきたわ。わたしは愚かにも、それを断った。でも、考えに考えて——ようやくわかったの。バークリーへ行ったら、彼に会わなければと——」

「それで、会ったんですか?」

「秘書の女に、不在だといわれたわ。でも、会わなくちゃ。そのときには——」

ファーガスはぎこちなくお辞儀した。「お二人に祝福を申し上げます。それで、その幸運すぎる方のお名前は?」

「ウォルフ・ウルフ教授よ」

「間違いなく、ここに書かれている人の名前ですね?」彼はスポーツジャケットのポケットから一枚の紙きれを出し、グロリアの前に突き出した。彼女は顔色を変え、言葉を失った。けれどウォルフ・ウルフは彼女の返事を待っていられなかった。そんなことはどうでもいい。これで問題は解決した。彼は誰にも見とがめられず、すばやく彼女の私室へ滑り込んだ。

しばらくして、グロリア・ガートンが震えながら、惨めな様子で私室に入ってきた。ドレッサーに並んでいる繊細な香水瓶のひとつの栓を抜くと、強いウィスキーを注いだ。それから鏡を見て、眉を上げた。真紅の口紅で鏡に走り書きされていたのは、謎めいた言葉だった。

アブサルカ

彼女は眉をひそめ、読み上げた「アブサルカ――」

衝立《ついたて》の向こうから、グロリアの一番官能的なガウンというちぐはぐな格好で、ウォルフ・ウルフが姿を現した。「愛するグロリア――」彼は大声でいった。

「ウォルフ！」彼女は叫んだ。「いったい、わたしの部屋で何をしてるの？」

「愛してる。きみに強変化動詞と弱変化動詞の区別がつかなかったころから、ずっと愛しているんだ。そして今、きみもわたしを愛しているのがわかった――」

「ぞっとするわ。お願いだから出てって！」

「グロリア――」

「ここを出ていかないと、犬をけしかけるわよ。ウォルフィ――おいで、かわいいウォルフィ！」

「あいにくだが、グロリア、ウォルフィは来ないよ」

「まあ、人でなし！ ウォルフィを傷つけたの？ あなたは――」

「彼の毛皮にすら触れていない。なぜなら、かわいいグロリア、わたしがウォルフィだったんだ」

「いったい――」グロリアは部屋を見回した。狼犬のいた痕跡がないのは間違いなかった。そしてここには、彼女のガウンをはおり、自分の服を持っているそぶりもない男がいる。それに、あの妙な小男とロープ……。

「わたしのことを、冴えない退屈な男と思っていただろう」ウルフは話し続けた。「学問という型にはまっていると。そのうち、俳優かGメンをつかまえる気だったんだろうね。でもね、グロリア、わたしはきみの想像など及びもつかないほどすごい男なんだ。この世できみのほかに話したことはないが、グロリア、わたしは人狼なんだ」

グロリアは息をのんだ。「まさか！　でも、それで納得がいくわ。大学でのあなたのうわさ、妙なひげを生やした友人が消えたこと、それにもちろん、本物の犬にはとうていできない芸当をやってのけたこと――」

「信じてくれないのかい、ダーリン？」

グロリアはドレッサーの椅子から立ち上がり、彼の腕の中に飛び込んだ。「信じるわ、あなた。とてもすてき！　ハリウッドじゅうを探したって、人狼と結婚した女性はいないわ！」

「じゃあ、きみは――」

「もちろんよ。きっと、うまくやっていけるわ。人を雇って、あなたの訓練士ということにすればいいわ。昼間は働いて、夜、家に帰ったら、わたしがその言葉をいってあげるの。完璧じゃない」

「グロリア……」ウルフは優しく、敬意を込めていった。

「ひとつだけ、たったひとつだけでいいの。グロリアのお願いを聞いてくれる?」

「何でも!」

「あなたが変身するところを見せてほしいの。今やってみて。すぐに元に戻すから」

ウルフは〝言葉〟を唱えた。天にも昇る心地だったので、今回はほとんど痛みも感じなかった。彼は見事な狼の脚でしなやかに部屋を駆け回り、グロリアの前へやってくると、しっぽを振って賞賛の言葉を待った。

グロリアは彼の頭を軽く叩いた。「いい子ね、ウォルフィ。これからは、その格好で生きるといいわ」

ウルフは驚いて鳴き声をあげた。

「聞いたでしょ、ウォルフィ。その格好でいるのよ。探偵に聞かせた作り話を、信じたはずがないわよねえ? あなたを愛する? 時間の無駄だわ! でも、こうなったら、あなたはとても役立つわ。あの訓練士がどこかへ行ってしまった以上、わたしが世話を引き受け、いつまででも引き止めておける。世話をするのはかまわないわ。そしてウォルフ・ウルフ教授は永遠にいなくなる。わたしの計画にぴったりだわ」

ウルフはうなった。

「おいたをしちゃだめよ、かわいいウォルフィ。愛するグロリアを怖がらせたくないでしょう? あなたを人間に戻らせることができるのは、このわたししかいないってことを覚えておきなさい。自分の正体を、人に知らせる勇気はなかったはずよ。無知な人間ならあなたを殺したかもしれないし、賢い人間なら、あなたは頭がおかしいと思うでしょうからね」

ウルフは威嚇するように前へ出た。

「あら、だめよ。わたしを傷つけるわけにはいかないわ。なぜなら、わたしは鏡に書かれた言葉をいうだけでいいんですもの。そうすれば、もう危険な狼じゃない。わたしの部屋にいるただの男で、わたしは悲鳴をあげるわ。昨日大学で起こった事件を考え合わせたら、精神病院に入れられるのは時間の問題よ」

ウルフは後ずさりし、しっぽを垂れた。

「わかった、かわいいウォルフィ？　グロリアはあなたをどこにでも連れていけるのよ。だから、いい子にしてなくちゃ」

私室のドアがノックされ、グロリアがいった。「どうぞ」

「お客様がいらしてます」メイドがいった。「フィアリング教授です」

グロリアはこの上なく残酷な、威厳に満ちた微笑みを浮かべた。「いらっしゃい、ウォルフィ。面白いものを見せてあげるわ」

オスカー・フィアリング教授は、居間の上品な椅子から身体をはみ出させ、入ってきたグロリアと狼に好意的な笑顔を向けた。「おやおや！　新しいペットだね。かわいいじゃないか」

「すごいペットなのよ、オスカー。聞いてちょうだい」

フィアリング教授は、鼻眼鏡を服の袖で拭いた。「まあ、その前にわたしが知ったことを全部聞いてくれ。チジックは電磁爆弾に対する防御膜を完成させ、来週にも正式な試験が行われる。それにファーンズワースは、オスミウムの新たな製法に関する調査をほぼ完成している。ガス戦争はいつでも始められる。そして、この支配力を持ってすれば、たくさんの――」

「すばらしいわ、オスカー」グロリアがさえぎった。「でも、その話は後回しにしましょう。今、心配しなくちゃならないことがあるの」

「どういう意味だね?」

「黄色いシャツを着た、赤毛のアイルランド人を知ってる?」

「いいや――いや、知ってる。昨日、そんな男がオフィスから出てくるのを見たよ。ウォルフに会いに来たんだと思ったが」

「わたしたちを狙ってるのよ。彼はロサンゼルスの探偵で、わたしたちに目をつけてるわ。どこからか、処分されたはずの記録の一部を手に入れてるの。わたしが一枚噛んでいるのも、ドイツ語学科の誰かと手を組んでいるのも知られているわ」

フィアリング教授は鼻眼鏡がきれいになったかどうかを丁寧に調べてから、鼻にかけた。

「そう興奮するんじゃない。ヒステリーはやめて、冷静に考えようじゃないか。やつは〈黒い真実の神殿〉のことを知ってるのか?」

「まだよ。あなたのこともね。ただ、あの学科の誰かだと思っているわ」

「だったら、これ以上簡単なことがあるかね? ウォルフ・ウルフの奇行については聞いているだろう?」

「聞いたなんてもんじゃないわ！」グロリアはざらついた声で笑った。

「誰もが、ウォルフがきみに惚れていることを知っている。やつに罪を着せるんだ。きみの疑いを晴らし、何も知らずに利用されたと信じ込ませるのは簡単なことさ。やつに注意を向けさせれば、組織は安泰だ。〈黒い真実の神殿〉は秘法を使い、偽宗教に心の安らぎを求める退屈な科学者どもから、さらに価値のある情報を引き出すことができる」

「それこそが、わたしがやろうとしたことなのよ。オブリーンに、ウォルフを愛しているという作り話を延々と聞かせてやったわ。あまりに嘘っぽいから、誰かをかばってると思うでしょうね。まんまと引っかかったと思うわ。でも、状況はあなたが考えてるより、もう少し複雑なの。ウォルフ・ウルフが今、どこにいるか知ってる？」

「誰も知らんさ。学長に……その、懲戒されてから、どこかへ消えてしまったようだ」

グロリアはまた笑った。「彼はここにいるのよ。この部屋に」

「おやおや！　隠し扉か何かかね？　自分の活動を大げさに考えすぎているよ。どこにいるんだ？」

「ここよ！」

フィアリング教授はあえいだ。「本気でいってるのか？」

「あなたがファシズムの未来を考えているのと同じくらい本気よ。これがウォルフ・ウルフなの」

フィアリングは半信半疑で狼に近づき、手を伸ばした。

「噛まれるわよ」グロリアの注意は一瞬遅かった。

フィアリングは、血を流す手を見つめた。「少なくとも、こいつは本物だ」そして、思い切り蹴りつけようと足を振り上げた。

「だめよ、オスカー！　やめて！　彼を放っといて。わたしのいう通りだって、すぐにわかるわ――すごくややこしいの。だけど、この狼はウォルフ・ウルフで、完全にわたしのいうことを聞かせられるわ。すっかりわたしたちの手の中にあるのよ。彼に疑いをかけ、ファーガスやお仲間のGメンたちがやっきになって追いかけている間、彼をこのままにしておけばいいわ」

「おいおい！」フィアリングが不意に叫んだ。「きみはどうかしてるぞ。信仰篤い〈神殿〉のメンバーの中でも、一番救いようがないほどいかれている」鼻眼鏡を取り、もう一度狼を見た。

「とはいえ、木曜の夜――ひとつ聞かせてくれ。この……狼犬を、誰から手に入れた？」

「房のようなひげを生やした、太った妙な小男よ」

フィアリングは息をのんだ。〈神殿〉での大騒動と、狼と房のようなひげの男を思い出したに違いない。「なるほど。信じるよ。なぜかはいえんが、信じよう。それで――」

「それで、全部お膳立てはできたってことよ。彼を無力な状態でここに置いておき、彼を利用して――」

「狼を身代わりの羊《スケープゴート》にするわけか。いいぞ。すばらしい」

「ああ！　あとひとつ――」彼女は不意にぞっとしたようだった。

ウォルフ・ウルフは、フィアリングの不意を突く可能性を考えていた。グロリアが〝アブサルカ!〟と叫ぶ前に、部屋を逃げ出せるかもしれない。だが、その後は? 誰が彼を元に戻してくれるのだ? 特に、Gメンに追いかけられようとしているのに……。

「どうした?」フィアリングが訊いた。

「あの秘書よ。学科のオフィスにいるコマネズミ。わたしが訪ねていったのは、ウルフじゃなくてあなただってことを知ってるわ。ファーガスはわたしの話を鵜呑みにしているから、まだ彼女と話してはいないでしょうけど、いつかそうするわ。几帳面な男だから」

「ふうむ。そういうことなら――」

「どうするの、オスカー?」

「処分するしかないだろう」オスカー・フィアリング教授は優しげに微笑んで、電話に手を伸ばした。

ウルフはすぐに行動を起こした。インスピレーションと衝動に突き動かされて。力強い歯で、壁から電話線を引き抜いた。ほんの一秒でそれをやり、次の瞬間には、廊下に飛び出していた。グロリアがあの言葉を口にして、彼を力強くて危険な狼から人間に戻す前に。

ホテルのロビーを駆け抜けると、金切り声や、「狂犬だ!」という叫びが上がった。だが、彼は少しも気を取られなかった。大事なのは、エミリーが〝処分〟される前に、彼女の家へ行くことだった。彼女の証言は重大だ。そこからほころびが生まれ、ファーガスとGメンは真犯人を見つけるだろう。それに、と彼は自分で認めた。エミリーは本当にいい娘だ……。

彼が人にぶつかる率は一ブロック当たり約一・六六人で、ののしり声が雨と降り注いだ。それが神学的に有効なら、永遠に呪われて余りあっただろう。だが、彼は急いでいて、そのほかのことはどうでもよかった。信号を無視し、トラックの前に飛び出し、市電の下からいきなり姿を現した。一度など、彼をさえぎるように止まっている車をひらりと飛び越えもした。半分ほど順調に来たところで、二百ポンドの人間が、フライングタックルで彼にのしかかってきた。歩道に頭をぶつけ、ちかちかする目で、彼は旧敵の顔を見た。ビールをかすめ取ろうとした、あの警官だった。

「おい、ワン公！」警官はいった。「とうとうつかまえたぞ。さあ、ちゃんとした鑑札がついてるかどうか見ようじゃないか。おれがフットボールをやってたのを知らなかったと見えるな？」

警官はウルフの毛皮を、痛いほどきつくつかんでいた。野次馬が嬉しそうに集まってきて、無責任なアドバイスを警官に浴びせた。

「あっちへ行け」彼は叱りつけた。「これは、おれとこの犬との問題だ。さあ来い」彼はさらに強く引っぱった。

ウルフの毛皮が大きく引き抜かれ、警官の手の中に残った。首のあたりのむき出しになった皮膚から、血が流れはじめる。下品なののしり声と銃声が同時にして、肩に針のような痛みを感じた。驚いた群衆が散らばっていった。さらに二発撃たれたが、彼は逃げていった。バークリー一あっけに取られた警察官を置き去りにして。

「弾は当たったはずだ」警官はぼんやりとつぶやいた。「当たったのに――」

ウォルフ・ウルフはドワイト・ウェイを走っていた。あと二ブロックで、エミリーが教授の助手と二人で暮らす小さな家にたどりつく。電話線を引き抜いても、フィアリングを引き止められたのはほんの短い間だったろう。今頃は命令が下され、手下が急いでいるに違いない。だが、もう少しで……。

「やあ!」明るい子供の声が、彼を呼んだ。「いいウーウーが帰ってきた!」

道の向かいには、ロビーと口うるさい母親が住む、質素な木造の家があった。子供は歩道で遊んでいるところだった。自分の英雄であり恩人を見つけた彼は、危なっかしいよちよち歩きで道を渡ろうとしていた。「いいウーウー!」子供は叫び続けていた。「今、ロビーが行くよ!」

ウルフは走り続けた。どんなにかわいい子供が相手でも、今は遊んでいる暇はない。すると、車が目に入った。古いおんぼろ自動車で、それ以上に古臭い警句を貼りつけている。運転しているのは高校生で、明らかにガールフレンドに対して、ひとけのない住宅街でどれほどスピードが出るかを見せつけようとしているようだ。女の子はとても魅力的だったので、子供に気づく余裕などないだろう。

ロビーは車のすぐ前にいた。ウルフは弾丸のように走った。弧を描いて、脇腹にラジエーターの熱を感じるほど車に近づいた。前足がロビーをとらえ、危険から押し出した。二人して地面に倒れたとき、車はウルフのしっぽの先を轢いていった。

かわい子ちゃんは悲鳴をあげた。「ホーマー! 轢いたんじゃないの?」

ホーマーは何もいわず、おんぼろ車はうなりをあげて走り去った。

ロビーの声は、ますます大きくなっていった。「ぼくを痛い目に遭わせたな！　悪いウーウーめ！」

母親が玄関に出てきて、怒りの声をあげた。その不協和音たるや恐ろしいものだった。ウルフ自身も悲しげな声をあげ、折れたしっぽを嘆くと、先を急いだ。誤解を解いている暇はない。

だが、二つの邪魔が入っただけで十分だった。ロビーと警官は、知らず知らずのうちにオスカー・フィアリングの完璧な手先となっていた。ウルフがエミリーの小さな家に近づいたとき、灰色のセダンが走り去るのが見えた。後部座席には、小さくて痩せた女性がもがいていた。人狼のしなやかな走りでも、自動車のスピードにはかなわなかった。一ブロックほど追いかけたが、ウルフはあきらめて座り込んだ。しっぽがズキズキする。こんな緊張した瞬間にも、汗が出ずに口を開けて舌を出しているのは滑稽だと彼は思った……。

「困ってるの？」気づかうような声がした。

今度は、猫だと気づいた。「そうなんだ」彼は熱心にいった。「きみが考えたことのないほど困っている」

「お腹空いてるの？」猫が訊いた。「でも、あそこにいる子供なんか、丸々太っておいしそうだけど」

「黙れ」ウルフは歯をむき出した。

「悪かったわ。孔子から聞いた人狼の話で判断してた。自分は利他的な人獣だといいたいわけ?」

「だと思う。人狼といえば、虐殺ばかりしていると思われてるだろうが、今は命を救おうとしているんだ」

「それを信じろっていうの?」

「本当なんだ」

「ああ」猫は悟りきったようにいった。「真実とは黒く、当てにならないものなのね」

ウォルフ・ウルフは立ち上がった。「ありがとう」彼は吠えた。「きみのおかげだ」

「何のこと?」

「後で会おう」そういうと、ウルフは全速力で〈黒い真実の神殿〉へ向かった。

そこが一番見込みがありそうだ。フィアリングの本拠地だ。礼拝が行われていないときには一味の溜まり場になっている可能性は、少なく見積もっても五分五分だろう。特に、サンフランシスコの領事館が閉鎖されてからは。間一髪で間に合うよう、ふたたび懸命に、飛ぶように走った。それまであまり深く考えていなかったが、弾丸は免れても、車で轢かれることはある。しっぽは今もひどく痛んでいた。けれど、行かなければならない。自分の名誉を取り戻すのだと、彼は自分に言い聞かせた。だが本当は、エミリーを救い出したい一心だった。

神殿から一ブロックのところで、銃声が聞こえた。ピストルと、マシンガンもあるに違いない。その意味はわからなかったが、彼は走り続けた。すると、鮮やかな黄色のロードスターが彼を追い越し、その窓がきらりと光った。彼は本能的に身を伏せた。銃で撃たれても無事だとはわかっていても、じっとしていることはできなかった。

走り去るロードスターを追いかけようとしたところで、明るい光を放つ金属片に気づいた。弾丸が彼をそれ、煉瓦の壁に跳ね返って歩道に落ちたのだ。それが目の前で光っていた——純銀だ（狼男は銀の銃弾で死ぬといわれる）！

もはや自分は不死身ではないのだと、ぼんやりと気がついた。フィアリングはグロリアの話を信じ、生かじりのオカルトの知識から、効果的な武器を知ったのだろう。これからは、弾丸は針で刺された痛みをもたらすのではなく、即死を意味するのだ。

だからこそ、ウォルフ・ウルフは走り続けた。

生垣の後ろに隠れながら、慎重に神殿に近づいていった。隠れていたのは彼ひとりではなかった。神殿の前で、ひとつ残らず窓が壊れた車の陰に隠れているのは、ファーガス・オブリーンと丸顔の巨漢だった。それぞれがオートマチック銃を持ち、尖塔に向かって狙い撃ちをしている。

ウルフの鋭い耳は、銃撃のさなかにも彼らの言葉を聞き取ることができた。「ゲイブが裏へ回っている」丸顔の男が説明していた。「だが、無駄だろう。あの尖塔が何なのかわかるか？マシンガン用の回転砲塔だ。このときが来るのに備えていたんだろうな。わかっている限りでは、あそこにいるのは二人だけだ。だが、塔はあらゆる角度をカバーすることができる」

「二人だけ？」ファーガスがつぶやいた。

「それと女だ。やつらが連れてきた。まだ生きていればの話だがな」

ファーガスは尖塔に注意深く狙いを定め、発砲して、車の後ろに引っ込んだ。弾丸が数ミリのところをかすめた。「またしくじった！　タラを支配したすべての王の名にかけて、ムーン、あそこへたどりつかなくては。催涙ガスはどうだ？」

ムーンは鼻で笑った。「この角度から、武装した尖塔の銃眼に届くと思ってるのか？」

「あの娘は……」ファーガスがいった。

ウルフはもう待てなかった。前へ飛び出すと、砲手はそれに気づいて、銃口を彼に向けた。針のシャワーを浴びたような感覚は、すべて鋼鉄の弾によるものだった。ウルフの神経は、ふたたびつながろうとして痛んだ。だが少なくとも、マシンガンの弾は銀ではなかった。

玄関のドアは鍵がかかっていたが、突進すると開き、ほっとしたと同時に肩がズキズキ痛んだ。青白い顔をした、喉仏の突き出た一階の警備員が、ピストルを手にぱっと立ち上がった。その後ろでは、礼拝の儀式に使うローブ、香炉、奇妙な本、さらにはウィジャ盤（交霊術に使う文字の書かれた板）に混じって、エミリーが横たわっていた。

青白い顔の男が発砲した。弾は胸に当たり、一瞬、死を覚悟した。だがこれも鉛で、彼は前へ飛び出た。いつもの力強い跳躍ではなかった。これまでに、体力はほとんど使い果たしていた。ひんやりした地面に寝そべり、神経が再結合するのを待つ必要があった。そして、この跳躍は敵をつかむだけで、投げるところまではいかなかった。

男は役に立たなくなった武器を取り上げ、銃の台尻を獣の頭に振り下ろした。ウルフはバランスを崩してよろめき、床に倒れた。一瞬、起き上がることができなかった。ここに伸びてしまいたいという欲望が、あまりにも強かった……。

するとと、彼女が動いた。縛られた手でウィジャ盤の端をつかむ。ロープにいましめられた足でつまずきながら、何とか腕を振り上げた。青白い顔の男が、倒れているウルフに突進しようとしたところへ、重いウィジャ盤が振り下ろされた。

ウルフは立ち上がっていた。それは一瞬の衝動だった。その目は突き出た喉仏に注がれ、長い舌で舌なめずりした。そのとき、尖塔からマシンガンの銃声がしたので、彼は気を失った青白い顔の男から離れた。

狼にとって、梯子《はしご》を登るのは不可能に近いほど骨が折れることだった。だが、顎で横木をくわえて身体を引っぱり上げれば、何とかなる。梯子を半分ほど登ったところで、砲手がその音を聞きつけた。銃声がやみ、太い声でドイツ語の悪態が聞こえた。彼は無意識のうちに、リトアニアなまりの混じった東プロイセンの方言だと気づいた。それから、その本人が目に入った。鼻の折れたブロンドが、梯子の上から見下ろしている。

ほかの連中の弾丸は鉛だった。だから、これこそ銀なのだろう。だが、今さら後戻りするには遅かった。ウルフが次の横木をくわえ、身体を引き上げたとき、弾丸が鼻先を貫通した。ウルフがさらに梯子を登ってくるのを見て、ブロンドの男は目をむき、さらに撃った。三度目に銃が発砲された後、ウルフは身を躍らせた。

下ではまだ銃声がしていたが、砲手はそれに応えなかった。彼は尖塔の壁に張りついたまま、恐怖のまなざしで狼が現れるのを見ていた。ウルフは立ち止まり、息を整えた。疲れと緊張で死にそうだったが、この男をやっつけなければならない。

ブロンドはピストルを構え、慎重にあたりをうかがって、もう一度発砲した。恐怖の一瞬が過ぎ、不死身の狼を見た彼は、祖母の物語から何をすべきかを知った。そして、オートマチックの銃口をくわえ、もう一度引き金を引いた。

ウルフはまだ狼の身体に同化していなかったが、食物に関しては、人間の胃から狼の胃に変化していたに違いない。少なくとも、ひどく具合が悪くなっていた。

梯子を降りるのは無理だった。彼はジャンプした。狼が足から着地するという話は聞いたことがなかったが、うまくいったようだ。弱って、怪我をした身体を引きずって、まだ意識を失っている青白い男の脇で、彼が捨てたピストルを手に座り込んでいるエミリーのところへ行った。狼が近づいてくると、彼女は相手が味方なのか敵なのか決めかねるように手を振った。

時間はわずかしかない。マシンガンの音がやみ、ファーガスと相棒は今にも神殿に入ってくるだろう。ウルフは急いであたりを嗅ぎ回り、占いに使うウィジャ盤を見つけた。ハート型の木片を盤に置き、足でそれを動かしはじめた。

エミリーは熱心に、不思議そうにそれを見た。「ア」彼女は声に出していった。「ブ——サ——」

ウルフは言葉を綴り終え、部屋を回りこんで儀式用のローブの前に立った。「何かいいたいの？」エミリーが眉をひそめた。

ウルフはそうだというように激しくしっぽを振り、もう一度最初から始めた。

「ア——」エミリーが繰り返した。「ブ——サ——ル——」

早くも、近づいてくる足音がした。

「――カ――。どういう意味？　アブサルカって――」

ウォルフ・ウルフ元教授は、裸の身体をあわてて〈黒い真実〉の外套にくるんだ。自分にもエミリーにも何が起こっているのかわからないうちに、彼女を抱きしめ、最高の感謝を込めてキスをし、そのまま意識を失った。


ウルフが目を覚ましたとき、人間の鼻でもそこが病院であることがわかった。身体はまだぐったりとして、疲れきっていた。警官に毛を引き抜かれた首の部分は今もズキズキし、オートマチック銃の台尻に殴られたところにはこぶができていた。しっぽは、というか、しっぽのあったところは、動くたびに痛みが走った。けれど、シーツはひんやりしていたし、エミリーが無事であることにほっとしていた。

「あなたがどうやって入ったのか、何をしたのかわかりませんがね、ウルフさん、お国のためにすばらしい働きをしたってことをお知らせしておきますよ」しゃべっているのは丸顔の男だった。

ファーガス・オブリーンも、ベッドの横にいた。「おめでとう、ウルフ。医者が感心するかどうかわからないけれど、これを」

ウォルフ・ウルフはありがたそうにウィスキーを飲むと、問いかけるように大男を見た。

「彼はムーン・ラファティ。ＦＢＩの人間です。ぼくが最初にやつらを怪しいとにらんでから、スパイ団を追うのを手伝ってくれていたんです」

「やつらを──全部つかまえたのか？」ウルフが訊いた。

「フィアリングとガートンは、ホテルでつかまえましたよ」ラファティが太い声でいった。

「でも、どうして──。わたしはてっきり──」

「ぼくたちが、あなたを追っているとでも？」ファーガスが答えた。「ガートンはそう考えたようですが、こっちはごまかされませんでしたよ。知っての通り、すでに秘書と話していたんです。彼女が会いに来たのはフィアリングだとわかっていました。そして、フィアリングのことを訊いて回り、神殿とそのメンバーによる防衛調査のことを知って、全体図が明らかになったんです」

「お手柄でした、ウルフさん」ラファティがいった。「何かできることがあれば、おっしゃってください──それと、どうやってマシンガンの砲塔へ入り込んだんです──ああ、オブリーン、後で会おう。一斉検挙した残りの連中の取り調べをしなければ。じゃあ、ゆっくり休んでくださいよ」

ファーガスは、Gメンが部屋を出るまで待っていた。それから、ベッドに身を乗り出し、こっそり訊いた。「どうします、ウルフ？　俳優に戻りますか？」

ウルフは息をのんだ。「俳優って何のことだ？」

「まだトーカーの役をやる気がありますか？　メトロポリス社が連邦刑務所に入っているミス・ガートンを使って、『森林の牙』を撮るとすればの話ですが」

ウルフは言葉を探した。「何てばかばかしい――」

「まあまあ、ウルフ。そこまでわかってるんですよ。話を全部聞かせてくれてもいいでしょう」

まだぼんやりしながら、ウルフは話した。「それにしても、なぜわかったんだ？」彼は最後にそういった。

ファーガスはにやりとした。「いいですか。ドロシー・セイヤーズいわく、探偵小説においては、超自然的要素は必ず解明されなければならない。まったくもってすばらしい。ただし現実世界では、解明されない場合があります。これもそのひとつ。心当たりは山ほどありました。その眉と指、本物の魔術を使うお友達、合図もなしにとうてい犬にはできない芸当をやってのけたこと、ほかの犬たちが怯えた声を出し、すくんでいたこと――ぼくは頭の固い男ですが、ウルフ、アイルランド人でもあります。唯物論しか信じないけれど、偶然にしてはあまりに多すぎた」

「フィアリングも信じていた」ウルフは思い出すようにいった。「だけど、ひとつわからないことがある。やつらは一度、銀の弾丸を使ったことがあるのに、その後はどれも鉛だったのはなぜだろう？　どうして無事だったんだ？」

「それは」と、ファーガス。「こういうわけです。銀の弾丸を発射したのは〝やつら〟じゃかった。いいですか、ウルフ、最後の最後まで、ぼくはあなたを〝やつら〟の側にいると思っていたんです。どういうわけか、人狼にいい感情を抱いていなかったもので。そこで銃工に頼み、宝石屋を訪ねて――あの弾が当たらなくて本当によかった」彼は心からいった。

「まったくだ！」

「しかし、まださっきの質問が残っていますよ。俳優に戻る気がありますか？　というのも、その気がないなら、ひとつ提案があるんです」

「何だね？」

「実用的な職業人狼になるにはどうしたらいいか、悩んでいるとおっしゃいましたね。いいですとも。あなたは強く、脚も速い。自殺しようとしている人間を脅すこともできる。人間の耳にはとうてい聞こえないような会話を聞くこともできる。銃で撃たれても死なない。これほどGメンにふさわしい素質がありますか？」

ウルフは目をむいた。「わたしが？　Gメン？」

「ムーンがいうには、彼らは喉から手が出るほど新人がほしいそうです。後で資格条件を変更し、これまで必要とされていた法学や会計学の代わりに、言語学でも可とするということです。それに、今日の活躍があれば、過去に大学で起したスキャンダルは何の問題にもならないでしょう。ムーンはあなたにぞっこんなんです」

ウルフは声も出なかった。ほんの三日前には、俳優でもGメンでもない自分をひどく情けないと思っていたのに。今では――。

「よく考えてみてください」ファーガスがいった。

「やるとも。もちろんやるさ。ああ、それともうひとつ。オジーの手がかりは何か見つかったか？」

「何も」

「あの男が好きだった。彼を探し出したい。そして――」

「彼が魔術師だというなら、その通りなのでしょう。消えてしまったのは、彼がそうしたかったからに違いありません」

「わからない。魔法というのはつかみどころのないものだ。それをわたしが会得したかどうか。あの房のようなひげを生やした友人のために、できるだけのことをしたいんだ」

「幸運を祈りますよ。では、別のお客様を呼びましょうか？」

「誰だい？」

「あなたの秘書です。用事があるのは間違いないでしょう」

ファーガスはエミリーを通した後、礼儀正しく出ていった。彼女はベッドに近づき、ウルフの手を取った。彼の目は、エミリーの落ち着いた、質素な魅力に引きつけられた。遅れてきた青春のせいでグロリアの華やかな妖《あや》しい魅力に取りつかれていた自分が不思議だった。

長い間、沈黙が流れた。それから、二人同時にいった。「どうお礼をいったらいい？　命の恩人に対して」

ウルフは笑った。「それを議論するのはもうやめよう。お互いに命を救ったのだから」

「本当に、そう思う？」エミリーが真面目にいった。

ウルフは彼女の手を握った。「女房になりたかったんじゃなかったのか？」

ダージリンの市場で、チュランドラ・リンガスータは呆然としてロープを眺めていた。ほんの五分前に登っていったアリ青年が、降りてきたときには百ポンドも太って、おまけに奇妙な房のようなひげを生やしていたのだから。

解説

仁賀克雄

アントニー・バウチャーは一般的にはアメリカのミステリ評論家として評価されている。しかし彼は本格ミステリ、SF、ファンタジー、犯罪実話などの作家であり、アンソロジスト、翻訳家、編集者、評論家を職業にした多彩な才能をもつ人物だった。

本名はウィリアム・アントニー・パーカー・ホワイト、一九一一年八月二十一日、カリフォルニア州オークランドで生まれた。パサデナ高校、ロサンゼルスの南カリフォルニア大学、バークレーのカリフォルニア大学を優秀な成績で卒業した。ドイツ、スペイン、ポルトガル、ロシア、サンスクリット語などに堪能な秀才だった。卒業後は地元新聞で演劇や音楽の批評を担当した。やがて〈サンフランシスコ・クロニクル〉紙でSFとミステリの書評をはじめ、これが好評で『エラリー・クイーンズ・ミステリ・マガジン』に迎えられ、一九四八～五〇、五七～六八年にわたりミステリ書評を連載した。その間、〈ニューヨーク・タイムズ・ブックレヴィユー〉のミステリ書評欄 Criminals at Large を担当。これは彼の評論家として代表的な仕事になった。よく公平な目が行き届き、好意的な批評で権威があり、多くの英米ミステリ作家を育てた。このころわたしはアメリカから本紙を取り寄せて、ミステリの近況を興味深く読んでいたが、週刊で送料込み年間三十五ドルだった。また彼はH・H・ホームズ名義で〈シカゴ・サンタイムズ〉や〈ニューヨーク・ヘラルド・トリビューン〉でSFやファンタジーの書評もやっていた。

その間に作家として、アントニー・バウチャー、セオ・デュラント、H・H・ホームズの名義で活躍していた。処女作は十五歳で投稿したホラー短編 Ye Goode Olde Ghoste Storie で、一九二七年一月号の『ウィアード・テールズ』に掲載される早熟ぶりだった。その後、中短編を書きながら本格ミステリの執筆に乗り出し、次の八作の長編を残した。

The Case of the Seven of Calvary『ゴルゴタの七』（三七）東京創元社
The Case of the Crumpled Knave（三九）
The Case of the Baker Street Irregulars『シャーロキアン殺人事件』（四〇）現代教養文庫
Nine Times Nine『密室の魔術師』（四〇）H・H・ホームズ名義、別冊宝石99号
The Case of the Solid Key（四一）
The Case of the Seven Sneezes（四二）
Rocket to the Morgue『死体置場《モルグ》行きロケット』（四二）H・H・ホームズ名義、別冊宝石104号
The Marble Forest〔改題 *The Big Fear*〕（五一）セオ・デュラント名義の合作

一方、編集者として業績も多大なものがあった。一九五二〜五五年にミステリ誌『マーキュ

リー・ミステリーズ』、犯罪実話誌『トゥルー・クライム・ディテクティヴ』編集長、五四〜五八年にSF誌『マガジン・オブ・ファンタジー&サイエンス・フィクション』編集長とミステリとSF界を席巻した。その後はミステリ単行本編集にも当たっている。一人で作家、アンソロジスト、評論家、編集者の四者を兼ねたのは、他にエラリー・クイーンしかいない。その地位と権威は非常に大きかった。

彼はこう述べている。「わたしは作家として、編集者たちから異例の恩恵を蒙った。また編集者として優秀な同業編集者、ジョン・キャンベル、リー・ライト、メアリ・ロデル、エラリー・クイーン、ジョーゼフ・ジャクスンから学ぶものは大きかった。すべて創造的な編集者は決して作家と印刷屋のあいだの取り持ちではない。編集作業は挑戦と満足の得られる仕事である。わたしはSF界ではチャド・オリヴァー、ゼナ・ヘンダースン、エイヴラム・ディヴィッドスン、フィリップ・K・ディックらの処女作を発見し出版にこぎつけてきた……

長い間なじまされてきたある感覚がある。二十世紀は文学とエンターテインメント小説の間に一線を引くという恐るべき偏見的な誤りを犯してきたということだ。少数の人々がいままでに気づいているように、これは非常に新しい差別である。ドイルの探偵小説やウェルズのSFはふつうに小説《ノヴェル》として、出版され批評され購入されてきたのだ。ディケンズやさらにエリザベス朝の劇作家たちの時代に遡れば、大衆小説と文学との区別があることなどは、全くのナンセンスとして大笑いを呼び起こすだけだろう。

わたしが作家として、いかなる文学差別の壁も突き破ったかどうかは、ひとえに編集者や評論家の判断しだいである。わたしはこれらの中短編で、シリアスなテーマを扱いながら、あまりにもシリアスにならない、想像力に富んだフィクションを書くように心掛けてきた。そして新しい世界（可能性ある科学的な未来や不可能な超自然の現在）を取り上げ、一方でわれわれの住む旧世界の更に重要な関心事や事柄も扱っている」と編集者と作家の心掛けが出ている。バウチャーはアメリカのミステリとSF界の大御所として君臨したが、厳しい批評眼の反面、新しい作家を見出し育成することには熱心で、穏健な人柄と相まって関係者のあいだで声望があった。晩年の江戸川乱歩によく似ている。一九六八年に五十七歳の若さで亡くなったが、その偉大な業績を偲んで、バウチャーコンというミステリ愛好家の会合はいまも続いている。

彼自身は本格派のミステリ作家だったが、評論家としては「ハメット・チャンドラー・マクドナルド・スクール」と評して、ハードボイルドの高踏派を推奨し、これが定説となったのも彼の功績である。しかしミッキー・スピレーンのセックス&ヴァイオレンス小説には、こんなものはミステリではないと嚙みつき大喧嘩になったこともあった。翻訳家としてはアルゼンチン作家ホルヘ・ルイス・ボルヘスやチェコ作家カレル・チャペックの小説などを英訳した。

その中短編は博学多識の教養を縦横に発揮した凝ったもので、冗談《ジョーク》、機知《ウィット》、洒落《ユーモア》、皮肉《アイロニー》、冷笑《シニシズム》、厭味《サーカズム》、風刺《サタイア》、逆説《パラドックス》、衒学《ペダントリー》に彩られた彼一流のレトリックの面白さが楽しめる。人間と反措定した悪魔や魔術師、人狼との葛藤の設定は、ミステリやSFの形式を取っているが、むしろダーク・ファンタジーと呼ぶのがふさわしい。

彼の中短編は約八十編、そのほとんどは次の中短編集に収録されている。

Far and Away: Eleven Fantasy and Science-Fiction Stories（五五）本書（中編「たぐいなき人狼」を追加収録）

The Compleat Werewolf and Other Stories of Fantasy and Science Fiction（六九）

Exeunt Murderers: The Best Mystery Stories of Anthony Boucher（八三）

The Compleat Boucher: The Complete Science Fiction & Fantasy of Anthony Boucher（九九）

二〇〇六年十月

アントニー・バウチャー（Anthony Boucher）
本名ウィリアム・アントニー・パーカー・ホワイト。1911年カリフォルニア州生まれ。十五歳のとき、ホラー短編 Ye Goode Olde Ghoste Storie が『ウィアード・テールズ』誌に掲載されデビュー。大学卒業後、評論家となり『エラリー・クイーンズ・ミステリ・マガジン』など各紙誌で活躍。ミステリ界を代表する評論家となる。実作者としては長編七作と多くの短編を著した。また、編集者としても数々の業績を残している。68年没。

白須清美（しらす・きよみ）
早稲田大学第一文学部卒。英米文学翻訳家。主な訳書にデイヴィッド・イーリイ『ヨットクラブ』（晶文社）、カーター・ディクスン『パンチとジュディ』（早川書房）、フィリップ・マクドナルド『フライアーズ・パードン館の謎』（原書房）など。

ダーク・ファンタジー・コレクション　3
タイムマシンの殺人

2006年10月15日　初版第1刷印刷
2006年10月25日　初版第1刷発行

著　者　アントニー・バウチャー
訳　者　白須清美
装　丁　野村 浩
発行者　森下紀夫
発行所　論創社
東京都千代田区神田神保町2-23　北井ビル
tel. 03（3264）5254　fax. 03（3264）5232
振替口座 00160-1-155266
印刷・製本　中央精版印刷
ISBN4-8460-0762-6